Née en 1957 en Lorraine, Dominique Sylvain a débuté en tant que journaliste. Elle est l'auteure de nombreux romans policiers disponibles chez Points, dont *Passage du Désir* (Grand Prix des lectrices *Elle* 2005), *Strad* (prix Michel-Lebrun 2001), *L'Archange du chaos*, *Kabukicho* (prix Interpol'Art 2017) et *Les Infidèles*.

Dominique Sylvain

UNE FEMME DE RÊVE

ROMAN

Viviane Hamy

TEXTE INTÉGRAL

ISBN 978-2-7578-8617-5

« Ma petite est comme l'eau,
elle est comme l'eau vive
Elle court comme un ruisseau,
que les enfants poursuivent
Courez, courez vite si vous le pouvez
Jamais, jamais vous ne la rattraperez. »

Guy Béart, *L'Eau vive*

Prologue

Vendredi 6 janvier 2017

Le tireur vise sa cible avec son pistolet semi-automatique MAC modèle 1950.

À 14 h 22 mn et 15 s, son doigt appuie sur la détente, et le temps se dilate.

La barrette fait basculer la gâchette qui comprime son ressort. Le chien libéré pivote vers l'avant, poussé par la bielle sous l'action du ressort de percussion. Il frappe le talon du percuteur, qui à son tour comprime le ressort, fait saillie dans la cuvette de tir et percute l'amorce. Le bloc culasse abaisse la tête du séparateur qui comprime à son tour le ressort. Le talon du séparateur touche la barrette qui perd contact avec le talon de la gâchette. L'échappement se produit.

La balle, qui pèse huit grammes, est propulsée vers la cible à une vitesse de trois cent soixante mètres par seconde. L'énergie cinétique déployée à la bouche du canon est de cinq cents joules.

Le projectile 9 mm traverse la boîte crânienne d'une femme et va se ficher dans une carrosserie de voiture. La victime a quarante-deux ans, elle est commandant de police. Son gilet pare-balles ne lui a servi à rien.

L'homme qui a assisté à cette scène ne vit pas dans le même espace-temps que cette balle. Son temps n'est pas amorti. Et son présent prend immédiatement les couleurs d'un cauchemar. Il a vu la femme s'effondrer et le léger nuage rouge jaillir de sa tête.

Il tombe à genoux. Contrairement à sa partenaire, aucune balle n'a traversé son corps. Pourtant, même s'il l'ignore encore, il est blessé. Son cerveau, incapable d'accepter ce qui vient de se produire, est passé en mode protection. Il s'effondre parce que c'est le coût à payer pour sa survie. Comment supporter la réalité lorsqu'elle est devenue inacceptable ?

En s'écartant d'elle.

1

L'Envol

Jeudi 15 mars 2018

Faire croupir ces hommes à deux pas du Paradis.

C'était cela, le projet.

Depuis qu'elle avait débuté ses cours à Mauvoiry, cette évidence frappait pour la première fois Adèle Bouchard. Construire cette prison au-delà d'une avenue bordée de jardins, dans une ancienne abbaye calée entre une collégiale néogothique et un prieuré royal ne pouvait être que l'idée d'un sadique. L'effet était renforcé par la précocité du printemps. Le ciel turquoise jouait avec un troupeau de nuages nacrés, la brise chahutait des parfums de fleurs, l'air était caressant.

Une beauté inaccessible. Surtout pour ceux qui en avaient pris pour cher.

Elle échangea quelques mots avec les gens de l'accueil, leur abandonna son portable et sa carte d'identité, puis franchit le sas à détecteur de métaux. Chaperonnée par un gardien, elle traversa la cour d'honneur sous les sifflets fusant des cellules. Les détenus la saluaient à leur manière. Et plus par tradition que par conviction. Pas de propos salaces ou d'insultes, elle faisait ce qu'il fallait pour cela ; maquillage et décolleté bannis, chignon serré, manches longues et baskets noires de rigueur.

Vite, le bâtiment abritant le gymnase et les salles de cours, et après cette première frontière franchir les deux portes aux lourds barreaux. Les verrous grincèrent. Salpêtre, désinfectant, relents de cantine, sueur : la chaleur et le manque d'aération amplifiaient les odeurs. Avec sa peinture écaillée et son éclairage aux néons, le lieu faisait penser à *Shutter Island* de Scorsese. Un décor entre cauchemar et réalité, un huis clos aux couleurs de l'Enfer.

Comme prévu par le règlement, le gardien lui tendit le talkie-walkie afin de donner l'alerte en cas de besoin. Elle ne s'était jamais sentie menacée. Ou alors par leur enthousiasme. Chaque jeudi matin, il s'agissait de tenir trois heures devant son public le plus exigeant. C'était bien le problème avec ces chers taulards. Ils n'étaient pas dispersés dans un amphi, non, ils lui faisaient face, pinailleurs, curieux comme des mômes pour compenser l'ennui des longues journées, prompts à déborder du sujet quand ils trouvaient l'occasion de parler famille, souvenirs, regrets. Selon l'appellation officielle, ils étaient ses « étudiants empêchés ». Malgré ses longs allers-retours en métro et RER, elle ne regrettait rien, fière qu'elle était de s'inscrire dans une tradition humaniste, son université proposant depuis longtemps aux prisonniers d'Île-de-France la possibilité de poursuivre des études supérieures. Plus leur peine était lourde, plus ils avaient besoin d'elle. En préparant, en dépit de tout, une licence de lettres modernes, ils luttaient pour demeurer vivants.

Enfin, la salle de cour derrière sa grille. Sinistrose garantie. Les murs vert pâle vous épinglaient un teint de vampire, les vasistas ouvrant sur la cour d'honneur étaient placés trop haut pour laisser entrevoir un morceau de ciel.

Ils étaient tous autour de la table ovale. Aucun ne manquait jamais à l'appel. Après la boxe et l'aïkido, l'analyse filmique était leur oxygène.

Ils étaient six. Un groupe de reclus liés par l'étude des rouages sous-tendant la splendeur des grands films. René le faussaire. Damien, Ludovic et le vieux Paul, les braqueurs. Philippe, l'ex-chef d'entreprise qui avait tué son associé. Et, bien sûr, Charles, le dernier arrivé. Il soignait sa réputation et son attitude. Le *roi* Karmia trônait au centre du groupe. De la majesté, il en avait, malgré ses traits abîmés par une méchante blessure. Grand, large d'épaules, chevelure encore blonde bien qu'il ait dépassé la cinquantaine, barbe de trois jours qui cachait une partie des dégâts, regard vert et nez fort dans un visage marqué de profondes rides verticales, il aurait pu interpréter un chef viking dans une superproduction. Mais un Viking qui se serait pris la rage d'un autre en pleine face. Les photos du temps de sa splendeur en témoignaient, il avait été beau avant la balle qui lui avait emporté une partie de la mâchoire. Un chirurgien peu recommandable, bien sûr, l'avait rafistolé. Il avait fait un boulot approximatif.

Karmia, un braqueur de légende et un homme déchu qui avait passé une partie de sa vie derrière les barreaux. Un mythe à lui seul.

Le cinéma s'était intéressé à son cas, d'ailleurs. Et avait produit un invraisemblable nanar dont il refusait que ses codétenus évoquent l'existence. Il n'en avait parlé qu'à elle. Un peu. Cet échec était sa deuxième blessure, narcissique, elle ; comme si ce n'était pas assez de perdre sa séduction, on lui avait aussi volé une partie de sa légende.

Ils étaient tous en tee-shirt, sauf lui. Son survêtement noir l'enserrait jusqu'au cou. Dos plaqué au siège, l'air fermé, il gardait les bras croisés.

Le gardien débloqua la grille. Adèle entra, posa le talkie-walkie sur la table, ouvrit son cartable en cuir roux et en sortit les polycopiés. Aujourd'hui, démarrage d'un nouveau cycle. Après l'analyse de *Pierrot le Fou* de Godard, du *Corbeau* de Clouzot, du *Samouraï* de Melville et de *La Grande Illusion* de Renoir, on passait à Antonioni.

Elle était heureuse de leur faire découvrir *Blow Up*. C'était le film préféré de son père, ex-directeur de la photo qui avait démarré en fanfare en 1971 en travaillant sur le tournage de *French Connection* de Friedkin, puis assisté de grands réalisateurs dans les années quatre-vingt avant de connaître une paisible fin de carrière. Il avait été son maître ès cinéma depuis le jour où elle avait été capable de se concentrer sur autre chose qu'un Walt Disney.

Lors de son cours précédent, elle leur avait demandé de visionner le film, et leur avait glissé que la perfection formelle de *Blow Up* avait rendu Hitchcock jaloux.

Karmia se massa le ventre en grimaçant.

– Un problème, Charles ?

– Ça va aller.

Elle lança sa formule magique, celle qui déliait les langues et qu'elle ne s'autorisait jamais à la fac. Parce que l'analyse filmique n'était ni une critique ni un exercice de résumé. Il ne s'agissait pas d'aimer ou non un film, mais d'en saisir les mécanismes.

– Comment l'avez-vous trouvé ?

– Ça ne sonne pas vrai, lâcha René. Il y a un meurtre, mais à la fin on ne sait pas trop ce qui s'est passé. Ni si le type est mort.

Pour un faussaire, il était étonnamment pointilleux sur la véracité ; impossible de lui faire admettre que le cinéma avait le droit de lui tordre le cou.

Elle observa Karmia. Il n'avait vraiment pas l'air dans son assiette.

– Et toi, Charles ? Qu'as-tu pensé de ce film ?

Les autres étaient suspendus à ses lèvres. Il les fit mijoter quelques secondes avant de daigner répondre.

– Que ça se passe dans un milieu de gens qui ont un sacré temps libre. Au début, pour se donner bonne conscience, ton Antonioni nous montre le gars occupé à photographier des sans-abri. Après, ça se gâte.

– Alors quoi ? Personne n'a aimé ?

– Si, moi, beaucoup, réagit Ludovic. Les filles et la musique sont super.

– Moi, j'aime bien la scène dans le parc, intervint Philippe de son ton posé. Quand le personnage photographie au hasard les arbres, le ciel, il y a du vent. On l'entend très bien, le bruit du vent, vous avez remarqué ? C'est un endroit tranquille, en pleine ville. J'avais l'impression de me balader avec ce type.

Elle réprima un sourire. Avec *Blow Up*, elle s'accordait un plaisir coupable. Ce film était une perfection esthétique, et chaque plan un modèle de précision. Par ailleurs, c'était une ode au *Swinging London* des années soixante et à la liberté, mais en une cinquantaine d'années la société avait beaucoup changé. Aujourd'hui, d'aucuns considéraient le chef-d'œuvre du maître italien comme une inacceptable représentation des rapports hommes-femmes. Du sexisme à l'état pur. Le photographe se comportait en salaud méprisant qui agressait verbalement ses modèles et allait jusqu'à les malmener pour qu'elles prennent la pose souhaitée. Adèle avait lu un article d'une de ses consœurs qui, ayant revu le film à trente ans de distance, repérait un viol là où elle n'avait vu, la première fois, qu'une relation consentie. À chaque séance, le photographe faisait de ses modèles des victimes.

Elle avait choisi son film fétiche pour une raison précise. Bien sûr, ils le déconstruiraient comme un jeu de Lego, l'étudieraient sous toutes les coutures. Structure, durée des plans, montage, direction d'acteurs, décors, couleurs, lumière, son, musique, symbolique, influences, contexte historique… Mais ils auraient également une possibilité de s'évader dans un monde de fantaisie et de mystère. Du moins, par l'imagination.

Les yeux clairs de Karmia la fixaient. Elle soutint son regard.

Il l'intéressait, ce type. Et ce n'était pas parce qu'il avait l'âge d'être son père. Intelligent comme il l'était, il aurait pu consacrer sa vie à autre chose que braquer des coffres et des fourgons en laissant des cadavres dans son sillage. Ce n'était pas sa première incarcération, mais son dernier braquage s'était soldé par un bain de sang, pour lequel il avait écopé de vingt-huit ans. Autant dire que pour lui, le chemin s'arrêtait à Mauvoiry.

Elle espérait que les cours lui permettraient de retisser le lien avec sa propre humanité. Et qu'il accéderait alors à une certaine paix.

*

* *

Charles Karmia savait exactement ce qu'il pensait de *Blow Up*. Chic et bidon. Dépassé. Les filles étaient maigres, idiotes ou à moitié hystériques.

Pas étonnant qu'Adèle leur fourgue ce navet.

Trop petite, trop rousse. La peau yaourt, que bleuissaient les veines. Définitivement pas son genre. La trentaine couverte de diplômes, douée, mais un peu conne quand même, une bobo pétasse qui voulait à la fois bouffer des framboises bio en hiver et sauver la planète. Une dame patronnesse version 2.0 qui fourguait trois heures de son précieux temps contre un kilo de bonne conscience.

Ça faisait six mois qu'il jouait le rôle. Celui du taulard intéressé par ces branlettes d'intellos qui ne connaissent rien à la vraie vie.

Renversement ; c'était à lui de lui donner une leçon.

*

* *

Un bruit rond, répétitif. Adèle releva la tête. *Tchomp tchomp tchomp*. Elle imagina une moissonneuse-batteuse. Elle entendit fuser des sifflets, des exclamations, des paroles indéchiffrables. Livrait-on du matériel dans la cour d'honneur ? C'était par là que passaient les fournisseurs. Ses étudiants échangeaient des coups d'œil, Karmia se palpait l'estomac.

– Ça ne s'arrange pas, Charles ?

– J'ai bouffé un truc qui passe pas.

Il se leva et fut pris de vertige. Damien voulut l'aider ; d'un geste, Karmia lui fit signe de se rasseoir. Adèle se tourna vers la grille pour appeler le gardien. Des sirènes mugirent.

Un étau l'emprisonna. Un bras, sur sa gorge, entravait sa respiration. Des voix dans son dos.

– Eh ! Arrête, qu'est-ce que tu fous ?

C'était Karmia qui l'avait agrippée. Cela n'avait aucun sens.

L'étreinte se desserra. Elle goba l'air ; et put voir ce qu'il brandissait dans sa main droite. Une lame de rasoir fichée dans une brosse à dents. La peur.

Que voulait-il avec cette arme de fortune plaquée à quelques centimètres de son cou ? Un seul geste et, s'il le décidait, il lui tranchait la carotide.

– Décollez pas vos culs, les gars ! J'ai rien à perdre. Et je sais où crèchent toutes vos familles.

Sa gorge lui faisait mal, elle tenta d'avaler sa salive :

– Lâche-moi, je t'en prie !

Les autres obéissaient, bloc immobile et silencieux. Elle était prise au piège. Elle aperçut le talkie-walkie réglementaire sur la table. Les gardiens n'arrivaient pas. De toute façon, ils n'étaient pas armés. C'était le règlement. Porter des armes en permanence était trop dangereux en cas d'émeute : les détenus pouvaient s'en emparer. Seuls ceux qui montaient la garde dans les issues et les miradors avaient des fusils-mitrailleurs.

Pourtant, il y avait l'armurerie. Ils pouvaient s'équiper, intervenir. Qu'est-ce qu'ils foutaient, ces abrutis ?

Les sirènes hurlaient toujours. Et toujours ce battement dans l'air. Les voix des détenus montaient en puissance.

Un crissement la fit sursauter. Un outil sur du métal. Ça venait de la droite. On attaquait la serrure.

Un gardien déboula dans le couloir et voulut prendre son propre talkie-walkie pour donner l'alarme.

– N'essaie même pas ! Ou j'te crève.

Et, à travers les barreaux, Adèle les vit : deux hommes cagoulés, armés de fusils-mitrailleurs, en tenue noire avec un brassard *police* rouge. L'un d'eux ordonna d'ouvrir la salle de cours. Livide, les mains tremblantes sur son trousseau de clés, le gardien obéit. L'autre tendit un fusil à Karmia, qui lâcha Adèle. Elle pivota vers lui : les yeux qui la fixaient étaient deux outres vides.

– Dénoue tes cheveux !

– Quoi ?

– Passe devant ! Action.

Elle réussit à articuler :

– Ça va finir en fusillade. Tu n'es pas suicidaire…

– Bouge !

L'un des hommes lui arracha l'élastique retenant sa chevelure, l'agrippa par un bras et l'entraîna. Ils franchirent les grilles cisaillées, déboulèrent dans la cour d'honneur. Les prisonniers, surexcités, hurlaient et frappaient leurs barreaux.

Au milieu de la cour, les pales d'un hélicoptère tranchaient un brouillard gris. Dans la cabine, elle discerna une silhouette cagoulée qui braquait le pilote.

Elle se sentit saisie à la taille, plaquée contre lui.

– Bras en l'air ! Avance !

Elle s'arc-bouta. Soudé à elle, Karmia propulsa leurs deux corps vers l'hélicoptère.

*

* *

Karmia courait, son bouclier humain, bras dressés, cheveux lâchés, collé contre lui. Adèle comme un drapeau. Pour que les gardiens la voient. Et retiennent leurs bastos.

Gagné.

Les fumigènes escamotaient la base de l'hélico et leurs deux corps jusqu'à la taille.

Enfin, il aperçut sa petite chérie dans le cockpit. Nico. Solide. Cagoulée, bras calé, flingue broyant la tempe du pilote. Fidèle entre les fidèles. Depuis qu'elle avait commencé à marcher.

« Vas-y, frère ! » « À mort les keufs ! »

Les gars braillaient. C'était bon ces cris, ça l'encourageait. Le show les mettait en transe, ils voulaient se barrer eux aussi.

Ça y était, ils étaient dans l'hélico. Il croisa le regard de Nico. Fixe, cramé de l'intérieur. Brave petit gladiateur. Elle avait obéi, et fumé gentiment sa dose de *poussière d'ange*[1]. Bien.

Elle ordonna de décoller au pilote, qui obéit. Le ciel les aspira. Les toits rapetissèrent. Les enculés sur leurs miradors devinrent des fourmis.

Remonté entre ses tempes, son cœur cognait. Le temps s'était élargi. Pourtant, ça n'avait pris que quelques minutes.

Son évasion.

On vous l'a mise bien profond, bande de nazes. Ah oui.

Les fumigènes, les cheveux rouges d'Adèle, les yeux zombis de Nico, les nuages qui bouffaient l'hélico…

Ça ferait une sacrée scène, hein, Adèle ?

1. La phéncyclidine (PCP) est un psychotrope hallucinogène et un stimulant, connu sous le nom de « poussière d'ange » et utilisé à l'origine comme anesthésiant à usage vétérinaire.

2

Les meilleurs ennemis

Vendredi 16 mars

– Un déca comme d'habitude, Barbara ?
– Bien sûr, Adam. Merci.
– Un croissant ?
– Volontiers.

Les oreilles cotonneuses et encore imprégnées de musique, elle pivota sur son tabouret ; un type avait décidé que c'était le moment de passer l'aspirateur et ça n'en finissait plus.

Barbara tourna le dos à cet enquiquineur vrombissant et observa Adam. Le rituel comportait des étapes à respecter avec précision. C'était d'abord une affaire de lait entier, bien riche, à faire mousser dans un pichet en inox, puis à verser avec une dextérité d'illusionniste sur le café chaud. Adam n'était pas barman de palace pour rien. C'était un homme capable de vous écouter déblatérer pendant des heures sans perdre son calme olympien. Des cheveux bruns ondulés, un regard bienveillant abrité par les deux petits stores de ses paupières tombantes, des joues ramollies de basset. Le seul trait remarquable de sa physionomie était ses sourcils, deux hérissons arrimés à son vaste front. Personne, à part Schrödinger et elle, ne percevait sa singularité. C'était sans doute parce que, par définition, un barman finit toujours par se fondre dans le paysage.

Mais, justement… où était Schrö ?

Adam déposa devant elle un décaféiné parfait. Comme à son habitude, il avait pris soin de sculpter la surface mousseuse. Cette fois, le dessin représentait une délicate feuille de fougère.

L'aspirateur se tut enfin. La moquette bleu Pacifique avait ressuscité. Les fauteuils safran étaient de nouveau disposés autour des tables de marbre clair. Il y avait eu de quoi faire. La nuit avait été mouvementée. Le palace avait abrité un « événement fashion », comme disait le directeur avec gourmandise, et une foule glamour s'était divertie dans une ambiance ultrachic. Le DJ avait réussi à faire danser les plus blasés. La fête s'était effilochée jusque très tard. Ou très tôt, une question de perspective.

Les derniers Mohicans s'étaient révélés être un trio. Deux rousses diaphanes et un blond musclé, tendrement enlacés, ondulant sur des musiques duveteuses. Barbara et ses hommes avaient attendu la fin du câlin avec stoïcisme.

– Préoccupée ?

– Schrö nous a posé un lapin.

– T'inquiète pas. Ça ira.

– Avec lui, je ne peux pas m'empêcher de m'inquiéter.

– Il est peut-être simplement en retard, et je ne le trouve pas en mauvaise forme, ces derniers temps.

– Un diagnostic qui s'appuie sur… ?

– La survie de son sens de l'humour. Et son autodérision.

Adam semblait sûr de lui. Barbara hocha la tête, puis extermina la fougère avec sa petite cuillère. Elle patienterait encore quelques minutes. Que faire en attendant Schrödinger ?

Elle consulta les infos sur son smartphone.

*

* *

Les vestiaires déserts et silencieux.

Schrödinger était immobile face au grand miroir mural. Le gris dominait dans le reflet. Cheveux ras, barbe naissante, même combat. Des poches sous les yeux en limaces violettes, des joues fondues. Et le teint de ceux qui dorment à l'envers. Nuits blanches avec les people, journées avec Morphée. Il dénoua sa cravate.

Cette gueule lui convenait. Tout lui convenait. Assurer la sécurité d'un palace : le job idéal. Surtout dans l'équipe de nuit. Parce que la réalité ne ressemblait à plus rien de normal. On vivait dans un autre monde. Peuplé de passantes sublimes, qui glissaient comme des comètes de plaisir en plaisir, de gens importants en personnes essentielles, et vous causaient peu de tracas si vous saviez les prendre. On protégeait ces elfes contre le vol, les agressions et même les emmerdeurs, tout en étant parfaitement transparents. La patronne exigeait de la retenue. « Moi, je dois vous voir partout, mais nos invités ne doivent jamais vous remarquer. » Rationnel. Parfait. Il était un ver de terre protégeant des lucioles. Tout allait pour le mieux dans le plus fluide des mondes.

Il remit ses vêtements « civils ». Polo à manches longues, jean fidèle devenu une seconde peau bleutée, veste en tweed. Il laissa la cravate sur un cintre et fourra costume et chemise dans le sac en plastique qu'il alla déposer à la blanchisserie du palace.

« Vous êtes des passe-murailles, les gars. Mais des passe-murailles tirés à quatre épingles. » Barbara demandait une tenue impeccable. Logique.

Elle devait déjà l'attendre au bar pour leur déca rituel avant que chacun aille se coucher dans son lit respectif. Aujourd'hui, il n'avait pas envie de discuter. Adam et elle, ses seuls amis, se passeraient de lui.

Lorsqu'il franchit la porte à tambour, le soleil, blanc et parqué au ras de l'horizon, le confondit avec une chauve-souris. Il regarda sa montre ; bien trop tôt pour le premier métro, il rentrerait en Vélib'. Il alluma une blonde avec son Zippo en plissant les paupières. Il aimait le contact rugueux de la roulette, la petite odeur d'essence, le claquement du capot. Ses nerfs remercièrent le tabac et ses pupilles acceptèrent le jour.

Devant lui, la file sage des taxis en attente. Leurs petites lumières vertes faisaient penser à des libellules congelées. Il répondit au salut amical des deux portiers en livrée. Il remonta son col et s'éloigna sur l'avenue presque vide. Paris dormait encore.

De retour dans sa vie numéro deux. L'existence normale. Sans paillettes. Sans glamour. Il avait parcouru une cinquantaine de mètres lorsque son smartphone sonna. « Barbara » s'affichait sur l'écran.

*
* *

Elle observa Schrödinger qui entrait. Œil intense, joues creuses, barbe naissante. Et ce port toujours aussi altier, qui trahissait des années d'entraînement quasi militaire au sein de l'Antigang, même s'il ne mettait plus le pied à la salle de gym. Il lui décocha l'un de ces sourires brefs et craquants dont il avait le secret.

Clairement, il n'avait pas suivi l'actualité.

Barbara entremêla ses doigts sur le maroquin de son bureau.

– Assieds-toi, Schrö. Tu me donnes le tournis.

Il se glissa en souplesse dans le fauteuil. Malgré ses tourments, il avait conservé cette gestuelle particulière, super-plastique et créant l'illusion qu'il était fait d'une matière spéciale. Elle s'accordait à ses manières, ce qui expliquait qu'il se soit coulé sans effort dans l'ambiance du palace.

– Tu as vu les infos ?

– Pas encore.

Elle ne savait pas comment lui annoncer. Autant y aller franchement.

– Karmia s'est évadé.

Tout se passa dans ses yeux. Exclusivement. Un tsunami concentré. Puis Schrödinger avala sa salive. Encore quelques secondes et il sortit son smartphone, consulta un site d'informations. Quand il releva la tête, elle se demanda s'il n'allait pas faire un malaise.

– Un cognac ? Un verre d'eau ?

– Non. Merci.

Déjà, la polémique gonflait. On venait d'apprendre que des drones avaient survolé Mauvoiry des semaines avant l'évasion. L'info n'était pas remontée à qui de droit. L'hélico s'était posé dans la cour d'honneur, le seul endroit sans filets anti-aériens. L'administration pénitentiaire n'en avait pas vu l'intérêt : cette cour ne servait jamais à la promenade, n'y passaient que les fournisseurs, les intervenants extérieurs et les détenus libérés. Les journalistes d'une matinale radio l'accusaient de s'être contentée de gérer le quotidien en négligeant la sécurité. On pointait le manque chronique de moyens. La voix de la raison. Un braqueur multirécidiviste de ce calibre aurait dû être incarcéré dans une centrale ne présentant aucune faille structurelle. D'autant que ce n'était pas son coup d'essai. La première fois que Schrödinger et ses collègues l'avaient arrêté, Karmia s'en était pris pour dix ans. Ça devait être en 2006. Il en avait purgé cinq avant de jouer les filles de l'air.

Elle se souvenait des commentaires lors du dernier procès. Le gars avait commencé sa carrière dans le style gentleman braqueur ; au fil des années, l'ambiance s'était gâtée. Fric, fiesta, défonce, alcool, un mélange létal sur le terreau d'une enfance catastrophique. Le type avait définitivement implosé au milieu des années 2000. Le jour où il avait reçu une balle en pleine poire lors d'une fusillade avec la police.

Le début d'une lente descente aux Enfers. Qui s'était soldée par un dernier braquo cataclysmique. Une boucherie.

Le sang avait coulé. Celui de Séverine, la coéquipière de Schrödinger et son âme sœur. Karmia détestait les policiers comme on déteste Ebola ; on prétendait qu'il avait voulu faire payer Séverine pour tous les autres, et qu'il avait sciemment visé la tête. La balle d'un flic lui avait ravagé le portrait, alors il s'était vengé. Une logique de défoncé.

– Qu'est-ce que tu vas faire ? tenta-t-elle.

Non pas qu'il soit censé intervenir. Il n'était plus flic et plus concerné, même si c'étaient son équipe et lui qui avaient arrêté le dingue. Les deux fois. Ses anciens collègues de la BRI étaient mobilisés, mais elle était sûre qu'il allait réagir d'une manière ou d'une autre. Et pas forcément pour son bien. Karmia et lui n'étaient-ils pas les meilleurs ennemis du monde ?

– Rien, dit-il.

C'était difficile à croire.

3

Le concert

Cinq heures du matin. Laurence Schneider vérifia le contenu de son sac à dos, y ajouta la thermos de café, le spray anti-agression et le couteau de para.

Elle sortit. Le monde était enveloppé dans un rideau de velours qui amusait le vent, qui faisait vibrer les fils électriques, les buissons et les barrières à bétail. En arrière-fond, la rivière chuchotait.

Elle prit la route à bord de son 4 × 4 en pensant à son mari, en exploration dans le Montana. Il était très content des photos qu'il avait déjà prises. Sa collaboration avec Ryan, le *field recorder* américain qu'elle aurait rêvé de rencontrer, démarrait au mieux. Elle regrettait de ne pas pouvoir participer à ce périple sonore et photographique, mais la société de production avait appelé juste avant, et elle ne pouvait pas se permettre de refuser une telle commande : *La Forêt des murmures* était le second film d'une jeune réalisatrice au talent fou : son scénario se développait sur une année et elle avait commandé un paysage sonore évoquant les quatre saisons. Yannick était donc parti seul et ne serait de retour que dans trois longues semaines.

Pas l'ombre d'une voiture ou d'un tracteur. Elle longea la départementale avec la sensation que prés et bois lui appartenaient. Elle se gara une vingtaine de mètres avant l'étang. Le ciel était parsemé d'étoiles, mais ces loupiotes sacrées ne révélaient pas les ornières du sentier. Elle enfila la lampe frontale, qu'elle avait atténuée avec un filtre, descendit de voiture, s'empara du sac contenant l'enregistreur, les écouteurs et le micro parabolique. Les coassements s'amplifiaient au fil de ses pas.

Surtout ne pas les effrayer. Elle était là pour enregistrer leur concert.

Les musiciens étaient tous des mâles. Et ils avaient intérêt à séduire. Sinon, pas question de transmettre leurs gènes. Pour autant, il leur fallait coopérer. Contrairement aux oiseaux – des solistes nés –, les amphibiens étaient des choristes. Chaque individu devait écouter le groupe pour percevoir dans quel espace se glisser. Les fractions de libre expression étaient peu à peu colonisées et l'ensemble finissait par créer une rumeur constante.

Cette mare en bordure de sous-bois était une aubaine pour capturer la mélopée du sonneur à ventre de feu, la star des crapauds. L'espèce venait d'être introduite en France, uniquement dans ce coin de Lorraine. Était-ce par le biais involontaire d'une pisciculture ou de celui d'un lâcher délibéré ? Nul ne le savait. Pour sa part, elle était ravie de leur présence ; leur chant hypnotique évoquait un air de flûte africaine. Chaque sonneur devait trouver son ouverture, et espérer très fort que sa sérénade – plutôt que celle du copain – plaise à une femelle. En prime, ils étaient magnifiques avec leurs pupilles en forme de cœur, leur museau rond, leur dos marron ou vert émeraude moucheté de noir, leur ventre aux rayures allant de l'orange au rouge vif.

Elle les enregistra pendant un quart d'heure, puis, satisfaite de sa récolte, les abandonna à leur concert nuptial et remonta en voiture. Elle s'offrit un café et engloutit un morceau de quiche racornie.

Le ciel virait du noir au violet.

Elle prit la direction de la forêt et se gara à son emplacement habituel. La brise jouait avec les hêtres. Les senteurs l'enveloppèrent comme un drap frais. On ne percevait que des parfums légers, mais dans quelques heures ce serait une lente et continue explosion de senteurs. Elle récupéra son matériel à l'arrière du 4 × 4 et se harnacha. Elle était prête pour le second épisode consacré aux oiseaux.

Le vent faisait résonner mille feuillages. Le gravier et les brindilles, sous ses pas, diffusaient d'intéressants craquements.

Elle s'arrêta et éteignit sa lampe.

D'abord, il n'y eut que le souffle du vent et le bourdonnement des mouches. L'aube était encore écrasée par le ciel. Puis ça démarra. Les rouges-gorges donnèrent le ton. Toujours, ils étaient les premiers, parce qu'ils n'attendaient pas l'aurore pour se lancer. Normal, ils allaient passer l'hiver à défendre leur territoire et prenaient de l'avance. Elle écouta leur chant rayonner dans le silence de la nuit : c'était à couper le souffle. Mais le solo fut de courte durée. Les grives musiciennes entrèrent en scène. Les chouettes leur emboîtèrent le pas. Puis elle reconnut le chant des hulottes et celui des chevêchettes. Ces chouettes miniatures, de la taille d'un étourneau trapu, étaient devenues rares en France. La région devait en compter entre soixante et cent vingt couples suivant les années.

Le concert durerait un bon moment. Elle s'assit sur un tapis de mousse. Bientôt, elle eut le sentiment d'être au cœur d'une cathédrale de verdure embrasée par une prière dédiée à la beauté du monde.

*
* *

Schrödinger frotta ses joues râpeuses. C'était bien trop tôt pour l'heure des visites, mais il n'avait nulle envie d'être ailleurs que devant cet hôpital, sur son banc habituel, à attendre, à réfléchir. Au téléphone, le remplaçant de Séverine lui avait résumé la situation. Un commando. Vif, rapide, cagoulé, lourdement armé. Un grand sang-froid. Les trois complices, dont une femme, avaient pris d'assaut un Alouette II sur un aérodrome, à une quarantaine de kilomètres de la prison, et forcé un instructeur à les embarquer. Une fois dans la place, ils avaient craqué des fumigènes pour foncer à couvert vers le bâtiment où se trouvait Karmia.

Entre le moment où l'hélico s'était posé et son décollage avec le braqueur à son bord, quelques minutes à peine s'étaient écoulées. Trop juste pour que le personnel accède à l'armurerie. Cette fois encore, Karmia avait bien choisi son créneau. Celui de son cours hebdomadaire. La salle n'était séparée de la cour d'honneur que par un porche et deux grilles, qu'ils avaient attaquées à la disqueuse.

Il avait maîtrisé l'enseignante avec une lame de rasoir. Le gardien, non armé, n'avait pu que les laisser filer. Dans les miradors, les surveillants avaient laissé faire pour ne pas blesser l'otage. L'hélicoptère avait été retrouvé à moitié carbonisé dans un champ, à une soixantaine de kilomètres de Mauvoiry. Le pilote, choqué, avait bien cru que la femme qui le braquait le descendrait. Le commando avait très certainement changé de véhicule. Environ deux mille hommes étaient mobilisés pour la traque.

Une ambulance arriva, qui fila devant ses yeux ; il avala difficilement sa salive.

Les gars reprendraient cet enfoiré. Une question de temps. Pourtant, l'imaginer libre, le vent caressant gentiment sa gueule tordue, lui était insupportable.

Et pourquoi gardait-il la jeune femme en otage ? Elle avait trente-deux ans, était mère de famille.

Tu as le cerveau plus fondu que moi, Karmia.

*

* *

Calée dans son meilleur fauteuil, Barbara lisait un article en ligne, *Karmia, le retour du Phénix*, illustré par une photo du caïd du temps de sa splendeur. Visage bronzé et souriant, veste en lin pâle et cigare.

Les médias avaient toujours bandé pour lui.

« Au début des années 90, un quintette de braqueurs alterne attaques de banques et de fourgons blindés. Leurs opérations millimétrées ne font aucune victime, on les surnomme *Les Chirurgiens*. Leur chef-d'œuvre est le pillage, en 1994, du plus grand coffre-fort de France. Le centre-fort de la société américaine de transport de fonds Dicker's, en région parisienne. En principe, une adresse ultrasecrète et un bunker inviolable en béton armé. Le butin est de cinquante-trois millions de francs. Mais la mécanique se grippe en 2004, lors du casse d'une agence du Crédit Lyonnais, située en plein cœur de Paris. Informée, la BRI (Brigade de recherche et d'intervention, dite aussi l'Antigang) attend les braqueurs. Après un échange de tirs, le chef est grièvement blessé ; une balle lui emporte une partie de la mâchoire.

En 2006, arrêté par la BRI, il est condamné à dix ans de réclusion. Il s'évade cinq ans plus tard, profitant d'un transfert médical. L'histoire inspire le cinéma. En 2011, *Cœur blanc* donne le beau rôle à un stratège au mental de Robin des Bois. Un bandit séduisant, mais qui vire Quasimodo le temps d'un braquage fatal.
Le personnage est inspiré de Charles Karmia, né à La Courneuve en 1967, dans la Cité difficile des 4 000 ; mais le public ignore encore son identité.
Le chef du gang est certes intelligent, mais de plus en plus instable. Son dernier coup va le prouver. Ce jour gris de janvier 2017, toujours en région parisienne, le mythe du caïd flamboyant vire au cauchemar.
En début d'après-midi, deux fourgons de la société Protekta s'apprêtent à quitter leur dépôt d'Asnières. Celui qui doit partir en premier contient huit millions d'euros attendus par la Banque de France ; le second est vide et quittera sa base quinze minutes plus tard. Au dernier moment, le retard imprévu d'un conducteur amène à intervertir les départs. Le fourgon vide part le premier.
Il est vite percuté par deux voitures. Un braqueur arrose le fourgon à l'arme automatique et tue le chauffeur. Il fait deux victimes collatérales en blessant une conductrice et en tuant sa fillette, assise sur le siège passager de la voiture. L'artificier du groupe fait sauter à l'explosif la porte latérale du fourgon. Mauvais calcul, la charge tue les trois vigiles. Le gang réalise alors que le fourgon est vide. La BRI, toujours bien renseignée, débarque. Karmia passe en mode survie à tout prix. Un échange de tirs intervient. Côté police, le commandant Séverine Varmeau, trente-cinq ans, est touchée. Côté truands, deux hommes sont fauchés. Bilan : sept morts dont une enfant, et deux blessées, dont l'une gravement.
Pour un fourgon vide, l'addition est aussi amère que salée. Ce fiasco sonne le glas de Charles Karmia. Quatre mois plus tard, il est arrêté dans sa planque de Goussainville. Après un procès très médiatisé, il est condamné à vingt-huit

ans de réclusion, puis incarcéré dans le quartier de sécurité du centre de détention de Mauvoiry. Le caïd semble vaincu.

Six mois se passent sans le moindre écart. Mais ce jeudi 15 mars, le phénix décide de renaître de ses cendres. Le prisonnier modèle rue dans les brancards. À la surprise générale, et à cinquante et un ans, Karmia retrouve son talent de stratège et s'évade avec l'aide de trois complices lourdement armés, qui ont forcé un pilote instructeur à poser son hélicoptère dans la cour d'honneur de la prison. Malheureusement, il prend en otage l'enseignante qui se dévouait pour les détenus, une jeune mère de famille. À l'heure qu'il est, Adèle Bouchard est toujours son otage. Avec cet enlèvement, l'objectif de la cavale s'opacifie. L'image du bandit de légende est définitivement écornée. »

La stratégie, s'il en avait vraiment une, était pour le moins obscure. Pourquoi libérer le pilote de l'hélico et garder la prof ? Passer les frontières avec une otage n'était pas chose aisée. Ça n'avait aucun sens.

Pour Barbara, l'ex-boss des Chirurgiens s'était grillé les synapses à l'époque où il confondait son pif avec un tunnel à coke. Et la balle qui lui avait arraché une partie de la gueule avait fait le reste en le rendant cinglé.

Des années plus tard, c'était cette dinguerie qui avait foudroyé Séverine. Quatorze mois s'étaient écoulés depuis qu'il lui avait tiré dessus. Elle était toujours plongée dans le coma.

Schrödinger avait tenu bon, puis fini par couler comme une pierre. Démission de la BRI. Et le vide, pendant plusieurs mois. C'est elle qui, pour l'extirper de son désespoir, était allée le repêcher dans son studio sinistre pour lui proposer un job dans son équipe. Il avait tous les symptômes du syndrome post-traumatique, mais elle avait pris le risque. Elle ne pouvait pas le laisser tomber. Elle connaissait sa force. Avec le temps, il retrouverait un semblant d'équilibre.

Il fallait qu'elle dorme. La patronne de la sécurité de nuit d'un palace se devait d'être fraîche et dispose comme un lys en toute circonstance. Telle une poupée Barbie qui aurait pris de la bouteille et quinze kilos de plus. Vaste blague. Ça semblait une mission impossible.

Le soleil était un bijou inca rutilant. Elle le fit disparaître derrière ses épais double rideaux.

*

* *

Une partie de la chambre était plongée dans une lumière abricot parce que le soleil s'y infiltrait, mais les autres couleurs étaient froides. Elle était allongée sur le dos, avec sa minerve qui lui donnait l'air d'une belle femme girafe du futur, sa sonde dans le nez, ses perfusions ; un monde synthétique et, derrière son corps étendu sous le drap blanc, brillait l'écran noir sur lequel dansait sa vie. Des lignes en montagne russe. Des sons en petite chanson de baleine. Une existence. *Tant que je serai vivant, personne ne te débranchera. Que ton con de mari le veuille ou non.*

Schrödinger s'assit à ses côtés et, du bout de son doigt ganté de blanc, traça doucement une ligne sur son avant-bras. Il observa le visage délicat aux yeux clos. La douleur aiguë et désormais familière lui mordilla le plexus. Séverine disparaissait peu à peu. Ses traits n'étaient plus exactement les mêmes. C'était comme une sortie de scène, lente, lente, lente…

– On va se bagarrer toi et moi, d'accord ?

Il hésitait. Devait-il l'entretenir du salopard qui venait de s'évader ? Dans le pays où elle se trouvait, elle n'avait certainement pas envie d'entendre ça. Alors, il lui raconta sa soirée. Les elfes, la musique qui faisait dans la nostalgie des années soixante-dix, son pote le barman qui connaissait par cœur l'histoire magique de son cinq-étoiles. La veille, il lui avait narré les frasques d'Oscar Wilde, un grand écrivain anglais qui y descendait à l'époque de l'inauguration du palace.

Adam, un historien équipé d'un shaker. Les lumières de la nuit.

4

L'Élue

Elle glisse, tout son corps caressé par une main géante. Elle est merveilleusement bien, mais la nécessité lui explose au visage, il faut qu'elle comprenne où elle est.

Devant ses yeux, des bulles d'argent dansent. Les sons lui parviennent à travers de la ouate. Ses poumons, gonflés, la martyrisent. Elle expire une goulée d'air. Les bulles remontent. Ainsi, elle flotte dans de l'eau. Des carrés blancs se distordent. À quelle profondeur ce carrelage ? Deux mètres, six mètres ?

Vite, émerger, respirer, respirer.

Elle nage vers la surface, jaillit enfin dans la lumière, engourdie comme une belle au bois dormant qui se réveille au milieu d'une piscine surplombée par un dôme en verre. Au moment de sortir, sur une marche de l'échelle, elle se rend compte qu'elle est nue. Qu'importe, il n'y a personne dans les parages.

C'est luxueux ; transats bleus et palmiers immenses dans des bacs en bois. Des bouteilles sont posées en équilibre sur les étagères en verre d'un bar. Une musique électronique chuinte dans le vent.

Elle sort, bras croisés sur les seins, prend une serviette blanche posée sur une table en osier. Contre sa peau, le coton moelleux adhère comme un nuage.

Elle ouvre la porte la plus proche et pénètre dans un couloir qu'elle remonte au rythme répétitif de la musique. Sur les murs, des fresques naïves lui évoquent le Douanier-Rousseau : un toucan cohabite avec une famille de macaques, un paon observe un léopard dissimulé dans une profusion de fleurs aux vives couleurs ; nul être humain, seules se dessinent, au loin, de sombres silhouettes.

Une autre porte désigne le *vestiaire*. Aucun pictogramme n'indique à qui il est réservé. Des casiers, des bancs en bois, des cabines de douche, une robinetterie plaquée or, une lumière douce diffusée par des plafonniers design. Un parfum exotique flotte sur une propreté implacable.

Ce côté zen, cela ne me va pas. Qu'est-ce que je fous ici ?

Elle n'a pas de passé. Elle n'est que dans le présent, dans un endroit luxueux, étrange et vide.

Où sont les gens ?

Elle s'assoit sur un banc, prend sa tête entre ses mains. Quelle est son identité, a-t-elle de la famille, des amis, une adresse ? Que fait-elle dans la vie ? Et, d'ailleurs, est-ce qu'elle a une activité ?

Elle a dû avoir un malaise. Elle aurait pu couler dans la piscine, elle aurait pu mourir. Cette pensée la terrifie, et c'est à cet instant précis qu'elle réalise qu'elle ignore à quoi elle ressemble.

Il doit bien y avoir un miroir quelque part. Elle cherche. En vain. Elle se tâte le visage : rien. Ses doigts ne lisent pas ses traits. Ils fouillent du sable. Ses cheveux sont déjà secs. Elle les saisit à pleines mains, mais ne parvient ni à imaginer leur couleur ni à déterminer leur longueur…

Il lui faut trouver quelqu'un. L'endroit ressemble à un club sélect, alors il doit forcément y avoir des membres.

Où peuvent être ses vêtements ? Les casiers – ornés d'un *R* majuscule gravé et d'une tête de singe couronnée et souriante – sont vides, sans aucune numérotation, sans aucune serrure. Comment s'y retrouve-t-on, ici ? Elle en déniche un, bourré de vêtements tous d'un jaune acidulé. Un polo arborant un *D* brodé à l'emplacement du sein gauche, un short, des sous-vêtements en dentelle, une paire de ballerines.

Mon prénom commencerait donc par un D ?

Ce sont ses vêtements, sans aucun doute, il n'y a personne d'autre alentour.

Pas de sac, on a dû le lui voler.

Elle s'habille : les vêtements et chaussures sont à sa taille – elle se sent alors un peu moins vulnérable – puis revient sur ses pas.

S'il y a un bar, il doit y avoir un barman.

Le hall, la piscine et le bar sont toujours vides. *Est-ce que j'ai vraiment besoin d'un remontant ?* Une bouteille de champagne l'attend, au frais, dans un seau en argent. Était-il déjà là tout à l'heure ? Elle ne peut jurer de rien.

En fait, non, je n'ai pas envie de m'anesthésier avec de l'alcool.

D'ailleurs, elle n'a ni faim ni soif.

Elle commence à chercher un téléphone, inspecte les lieux, tombe sur une porte dissimulée derrière des plantes en pot. Elle accède alors à un hall sphérique, immense, d'une hauteur de cathédrale. Des colonnes de marbre soutiennent la structure, et le plafond est un dôme de verre.

Pas âme qui vive.

Elle sent un regard posé sur sa nuque, se retourne et découvre, dans un cadre à dorures, le portrait d'un homme en veste de tweed et nœud papillon. Derrière les lunettes à fines montures d'acier, le regard est sombre et vif. La quarantaine, des cheveux bruns ondulés, un front large, de grandes oreilles, des sourcils noirs et touffus, des paupières tombantes, des joues molles, des lèvres minces qui esquissent un sourire aimable. C'est bon de voir un humain, même par le truchement d'un tableau.

Aucun téléphone, aucun ordinateur. Rien.

Ne pas céder à la panique.

Si elle ne se souvient plus de son identité, elle connaît, elle perçoit pourtant sa propre force.

Des nuages passent dans le ciel qui projettent leur ombre sur le sol.

Sortir, sortir de là à tout prix.

– Il y a quelqu'un ? Répondez, s'il vous plaît, répondez-moi !

Elle n'entend que la même musique qu'elle ne supporte plus.

Réfléchir. Se concentrer. Elle tente plusieurs fois d'ouvrir la porte pour retrouver la piscine. En vain.

Elle jure, hurle, se cabre, donne des coups de pied.

On joue avec ses nerfs.

Peut-être que le sourire du tableau n'est pas si bienveillant après tout. Pourtant, le type a l'air d'être un personnage important.

Une image émerge. Celle d'une banque d'un autre siècle.

Dans les films, les guichetiers menacés par les braqueurs appuient discrètement sur un bouton pour prévenir la police.

Elle glisse sous le guichet, à quatre pattes elle explore l'espace, ses doigts sentent une protubérance sur laquelle elle appuie. Un grincement, un bruit mécanique… Elle relâche sa pression mais le bruit se poursuit.

Elle suit des yeux le mur qui s'enroule tel un volet découvrant une paroi de verre qui donne sur une ville ensoleillée. Des bâtiments pâles sont précédés de terrasses verdoyantes. Des palmiers bordent une avenue où circulent des gens à pied, en trottinette, des cyclistes en tandem ou solitaires.

Elle franchit la paroi, est saisie par un vent doux et délicieusement parfumé. Des oiseaux marins piaillent leurs cris aigus dans le ciel bleu violet.

Un couple à la chevelure blonde, bras dessus, bras dessous, en maillots à rayures et shorts kaki, s'approche d'elle.

Avec un grand faux sourire, elle leur demande où elle se trouve. Ils l'écoutent, s'interrogent du regard, puis le jeune homme amorce une tirade sans queue ni tête. Quelle langue parle-t-il ? Elle n'identifie aucun mot. Elle se tourne vers la jeune femme. L'incompréhension est la même.

Attristés, le couple blond hausse les épaules, agite la main puis s'éloigne.

Un autre promeneur en costume de lin, la cinquantaine décontractée et bronzée, se profile. Sa réaction est la même : il écoute, il a visiblement envie de l'aider, mais la communication est impossible.

Où se trouve-t-elle donc ? D'habitude, dans un pays étranger, on arrive toujours à repérer un mot, une expression. Ici, le lexique des habitants est un amas de pierres grises.

Mon cerveau serait-il plus atteint que je ne le crois ? Elle ne connaît plus son identité, comme elle a oublié toutes les langues qu'elle a apprises.

D'ailleurs, dans quelle langue suis-je en train de penser ?

Elle se retourne, mais le volet est redescendu sur la paroi en verre. Un *R* géant, peint en rouge sombre, strie sa surface. Elle pousse son exploration jusqu'au croisement qui relie l'avenue noyée de soleil à une rue ombragée, discerne une plaque métallique fixée sur le mur de l'immeuble le plus proche. Elle ne déchiffre aucun mot. C'est illisible autant qu'imprononçable. Les lettres sont d'un alphabet inconnu.

Ou qui a sombré dans les tréfonds de sa mémoire malade.

5

Le goût du silence

Le soleil réchauffait son visage, ses mains. Laurence avançait d'un bon pas sur le sentier familier sans se préoccuper de faire du bruit. Il n'y avait que les amateurs pour tenter de passer inaperçus. Certains naturalistes du dimanche l'avaient amusée par le passé ; spectaculaires dans leurs coûteuses tenues de camouflage, ils progressaient avec une prudence de survivalistes en évitant de faire craquer brindilles et feuilles mortes. Des naïfs qui ne repéraient jamais le geai, aussi beau que discret, sentinelle perchée au-dessus de leurs têtes pour annoncer à la forêt tout entière que des intrus venaient d'y pénétrer. Les animaux n'étaient pas dupes, où que vous soyez et quel que soit votre comportement, ils vous reniflaient, vous entendaient et lisaient vos intentions. En revanche, eux savaient se rendre indétectables. À quelques mètres de vous, tapis dans les fourrés, immobiles, muets, patients, ils attendaient votre départ pour reprendre leur existence où vous l'aviez interrompue.

Elle aussi était en tenue spéciale, polo et blouson couvrants, pantalon rentré dans de bonnes chaussures montantes. Ce n'était pas tant pour se fondre dans le paysage et amadouer les animaux que pour éviter la maladie de Lyme. Les tiques étaient les seuls prédateurs qu'elle redoutait. Exception faite des chasseurs. Certains n'aimaient pas voir les audio-naturalistes arpenter leur territoire. Un jour où elle sillonnait un sous-bois à l'affût du chant des coucous avec son micro parabolique, l'un d'eux, visiblement alcoolisé, lui avait braillé qu'elle le gênait et faisait fuir le gibier « avec son foutu matériel ». Il lui avait ordonné de déguerpir en la menaçant de son fusil. Elle avait tenté de le calmer, n'avait récupéré que des injures et des menaces. Jusqu'à ce que le père Ferdinand émerge d'un fourré, son fusil sous le bras. Braconnier sans âge, il vivait en ermite, mais tout le monde le connaissait. Il survivait au fond des bois et en sortait de temps à autre pour faire ses courses en silence à la supérette du bourg.

Cette fois-là, il avait dévisagé le chasseur jusqu'à ce que celui-ci déclare forfait et s'en aille. Le père Ferdinand était aussitôt reparti d'où il était venu. Aujourd'hui, elle se demandait encore si le type aviné n'avait pas envisagé un accident de tir la concernant et si le vieil anachorète ne lui avait pas sauvé la vie. Elle ne le saurait jamais. En tout cas, régulation ou non de la faune, elle ne parvenait pas à apprécier les chasseurs. Avec leurs fusils, ils semaient la mort. Armée de micros, elle récoltait la vie.

Et capturait le silence.

Un paradoxe. Elle le savait bien. Toutes ces années, elle avait cherché l'instant de silence parfait. Celui où le souffle de la planète s'interromprait. Elle avait failli le capturer dans le sud-est de l'Islande lorsque Yannick et elle avaient fait le tour du glacier Vatnajökull. C'était à l'époque où ils préparaient un livre sonore en commun, les photos de l'un enrichissant les prises de son de l'autre. Ils avaient alors exploré un vaste paradis aux ambiances visuelles et sonores d'une grande délicatesse, intact, mais fréquenté le soir venu par les fantômes des légendes locales que leur contait leur guide. Un type jovial, qui adorait les histoires sinistres.

Dans la nuit mauve de l'été scandinave, alors qu'elle veillait seule devant les tentes où dormaient les deux hommes, le vent avait décidé de se taire, la fraîcheur du soir avait dissuadé les moustiques de hanter les lieux, et elle avait failli capturer son rêve de sérénité. Mais son organisme en avait décidé autrement. Sa respiration bien que légère était audible et avait volé l'espace sonore. Tout comme son cœur qui lui avait rappelé qu'il était un réacteur fonctionnant en continu. Et puis son estomac – en pleine digestion d'une excellente soupe aux pommes de terre et à la morue – s'en était mêlé en produisant quelques jolis gargouillis. Son corps réagissait comme cette région si particulière. Celle où le magma était le plus proche de la surface terrestre. Ça grognait sous sa peau.

Depuis, elle s'était résolue à penser que le silence n'appartenait pas au monde des vivants. Mais seulement à celui des morts. À condition que les morts en question ne fréquentent pas un conte nordique, bien sûr.

Il était clair qu'il avait disparu de nos vies modernes. Même au fin fond de la Lozère, considérée comme la région la plus paisible de France, où elle avait travaillé plusieurs fois, on finissait toujours par entendre des tracteurs et des tronçonneuses en arrière-plan. Et c'était sans compter les moyens de transport. Le ciel était infesté par les avions, et si on parvenait à oublier les voitures, la pétarade agressive des motos sillonnant une vallée vous cassait l'ambiance même si vous vous trouviez à trois mille mètres d'altitude.

Il était temps de rejoindre l'étang pour récupérer le matériel installé la veille. Elle avait le choix entre rebrousser chemin et récupérer la voiture, ou tracer à pied à travers bois. Deuxième solution. La journée était trop belle pour ne pas en profiter.

La réalisatrice souhaitait des « climats sonores », très contrastés. Une nuit mystérieuse et puissante à la fois sylvestre et champêtre, une ambiance romantique ponctuée de moments de tristesse, une explosion d'énergie pour conclure sur une atmosphère à la limite du silence, des frémissements.

La versatilité de la commande lui plaisait. Ce serait l'occasion de créer des partitions toutes de nuances et d'émotions. Il fallait être à la hauteur. Le scénario racontait l'itinéraire d'une gamine élevée par un père violent et quasi mutique. La mère était morte ou avait pris la fuite, le grand-père faisait de rares et vaines apparitions, la forêt était le refuge de l'enfant. Il lui arrivait de suivre à la trace un loup blanc pour de longues courses effrénées. Jusqu'au bout, le spectateur devait ignorer s'il existait vraiment ou si c'était le fruit de son imagination. Les dialogues étaient rares : échanges de la fillette avec son institutrice, ses camarades de classe et un musicien alcoolique en panne d'inspiration qui avait voulu s'isoler du monde. La bande-son fonctionnerait presque comme un personnage. En tout cas, elle illustrerait le monde intérieur de l'enfant.

Un programme chargé. Il ne s'arrêtait pas aux enregistrements des animaux, mais devait englober les bruits de la nature. Les résonances créées par la pluie, le vent, les orages et le langage varié des rivières…

Soudain, elle entendit une rafale de mitraillette. Trois secondes. Puis plus rien.

Avec la bénédiction du hasard, elle venait d'enregistrer un pic noir en plein travail. Il devait se trouver à moins de deux cents mètres, probablement dans les hauteurs d'un vieil arbre creux, ses griffes acérées arrimées dans l'écorce. Elle l'imagina, magnifique avec son long bec puissant et vernissé, son envergure et sa robe de corbeau, sa calotte rouge. C'était une aubaine. L'espace vital du pic pouvait s'étendre sur cinq cents hectares, et réussir à enregistrer un individu tenait du sport extrême.

Une nouvelle rafale pendant trois secondes. Puis une phase de repos.

Et encore une rafale.

Le moment de calme s'éternisa. Enfin, elle perçut un long battement d'ailes, puis le cri caractéristique de l'oiseau en vol. Ce *krukrukru* posé. Elle patienta. Et fut bientôt récompensée. Le pic changea de registre et poussa son étrange *klieuh kliééh*. Un cri plaintif qui tranchait avec l'énergie qu'il venait de déployer dans son tambourinage nuptial. Cela créerait une touche romantique. Celle qui évoquait au mieux la forêt ancestrale.

Une lumière blanche léchait la campagne. Les senteurs surgissaient de partout. Alors que Laurence progressait vers l'étang, les effluves de vase et ceux des fleurs sauvages se battirent en duel. Elle rejoignit le tapis de feuilles sous lequel, la veille, elle avait dissimulé l'enregistreur et sa batterie. Elle avait brouillé leur odeur avec de l'humus et de la terre, au cas où des mammifères se seraient aventurés dans le coin. Elle souhaitait capturer l'endormissement des étourneaux et le chant des oiseaux nocturnes, mais les surprises étaient bienvenues. La batterie disposait d'une autonomie de quinze heures et était reliée à des câbles. Ils serpentaient vers les joncs et se terminaient par les micros. Si les fourmis et les rongeurs s'étaient bien tenus et avaient évité de les grignoter, elle espérait avoir collecté un beau paysage sonore.

Après vérification, tout semblait en ordre. Il était temps de rentrer.

*

* *

La station Philippe-Auguste et son long couloir sinistre. Une allure de tunnel métaphysique débouchant sur le grand nulle part, mais on s'y faisait. Il s'y était fait vite. Ce quartier, Schrödinger n'avait aucun reproche à lui adresser.

Il remonta le boulevard, s'engagea dans l'impasse de Mont-Louis, jeta un coup d'œil au fidèle graffiti. « Cé dur kan on est seul. » Ni la mairie ni les riverains ne se décidaient à karchériser l'œuvre du poète inconnu et rétif à l'orthographe.

Il composa le code de son immeuble, monta l'escalier aux marches creusées par le temps et pénétra dans son studio. Les volets luttaient contre le jour.

Si Séverine avait été là, elle les aurait ouverts, ces volets. Et elle aurait dansé dans la lumière. Un spectacle de la regarder onduler. Et quand son corps restait tranquille, ses doigts marquaient la mesure. Elle suivait tout avec ces doigts-là. Même les morceaux de jazz compliqués.

Oui, quand ils étaient allongés l'un contre l'autre à écouter de la musique, sa tête enfouie dans son cou, elle tambourinait sur sa poitrine, sa cuisse, son bras. Immobile, il savourait le contact léger de ses mains agiles et musiciennes.

Carré de boucles noires, yeux de jais sous les sourcils arqués, teint cuivré et profil de reine égyptienne. En fait, elle n'avait rien d'égyptien, son père était de Pondichéry et sa mère de la région lyonnaise. Son nez, certains le jugeaient trop grand. Lui, ce nez, il aurait pu lui vouer un culte. Le seul défaut de sa physionomie était peut-être ses hanches un peu trop larges et ses cuisses volumineuses. Ça lui faisait le buste léger. Elle faisait penser à une belle centauresse.

Il s'assit sur le bord de son lit. Ses bouchons d'oreilles étaient deux mini-fusées rouges sur le ciel en bois de sa table de chevet. Il n'avait pas sommeil, mais s'allongea malgré tout.

Trop vite, Karmia. Imprimé sous ses paupières.

L'obscurité, soudain insupportable. Il ralluma. Son corps tel un morceau de bois mort. Cette crainte, toujours là.

Toujours, toujours là. Une vibration continue.

Se réfugier sous la douche, s'asseoir sur le carrelage, enserrer ses genoux de ses bras. Maintenant.

Il laissa l'eau brûlante marteler les muscles de son dos.

Karmia. Toujours là.

Karmia aux deux vies. Avant et après sa blessure.

Il le revoyait. Ces longs interrogatoires lors de sa première arrestation. C'était quand ? En 2006. Il tenait sa langue pour ses casses, ses complices et l'endroit où dormait son fric. Mais, au fil de la nuit, comme un animal nocturne qui ne reviendrait à la vie qu'au moment où le monde lâche prise, il s'était confié. Son enfance de merde. Ses désirs, ses ratages. Pas de pathos. Des constats.

Oui, il avait des éclairs de lucidité.

Mais aucun détail *professionnel* n'avait émergé, alors on avait creusé le terrain. Sa cité des 4 000.

Le constat avait été rapide. Karmia inspirait respect et crainte à son entourage.

*

* *

Laurence s'accorda une longue douche très chaude, enfila des vêtements « civils » et s'installa dans son bureau pour écouter des fragments de l'enregistrement nocturne. Elle voyagea de passage en passage. Le résultat était prometteur. L'étang était un endroit magique. Les étourneaux se rassemblaient par milliers dans ses roseaux pour s'y endormir. C'était une abondance de frémissements, de crépitements, soutenue par la parade des insectes. Elle se rendit compte qu'elle avait récolté une petite merveille. Le chant du gorgebleue. Encore un peu plus loin, nouvelle victoire. Un butor étoilé s'était invité. Son long mugissement démarrait en douceur, puis résonnait et portait loin. Il était presque comique. Certains le comparaient à une contrebasse, d'autres au vagissement d'un bovin. Laurence lui vouait une tendresse particulière. Avec sa voix de ténor, l'échassier faisait swinguer la nuit.

Elle rangea ses affaires et prit son petit déjeuner au jardin. Une causerie de vaches, au loin. C'était à peine audible, mais ses oreilles ultra-entraînées l'avaient captée. Elle se dit qu'il lui faudrait inclure des mammifères dans sa composition. Des renards, notamment. Mais la saison de leurs amours avait lieu en hiver. Or, la commande était à livrer dans deux mois.

Une certitude, il lui fallait le brame des cerfs. La magie ne prendrait pas sans le concert du plus impressionnant des noctambules de la forêt.

Elle puiserait dans ses archives. La difficulté serait de faire une sélection. Comme elle exerçait depuis plusieurs années, le choix était vaste.

Elle rentra et alluma la radio. On annonçait une évasion.

Ce nom.

Elle avait cru ne plus jamais l'entendre.

Sa gorge se contracta. Son cœur manqua un battement. Ou deux.

6
Les aveux

Adèle se réveilla en sursaut. Le visage de son petit garçon dansait devant ses yeux. Il devait être chez sa grand-mère. Angoissé, mais en sécurité.

Elle avait sombré. Longtemps ou quelques minutes ? L'épuisement avait été plus fort que la peur. Maintenant, elle percevait des notes de musique. Un chant. Celui d'un homme, accompagné par des guitares. Une femme se joignit à lui. Un timbre pur, des paroles inintelligibles. Et toujours ces odeurs. Terre, herbe coupée, champs. Feu de bois.

C'était ce qu'elle avait respiré quand ils l'avaient traînée jusqu'ici. Pour le reste, elle avait perdu ses repères. Depuis quand était-elle enfermée ? Elle mourait de soif. Ses muscles étaient douloureux, bandeau et bâillon lui irritaient la peau, sa mâchoire était tétanisée. La corde qui la reliait à ce qui devait être une poutre en bois était trop serrée.

Maintenant que Karmia s'était évadé, à quoi pouvait-elle bien lui servir ? L'échanger contre une rançon, continuer à se servir d'elle comme bouclier humain ?

Elle n'avait plus entendu le son de sa voix depuis la descente de l'hélicoptère. Lui et l'un de ses complices l'avaient jetée dans le coffre d'un véhicule. Manque d'air, chaleur étouffante, elle avait craint de s'asphyxier. Des voix lui étaient parvenues, déformées par l'épaisseur de la carrosserie. Celles de plusieurs hommes dont Karmia. Et une voix féminine. Sans doute celle de la femme qui avait tenu en joue le pilote de l'hélico.

Ils avaient changé de véhicule. À la fin, elle n'avait plus perçu que deux voix. Celles de Karmia et de l'inconnue.

Quand ils l'avaient extirpée du coffre pour la traîner jusqu'ici, elle s'était débattue et ils avaient dû l'agripper. À deux. À coup sûr, c'était Karmia qui la tenait aux épaules, ses bras étaient un étau. Sa complice maintenait ses chevilles avec moins de force.

Elle devinait une lueur orangée, percevait des odeurs mêlées. De la graisse de machine ? Peut-être. Du vieux bois. L'endroit devait être assez vaste. Une grange ?

Le duo chantait toujours. Des chants tziganes ? C'était possible. Elle devait se trouver non loin d'un campement.

Combien de temps la garderaient-ils là ? Cela n'avait aucun sens.

Elle avait toujours pensé que Karmia la respectait. Qu'il faisait la différence. Elle s'était lamentablement trompée sur son compte.

Un grincement sur sa droite.

Un souffle d'air sur sa peau. Elle voulut parler, mais ne réussit qu'à grommeler sous son bâillon.

Des pas légers. Ce ne pouvait pas être Karmia. Quelqu'un était là, près d'elle, à la toucher. Un parfum. On lui enleva son bâillon sans ménagement.

– Qu'est-ce que vous me voulez ?!

– Silence.

Une voix décidée, jeune, froide. La femme de l'hélico. Elle lui fourra une paille dans la bouche. Adèle but, c'était de l'eau.

– Pourquoi vous me gardez ici ? Je ne vous sers à rien.

– Je t'ai dit de te taire.

Et elle lui remit son bâillon.

Elle entendit les pas de la fille qui s'éloignait. Les Tziganes chantaient toujours.

*
* *

Son estomac grommelait. Dans le lointain, la plainte d'un train.

Plus de chants, mais des échanges de temps en temps. Les gens allaient et venaient sur le campement. Et pas mal d'oiseaux. Une tourterelle, souvent. Et, venant de très loin, un ronronnement continu. Probablement le trafic sur un axe routier important. Les sons s'infiltraient à travers des interstices. Peut-être les planches en bois ajourées d'une grange ou d'une cabane. Ce qui expliquait qu'ils lui aient laissé son bâillon. Elle aurait pu appeler.

Qui lui avait donc donné à boire ? La maîtresse de Karmia ? Un jour, en voyant une actrice il avait évoqué une femme qui lui ressemblait. Une bonne nageuse, qui avait failli participer aux Jeux olympiques. Elle vivait en Amérique du Sud.

Parlait-il d'une ex ? Pourtant, il y avait de la nostalgie dans sa voix. En tout cas, qui que soit cette jeune femme, elle prenait des risques insensés pour ce vieux braqueur défiguré et détraqué. Une armada de gendarmes devait être à leurs trousses.

Où avaient-ils échoué ? Étaient-ils toujours en France ? Une chose certaine, ils n'étaient pas dans le Sud. La température était fraîche, les senteurs de la nature n'évoquaient rien de méridional.

La peur la rongeait encore, mais s'était atténuée. Remplacée par la colère, le ressentiment, et mille questions.

*

* *

Elle se réveilla en sursaut.

Quelles étaient ces voix ? La femme, Karmia… et un autre homme. Qui gémissait.

Ils approchaient. Ne furent qu'à quelques mètres. L'homme se mit à supplier.

– Je te jure, c'est pas moi, Charles… Putain, crois-moi… Quelqu'un m'a balancé, c'est un coup monté.

– Te fatigue pas.

Des pas rapides. Instinctivement, elle se recroquevilla. On lui arracha son bandeau.

Elle la vit. La complice de Karmia.

Elle semblait à peine sortie de l'enfance… Frange blonde au ras de ses yeux sombres et étrangement fixes. Longue chevelure lisse.

Un homme était à genoux. Ensanglanté et défiguré par la terreur. Son œil gauche avait disparu dans la chair violette et boursouflée. Impossible de lui donner un âge. Ses mains étaient liées dans le dos. Karmia se planta devant lui. La partie rafistolée de son visage était figée, celle intacte, secouée de tics. Deux entités en conflit. Une banquise luttant contre une tempête.

Il sortit une arme de sous sa veste, y vissa un silencieux et la plaqua contre la tempe de l'inconnu.

– Arrête ! Je ne t'ai rien fait, Charles.

La jeune fille s'adossa à une citerne rouillée, l'air indifférent, les yeux vides. Elle ressemblait à Karmia ; la même structure de visage, la même bouche ourlée. Ses joues étaient trop creuses, mais elle était d'une beauté singulière… Elle portait un tee-shirt kaki, un pantalon cargo.

Soudainement, dans son regard, son calme irréel explosa. Tout s'exprima dans ses yeux : deux malheureuses bêtes emprisonnées dans leurs orbites. Un court instant et ce fut fini. Retour à cette étrange inertie. Était-elle droguée ?

– Nico a vérifié pour moi, reprit Karmia en désignant la fille. Et elle ne parle jamais pour ne rien dire. T'as largué ma planque aux keufs, j'me suis mangé deux ans de centrale. Mais admets-le et je te ferai un cadeau. Ta femme…

– Ma femme ? Mais… Elle ne sait rien…

– Abats tes cartes, elle s'en sort. Balade-moi, et j'm'occupe de son cas.

– Je te jure qu'elle n'a rien à voir…

– Je sais. Ce que je veux t'entendre dire, c'est que c'est toi. Je peux être sympa. Juste une branlée et j'te largue dans ce trou paumé. Ça te changera de la chaude ambiance de Bastille où Nico t'a délogé, mais t'auras ta chance. Peut-être. Allez, fais tes calculs.

Le type semblait rétrécir à vue d'œil. Adèle souffrait pour lui. Il s'était uriné dessus.

– D'accord… C'est moi.

– On progresse, dit Karmia en plaquant son arme le long de sa cuisse. Maintenant, dis-moi pourquoi.

– J'étais un indicateur.

– De qui ?

– De la flic que t'as flinguée.

– Ah, celle qui est dans le coma depuis.

– C'est ça, le commandant Varmeau.

– D'accord. C'est clair, c'est bon. Adèle ?

Qu'avait-elle à voir dans cette horreur ?

Il lui décocha un sale sourire, puis fit un pas vers le bonhomme.

– Non, arrête ! J'ai pas pu faire autrement ! Séverine me tenait…

Karmia lui plaqua une nouvelle fois son arme contre la tempe. La fille observait la scène comme si rien n'était réel.

– T'en étais à appeler Varmeau par son prénom. Confortable. J'vais t'apprendre le confort, mon salaud.

L'homme se laissa tomber sur le dos, rampa sur le flanc. Ses jambes s'agitaient, frénétiques. Son visage était tordu par l'angoisse.

Karmia tendit le bras. L'homme poussa un cri étouffé. La fille demeurait immobile.

Karmia tira.

Adèle hurla.

Le corps gisait, mou, yeux vides tournés vers elle. Elle vit le sang… la matière cervicale…

– Tu percutes, Adèle ? La vraie vie, c'est ça. Un type t'a trahi, tu te venges. Pas besoin de mille lignes de dialogue. D'accord ?

Il dévissa son silencieux, le glissa dans une poche, rangea son arme dans son holster. Mouvements fluides. Le cerveau d'Adèle les enregistrait, mais ils n'avaient plus de sens.

Elle pensa à son enfant, s'accrocha à son visage. Frêle récif dans la dinguerie. Mais elle n'y parvenait pas. Sa raison chavirait.

Karmia et sa complice s'activaient. Emballaient le corps dans une bâche. Le tiraient hors de la grange. Une ligne de sang rouge sur le sol en plancher. La fille avait des gestes de robot.

Adèle s'enfonçait dans une eau noire. Son esprit allait se dissoudre. Plus de retour dans ce monde. Elle était si seule.

Elle pensa à la douceur de la peau de son fils, à sa chaleur. À sa voix quand il l'appelait.

Elle pensa à sa propre respiration. Elle avait lu quelque part qu'il fallait s'y amarrer pour lutter contre la panique. On avait tous un bastion à l'intérieur de nous. Qui résistait. C'était ce qu'il fallait faire. S'accrocher. Respirer.

*

* *

Karmia creusait en serrant les dents.

Nico pelletait comme une machine. La *poussière d'ange* lui irriguait encore le sang ou quoi ? Les effets pouvaient durer vingt-quatre heures, selon la dose. Il s'arrêta et l'observa. Le soleil inondait ses cheveux et en faisait des lambeaux dorés. Ses yeux étaient deux morceaux de charbon.

Merde. Plus le temps s'occupait d'elle, plus elle ressemblait à sa mère.

Angela. Il n'aimait pas penser à son ex-femme, mais la présence de Nico rapprochait le passé. La salope s'était barrée quand une balle lui avait emporté une partie du visage. Elle ne voulait plus poser les yeux sur lui. Pour elle, il était devenu un film d'horreur.

Les raisons qu'avaient les gens de vous aimer ou de vous larguer comme une merde étaient simples, parfois.

Tiens, en ce moment, il aurait bien jeté Angela dans la fosse qu'il creusait. Vivante.

Mais elle était la mère de son enfant. Ça avait été son passeport pour rester en vie. Ça le resterait.

*

* *

Lentement, Adèle revint à la réalité. Et rassembla ses pensées.

Ils devaient se trouver non loin d'un campement de gens du voyage. Probablement en région parisienne puisque celui que Karmia venait d'abattre vivait à Bastille, d'où Nico l'avait « délogé ».

Les Roms étaient complices. Il y avait eu du bruit, même avec le silencieux. Et le type avait crié. Sinon ils n'auraient pas pris le risque de l'abattre à deux pas de leur campement.

Mais elle avait été témoin du meurtre. Karmia avait *voulu* qu'elle le voie. Pourquoi ? Sa seule certitude : elle était devenue un danger pour lui.

*

* *

Ils avaient travaillé sans se plaindre sous le soleil. Karmia balança le corps dans la fosse. Nico l'aspergea avec l'acide nitrique qu'elle avait récupéré. Fumée âcre, odeur de chacal grillé, une enflure en moins.

Ils rebouchèrent le trou. Impeccable.

Nico, brave petit soldat. Elle avait eu l'idée des drones, mobilisé les cousins gitans, trouvé l'acide. Et même, et surtout, pensé à placer le fric dans l'achat de bitcoins. Jamais à court d'énergie ou d'imagination.

Ils s'assirent à l'ombre d'un arbre en fleurs. Peut-être bien un pommier ou un cerisier, il n'en avait aucune idée. Elle en connaissait un max à force de pianoter sur son smartphone à coque rose décoré de petits cœurs. La végétation et les bestioles, ça la passionnait.

– C'est quoi comme arbre ?

Elle leva vite la tête et regarda les feuilles. Son regard était moins zombi.

– Un prunier.

– Ah bon. T'es sûre ?

Elle hocha la tête et lui sourit. Ce même large sourire que quand elle était gamine. Elle avait accepté son visage cassé sans faire d'histoire. Une trace de trouille et de dégoût, et puis vite, l'amour. Cet amour qui rachetait tout. Même les saletés de sa mère, car sans cette salope, il n'aurait pas eu Nico. Allez, Angela était pardonnée et oubliée.

– On part voir maman au Brésil, hein ? Tu n'as pas changé d'avis ?

– Bien sûr qu'on va y aller. Il fallait bien que je zappe cet enfoiré avant, non ?

Elle le regarda un moment, puis se replongea dans la mer de l'Internet. Ses doigts dansèrent à tout berzingue sur le clavier. Ce n'était pas la première fois qu'elle le voyait buter un cave, mais un problème la travaillait, il le sentait. Et ça n'avait rien à voir avec la dope qui lui léchait encore les recoins.

– Nico, accouche, tu veux bien ?

– La prof.

– Quoi, la *prof* ?

– Je ne comprends pas ce qu'elle fait là, papa. Et maintenant, elle m'a vue. Pourquoi est-ce qu'on s'est fatigués à lui mettre un bandeau ?

– Pas grave. Elle a compris ce qui arrivait à ceux qui parlaient aux keufs.

– On ne peut pas la garder avec nous, elle va nous ralentir. Et tu ne comptes tout de même pas…

– Quoi ?

– Tu sais bien.

– La buter ?

– Oui. Elle ne t'a rien fait.

Elle fronçait les sourcils. Maligne, toute concentrée. Avec son esprit vif, elle était sa fierté.

– J'ai envie de l'incorporer encore un peu.

– Quoi ?!

Sa fierté, d'accord, mais il ne fallait pas qu'elle déborde. Son problème, c'est qu'elle aimait trop discutailler.

– Je t'explique, Nico. Dans les films américains, ils disent *embedded*. Tu sais ce que ça veut dire ?

– Oui. *Incorporé*. Comme les journalistes embarqués par l'armée.

– C'est ça. On n'écrit rien de bien si on ne voit pas la vie comme elle est. Adèle, je vais lui montrer. Comme ça, plus tard, si elle parle à ses amis, les connards du cinéma, ça déteindra sur eux. Voilà, c'est tout.

– Je ne comprends pas.

Il leva les yeux au ciel et articula pour qu'elle percute enfin.

– Si après ma mort, un scénariste tartine un truc sur moi, ça sonnera juste cette fois. D'ailleurs, peut-être qu'Adèle aura envie de l'écrire elle-même, ce scénar.

– Trop dangereux. Un poids mort.

– Eh, regarde-moi ! Je suis vieux, Nico. Les traces que je laisse, elles doivent marquer. Tu comprends ?

– Tu n'es pas si vieux. Et ça ne vaut pas le risque. Il faut immobiliser cette fille quelque part, le temps de se barrer. Vite.

Elle lui donnait des ordres ou quoi ? La colère lui enflamma le cerveau. De la main gauche, il l'agrippa par son tee-shirt, la fit se redresser. Le smartphone rose atterrit dans l'herbe. Elle regarda le téléphone, et le regarda lui. Sourcils arqués, lèvres entrouvertes : Nico quand elle avait peur. Il resserra sa prise, le col du tee-shirt emprisonna son cou, il lui balança une claque musclée de la main droite. Sa tête de petite connasse partit vers l'arrière. Elle lâcha un grognement. Un seul.

– Depuis quand que tu me contredis, hein !?

– Je ne te contredis pas, souffla-t-elle.

C'était la première baffe qu'il lui mettait depuis quoi ? Ses dix ans ? Il se serait attendu à ce que ses yeux se gavent de larmes. Mais non.

– Tu fais quoi, alors ?

– Je te dis ce que je pense. Il faut bien que quelqu'un le fasse.

Elle se prenait vraiment au sérieux, se croyait plus intelligente. Elle aurait mérité une sérieuse avoinée. Comme le premier connard venu qui lui manquerait de respect.

Il repensa à ce moment.

Lui, qui vient de se prendre la tête avec Angela. Cette pute l'insulte. Le traite de taré. Alors, il agrippe le bébé par le dos, par ses fringues. Il ouvre grand la fenêtre, passe le bras. Bébé Nico dans les airs. « Ta gueule, poufiasse, ou je la lâche ! » Angela s'accroche à ses genoux, le supplie, chiale. Elle n'est plus qu'une merde tremblante.

Nico dans les airs.

Même à ce moment-là elle n'avait pas pleuré.

Mais lui, il avait été à *ça* de la lâcher. La rage vautour qui te crame les circuits. Oui, il avait été à ça, à rien.

Une seconde à ne plus savoir. Les doigts qui peuvent lâcher prise. Et le bébé qui plonge, qui plonge…

Nico, qui ne serait jamais devenue la petite femme qu'elle était.

Il en rêvait encore la nuit. Souvent.

*

* *

Son père avait foncé comme un dingue vers le campement. Nico se frotta la joue, il lui avait fait mal. Qu'est-ce qui lui avait pris ? La dernière gifle remontait au temps où elle était ado et où elle le testait. Il n'avait aucune gratitude ou quoi ? Si elle n'avait pas été là pour lui, à tout organiser, à prendre ces risques, il serait encore à moisir au trou.

Elle allait et venait dans un pré. Devant elle, à dix mètres, les caravanes des cousins, blanches et calmes comme des ours polaires endormis. Et sous ses pieds, des mottes sculptées par des taupes et les taches jaunes des pissenlits.

Il était une girouette. Un moulin à problèmes…

Et moi, je n'aime pas être en colère. Ça me fait penser de travers.

Marcher pour se calmer. Pour lui pardonner.

Parce qu'elle le savait bien depuis qu'elle était en âge de comprendre. Son père, jamais personne ne lui avait jamais appris à se comporter correctement, à comprendre et domestiquer ses émotions.

Et le départ de maman n'avait fait que raviver la plaie.

Mais c'était peut-être réparable. Les parents pouvaient se retrouver. La magie n'existait pas que dans les contes. En fait, ce n'était pas de la magie. C'était de la volonté. Tout faire pour y arriver. C'était ça le bon credo.

Elle poursuivit ses allers et retours dans ce champ qui lui suçait les rangers. La brise lui chuchotait que ce n'était pas si grave. Après les épreuves, leur vie prendrait un beau détour.

Elle remarqua un saule épais, penché au-dessus de la rivière. Une bonne tête, elle s'en approcha. Il avait l'air de faire des grimaces et des clins d'œil. Ce n'était qu'une illusion, elle le savait bien. Les derniers effets secondaires de la phéncyclidine que son père avait exigé qu'elle prenne pour ne pas flancher au moment de l'évasion. « Ça bute la peur, Nico. » Ce n'était pas une nouveauté. La première fois, ça avait été le jour de ses quinze ans quand il l'avait emmenée braquer une station-service pour lui « apprendre la vie ». L'une de ses expressions favorites. La seconde, c'était quand il l'avait forcée à l'accompagner le jour où il avait abattu un ex-complice qui l'avait volé. « Si tu ne sais pas donner la mort au bon moment, Nico, elle te respirera dans le cou trop vite à ton goût. »

Lui, de la PCP, il en prenait systématiquement pour ses braquages. « La peur, Nico. La putain de peur. C'est l'ennemie. »

Il aimait la méthode de la cigarette au bout imbibé. C'était infect, d'autant qu'elle détestait fumer.

Le saule et ses longs bras mous n'étaient plus qu'à deux mètres, la rivière répétait la même question : « T'as une drôle de vie, Nico, tu le sais ? » Mais en réalité c'était la *poussière d'ange* qui lui faisait la conversation. Une jolie expression pour une saleté. Ça se calmerait. Pendant quelques heures encore des bouts d'hallucination, des sensations bizarres, et ça se diluerait.

En tout cas, leur « vie », c'était un sujet intéressant. En vérité, elle ne pouvait pas imaginer la sienne sans lui. Elle l'aimait. Malgré tout. Et plus fort que n'importe qui sur cette planète. Même le Daron, qui était pourtant l'homme le plus raisonnable et le plus gentil qui soit.

Le Brésil le calmerait. Maman le calmerait. Il y avait une solution.

Entendant des pas, elle sut que c'était lui. Repentant, il la cherchait.

Le drame était fini. Le dragon rouge était rangé dans sa boîte. Papa voulait se faire pardonner.

*

* *

Karmia lui fit signe et elle vint vers lui sans hésiter. *Il faut bien que quelqu'un le fasse.* Où allait-elle chercher tout ça ?

Il la prit dans ses bras, elle se laissa faire. Nico puait la sueur fraîche, mais sentait aussi le parfum. Un parfum qu'il ne lui connaissait pas. Un parfum lourd de femme, pas de gamine. Les temps changeaient. Elle finit par se ramollir et ronronner dans sa chaleur.

– Je t'ai promis qu'on irait voir ta mère. On ira. Mais le Brésil sera notre dernier pays. On laisse tout derrière nous. Donc, on fait le ménage avant.

– Il n'y a pas d'autres *enfoirés* à zapper, j'espère.

Elle lui balançait ça avec son ton de petite maligne. Au risque de l'énerver de nouveau. Il ne put s'empêcher d'admirer son sang-froid. Elle venait de se manger une mandale de course, mais gardait la tête haute.

T'es une soldate, ma fille, c'est bien.

Sans s'en rendre compte, il s'était mis à lui caresser la tête. Ses cheveux étaient aussi soyeux que quand elle était petite.

Il lui prit la main droite et déplia ses doigts. L'index était tordu, tout moche dans cette belle et longue main. Ça avait été la première vraie leçon.

Nico, dix mois, curieuse de tout, zigzague à quatre pattes dans la maison. Sa mère repasse, et comme elle ne se fatigue jamais à faire les choses correctement, elle utilise une rallonge électrique amochée. Les fils mis à nu, c'est attirant, ça fait de la couleur. Lui sait ce qui va se passer. Leur petite va s'intéresser à cette rallonge.

Elle s'y est intéressée, Nico. Elle s'est pris une décharge. Le monde lui a expliqué les règles.

Elle a beaucoup pleuré. Et en a gardé un doigt abîmé.

Il eut une pensée marrante. C'était ce jour-là qu'elle s'était chargée en électricité. Qu'elle était devenue spéciale.

– Pourquoi tu souris, papa ?

– Parce que tu es ma super-héroïne, Nico.

Elle haussa les épaules, fit une petite grimace. Il lui donna une claque dans le dos et ils marchèrent côte à côte vers le campement. À peine arrivée, elle se cala dans une chaise de camping et se replongea dans le monde merveilleux qui palpitait dans son smartphone.

7

L'Élue

Depuis des heures, elle déambule dans cette ville inconnue. Découragée. Elle n'en peut plus d'interpeller des passants dont elle ne comprend pas la langue. Ils lui font des grimaces bienveillantes, mais ne lui servent à rien.

Ce sont des robots de chair et d'os. Des idiots, même, avec leurs sourires niais. C'est quoi, un asile ? La réunion internationale d'une secte ?

Elle va s'asseoir dans un square minuscule où chouine une fontaine entourée de deux massifs de fleurs odorantes. Le ciel est bleu tendre, animé d'épais nuages crémeux.

La ville est belle, il faut l'admettre. Des villas élégantes aux tons patinés, ocre, verts ou roses. Des balcons ornés de ferronneries délicates, débordant de fleurs. De petits immeubles aux terrasses arborées. Cette beauté paisible finit par être aussi lassante que ces passants inutiles. Que fait-elle là ? Sous quelle latitude l'a-t-on emmenée ? Le soleil est ardent, pourtant il ne mord la peau de personne. Il n'y a pas de restaurant, pas de bar, pas de cinéma. Personne n'a soif, personne n'a faim ? Les gens ne font qu'arpenter les trottoirs, nez en l'air ? Qu'est-ce qu'il y a derrière ces façades paisibles ?

Et soudain elle le voit. En grand. Sur une affiche. Photographié jusqu'à la taille, il porte un costume élégant, clair celui-là, et sourit. En haut et à gauche de l'affiche, le *R* rouge.

C'est l'homme aux gros sourcils du tableau. Il y a combien de temps qu'elle l'a vu ? Elle ne sait plus. Trois, quatre, cinq heures. Le soleil, toujours aussi haut, n'indique rien. Il doit être midi. Mais midi depuis des heures ? C'est étrange.

Mais quel produit cette affiche vend-elle ? Aucune idée. Est-ce une affiche électorale ? Ce type espère probablement devenir maire de la ville ou président du pays. Son visage, bien que banal, dégage une certaine autorité.

Une phrase illisible est inscrite sur l'affiche.

Mais elle se doute que le type promet un avenir radieux.

L'autorité tranquille... Et soudain surgit l'idée de la police. Pourquoi elle n'y a pas songé plus tôt ? Il lui faut se rendre dans un commissariat. On lui proposera un interprète et on l'écoutera.

Mais les panneaux indicateurs sont indéchiffrables. Pourtant, elle devrait réussir à se faire comprendre. Dans la plupart des langues, le mot police est similaire.

Elle interpelle les passants. Police, *policia*, *politi*, *polis*. Elle s'évertue, ne collecte qu'une moisson de sourires bienveillants.

Personne ne peut, ne veut la comprendre.

Elle s'assoit sur un banc et regarde la crête des palmiers s'agiter mollement.

Elle scrute l'inconnu de l'affiche. Cet air bonhomme, ce sourire imperturbable. Un détail la fait sursauter. Il faut vérifier. Elle traverse l'avenue, emprunte un labyrinthe de ruelles. À chaque tournant, elle lève la tête pour se repérer. La gigantesque photo de l'homme à lunettes est son phare. Après vingt minutes de marche, elle se trouve enfin à la bonne distance. Une série de chiffres est effectivement imprimée en bas de l'affiche. Et les chiffres sont un langage universel. Elle peut les lire. Enfin. Il s'agit d'un numéro de téléphone, elle en est sûre. Il lui faut trouver une cabine publique. Il lui semble en avoir vu une à quelques kilomètres de là. Devant un immeuble à l'enseigne en néon avec un flamant rose clignotant.

Elle retourne sur ses pas. Quarante minutes de marche au jugé et la voici devant l'immeuble. Elle s'engouffre dans la cabine à la propreté impeccable. Pas d'affichette, pas de graffiti.

Elle hésite, tente le coup, soulève le combiné et compose le numéro qu'elle a appris par cœur.

Trois sonneries. Au moins, son appel est passé.

Déclic. Quelqu'un vient de décrocher. Sa main en sueur serre le combiné. Son cœur cogne.

– Allô ?

Une voix masculine, grave, posée. L'espoir la fait sourire.

– Oui, allô, je ne sais pas qui vous êtes, mais je me permets d'appeler. Je vous ai vu sur l'affiche. C'est bien vous, n'est-ce pas ?

– Vous avez bien fait d'appeler, Doris. J'attendais que vous le fassiez...

Je m'appelle Doris ? Vraiment ? Mais comment le sait-il ?

En tout cas, ils se comprennent et c'est une sacrée amélioration. Pour un peu, elle exécuterait une petite danse de joie dans l'espace étroit de la cabine. Et puis elle réfléchit. Il *attendait* son appel ? Est-ce un ami ? Ou un ennemi à la voix douce et trompeuse ? Elle ne sait plus rien. Faut-il s'enfuir ? Mais où ? Elle ne connaît que lui, dans ce vide absolu qu'est devenue sa mémoire.

– Écoutez... Je ne sais plus qui je suis. Vous pouvez... m'aider ?

– Je suis là pour ça, Doris. Mais c'est encore un peu tôt.

– Trop tôt pour quoi ?... Attendez !

– Je suis toujours là.

– Écoutez, j'ai oublié jusqu'à mon prénom.

– Doris n'est pas vraiment votre prénom. Je vous le prête en attendant.

– Mais qu'est-ce que vous racontez !?

– Doris était l'une des filles d'Océanos, le titan. Je pense que pour une personne qui a émergé d'une piscine, c'est approprié.

La piscine. Il sait tout d'elle. Elle a envie de lui hurler d'arrêter ses manières, ses mystères et son baratin. Sa suavité de pacotille. Mais elle a besoin de lui.

– Il faut que je vous voie.

– D'accord. Mais je vous demande encore un peu de patience. Au revoir, ma chère, à très bientôt.

Déclic. Il a raccroché. Elle demeure interdite. Elle fixe le combiné dans sa main, le cogne de toutes ses forces contre la paroi de verre. Qui se fendille.

Puis la fissure disparaît.

Qu'est-ce que c'est ? Elle a bien vécu ce qui vient de se passer. Elle frappe la paroi une seconde fois. Le même phénomène se produit. Une craquelure apparaît, puis se résorbe immédiatement comme une trace à la surface d'un liquide. Elle passe la main sur la paroi. Du verre. Du verre tout simple.

Ses mains tremblent. Elle s'y prend à deux fois pour replacer le combiné. Elle s'adosse à la paroi, se laisse glisser et se met à pleurer. « Au revoir, ma chère, à très bientôt. »

– Crétin !

Elle pleure tout son soûl. Après quelques minutes, elle essuie les larmes sur ses joues avec le bas de son polo et se redresse.

Doris. La fille d'un Titan. Née de l'eau.

En sortant de la cabine, elle observe le ciel. Le soleil n'a pas bougé.

8

Vive le futur !

Samedi 17 mars

Karmia émergea de la caravane du Daron. Il avait dormi comme un ours. Et rêvé qu'il baisait Laurence. En cabane, il avait pensé à elle.

L'air sentait bon. Comme une peau de femme.

Après avoir fait la fête avec ses cousins, Nico avait préféré passer la nuit dans la voiture. Elle jouait les sentinelles, voulait être prête à donner l'alerte. Maintenant, postée sur un talus, elle pianotait sur son foutu smartphone. Cette génération ne savait plus vivre autrement. En tout cas, pas de risque de se faire géolocaliser. Elle changeait la carte SIM sans arrêt, son Daron chéri lui en avait rapporté une cargaison d'Afrique.

– Bon, je schlingue le bouc, faut que je me lave, dit-il en s'étirant au soleil.

– D'accord.

Elle n'avait même pas relevé la tête de son écran.

Ce n'était pas la cata totale non plus. Avec ce bidule, elle participait. Hier, elle s'était connectée sur Google Maps et lui avait montré où vivait Laurence. La maison était isolée entre forêt et champs. La Parisienne s'était parquée en Lorraine, dans une baraque isolée au-delà d'une forêt. Un trou.

S'il décidait d'y faire un tour, cet isolement était une bonne nouvelle.

Pas étonnant qu'elle ne soit pas venue le voir au parloir. Elle s'était mariée. Avec un photographe animalier. Il s'était demandé où elle avait bien pu rencontrer un type qui passait son temps vautré dans les broussailles à guetter les bestioles. Il avait la réponse : à la cambrousse.

Il n'avait pas fallu longtemps à Nico pour la retrouver. Comme tous ces gens qui ne se méfiaient pas de l'Internet, l'ancienne « chef op » du son avait laissé des traces. Elle était devenue *audio-naturaliste*. Un mot compliqué pour dire qu'elle enregistrait les sons de la nature. D'après son site, elle bossait pour les musées, faisait des conférences. Et vendait ces sons au cinéma. Une fois dans le ciné, toujours dans le ciné. Enfin, un peu dans son cas. Un peu seulement.

Une idée lui traversa l'esprit. *Laurence, t'aurais pas tenté de disparaître à cause de moi, par hasard ?* Grosse illusion, il pouvait la retrouver quand il voulait. Ceux qui travaillaient ou avaient travaillé dans le cinoche étaient tous cons ou quoi ? Normal, ça ne s'appelait pas l'industrie du rêve pour rien. Des branleurs.

Oui, possible qu'elle ait voulu lui échapper. En tout cas, ça faisait partie des questions qu'il avait envie de lui poser. *Je t'ai fait peur, chérie ?* La revoir ? Laisser tomber ?

La douche de la caravane était trop petite. Ça le rendait claustrophobe. Il s'éloigna vers la rivière.

*

* *

Pendant quelques secondes, la prof endormie s'était transformée en renarde. Ça n'avait rien à voir avec une hallucination, les effets de la PCP s'étaient dissous. C'était le produit de l'imagination de Nico, qui était fertile comme une terre grasse du Nil.

Assise sur une brouette renversée, elle l'observait. C'était indéniable qu'elle ressemblait à un goupil avec sa tignasse rousse. En fait, son père l'admirait. Sans le savoir. Une fille bardée de diplômes. Et toujours sans le savoir, peut-être se sentait-il inférieur. Il voulait prouver quelque chose à celle qui avait été son enseignante.

À la regarder comme ça, elle semblait inoffensive et l'était sûrement, mais c'était un poids mort. Trouver une solution s'avérait indispensable.

Un oiseau gémit dans la hauteur d'un arbre proche. Nico ferma les yeux. Son cri heurtait. Depuis les cours de tir avec son père, elle avait l'oreille droite douloureuse. Elle entendait moins bien. C'était dommage parce qu'elle aimait la musique. Elle aimait surtout entendre chanter les femmes aux voix puissantes et déchirantes.

Elle se demanda comment était celle de sa mère. Ça faisait si longtemps. Elle l'avait oubliée, mais quand elle l'entendrait elle la reconnaîtrait immédiatement. Est-ce que maman lui avait parlé en portugais quand elle était dans son ventre ? Et pendant les cinq années où elle avait été là ? Oui, elle l'avait fait. Quand papa était là, on parlait français. Mais dès qu'il avait le dos tourné, ça parlait le portugais du Brésil. *Português do Brasil.* Une langue caressante.

Elle pensa qu'avec son oreille foutue, elle serait incapable d'exercer le métier de Laurence. Une audionaturaliste. Drôle de job. Avant de se renseigner sur le Net, jamais elle n'aurait pensé que ça existait. Intéressant, en fait. À y bien réfléchir, c'était un métier important, voire une mission. Puisqu'elle enregistrait ce que la planète avait à nous dire. Cette planète qu'on écoutait de moins en moins.

Adèle gigota, elle allait se réveiller. Il fallait lui donner à boire et le seau pour qu'elle fasse ses besoins. *Je suis dame pipi, maintenant.*

Mais non, elle pouvait attendre encore un peu. La patience, une vertu.

Nico agrippa son sac à dos, alla s'asseoir dans la voiture et tourna la clé de contact. L'autoradio se déclencha. Elle reconnut Ravel. C'était beau. Un peu froid. Brillant, pas de sentiments au ras du sol. Délicatesse. Elle avait étudié sa vie sur le Net. Il lui plaisait bien. Ça ferait une très belle musique de film.

Elle posa son sac à dos sur le siège passager et le caressa d'une main. Il contenait l'ordinateur avec les bitcoins. Son père lui avait dit d'en prendre soin comme de sa vie. Là, il avait raison. Cette énorme montagne d'argent invisible, c'était leur passeport vers le Brésil. Étrange. Non seulement l'ordinateur contenait leur fortune, mais aussi tout le savoir du monde. Leur trésor et ceux de l'humanité. Les histoires, les faits, les chiffres, les inventions, les lois. Avec le Net, elle avait tout appris. Et apprendrait encore.

Elle sortit son smartphone de la poche de son pantalon cargo et déclencha la vidéo. Elle l'avait mise sur YouTube plusieurs années auparavant et les *like* s'étaient accumulés. C'était le Daron qui l'avait filmée. Il était fier d'elle. Et le lui avait dit.

Elle se regarda. *J'ai dix ans et mon père me donne ma première leçon de tir à la kalach. J'ai peur d'être renversée par le recul du fusil automatique, mais je résiste. Il est content de moi.* Lui, on ne le voyait pas. Personne pour savoir que cette enfant était la sienne.

Une petite qui apprend le courage. L'enfance de Miss Saka Moto. *Et vous ignorez que cette fille que vous likez, c'est moi, Nico.*

C'était l'heure de faire boire l'intello qui intéressait trop son père.

Quand Nico revint dans la grange, l'otage redressa subitement la tête. Son regard vira à la terreur. *Tu as raison d'avoir peur. Plus j'y pense et plus je me le dis. Mon père change d'avis très vite.* Il faudrait que cette fille ait le courage de fuir, ce serait la meilleure solution pour tout le monde, mais elle semblait anesthésiée par la trouille.

– Tu veux boire ?

– Oui… Merci.

Elle pressa la gourde sur les lèvres de la renarde, qui but comme une naufragée, puis nettoya le goulot avec sa manche et se désaltéra à son tour. L'eau était tiède et sentait le plastique. Nico l'observa un instant en silence. Prof d'analyse filmique. Ça sonnait ronflant. Est-ce que ça avait vraiment du sens ? Moins qu'audio-naturaliste en tout cas.

Une idée lui vint. Elle s'accroupit pour que leurs yeux soient au même niveau :

– Mon père n'est pas content du film que vous autres avez fait sur lui.

L'autre la dévisageait, l'air de ne rien capter. C'était fatigant d'avance.

– Vous autres, répéta-t-elle. Les gens du cinéma.

– Ce n'est pas moi qui ai écrit le film sur ton père.

– Je sais bien. C'est qui ?

– Des scénaristes qui ont travaillé trop vite, j'imagine.

Nico se dit que c'était bien la peine de se mettre à plusieurs pour pondre un truc aussi nul.

– Tu ne les connais pas ?

– J'en connais deux, de nom seulement.

– Moi, j'ai une idée de film. Si je devais faire un film sur mon père, je saurais rendre ça bien.

Sur le visage de la renarde, des idées contrastées glissaient. La trouille. La curiosité. Nico plaqua brièvement ses index sur ses tempes, un geste qu'elle avait toujours avec ses followers quand elle voulait préciser un point.

– Dans la plupart des films, on se demande qui est le coupable. Eh bien, dans *mon* film, on se demanderait qui est la victime. En dehors du héros, rien que des femmes dans la distribution, et ce serait l'une d'entre elles. Mon père est fort et dangereux. Les victimes possibles autour de lui, ce n'est pas ce qui manque. Tu connais cette vieille expression, « un homme à femmes » ? Mon père, c'est ce style. Ça l'a toujours été, même depuis qu'il a la figure abîmée. Moi, je trouve que ça le rend encore plus touchant. Bon, réfléchis à ce que je viens de te dire. Qui ferait une bonne victime ?

L'autre déglutit.

– Toi, pardi. Mais tu es sûre que tu as envie d'en être une ?

Terreur totale.

Pas d'erreur, cette fille était de la race des vaincues. Elle ne tenterait rien. En bonne intello, elle se contenterait d'analyser. *Et tu en arriveras à la conclusion que mon père n'a aucune raison de te vouloir du mal.* Une déduction erronée. Le gros souci avec lui, c'était qu'il n'avait jamais été maître des émotions étranges qui chevauchaient dans les marais de son esprit. Il était comme un demi-dieu antique, capable du pire et du meilleur. Un être absurde et merveilleux, presque dépourvu d'empathie, sans peur, et donc susceptible de se lancer dans des actions inutiles, voire sacrément périlleuses pour lui et son entourage.

Gros problème, si Nico prenait la liberté de relâcher la renarde, son père ne se contenterait pas d'une gifle, mais lui flanquerait une raclée atomique. Et la rage pourrait le submerger. Ce serait très dangereux. Et totalement contre-productif.

La seule solution était de le convaincre de laisser Adèle au campement. Le Daron la relâcherait après qu'ils auraient embarqué pour le Brésil.

Oui, mais comment le persuader ? En demandant au Daron de lui faire entendre raison ? Ce n'était pas gagné d'avance. Lui et son clan vivaient au jour le jour. Sans se poser de questions. Ce n'était pas qu'ils étaient idiots, c'était juste leur mode de vie depuis le début des temps. Ils ne s'enquiquinaient jamais avec des notions de projet et d'adaptation. Ils vivaient. Point barre.

Elle alla agripper le pot de chambre. Un bidule en émail blanc écaillé, que lui avait donné le Daron. Elle pensa que, pour la musique de son film sur son père, elle choisirait Ravel. Définitivement.

*

* *

Karmia, la peau encore fraîche de son bain dans la rivière, imaginait Laurence nue dans l'eau. Elle devait être du genre à se baigner dans les rivières, vu que la cambrousse la faisait rêver. Elle lui avait plu, cette garce. Parce qu'elle l'avait mis dans son pieu malgré sa gueule de travers ? Oui, mais aussi parce qu'elle était pile-poil son genre. Une liane blonde et tranquille. Jamais un mot de trop. Jamais un énervement. Du contrôle. Il aimait ça chez les femmes, le contrôle. On ne faisait rien de bien sans.

Elle avait donc oublié les plateaux de ciné et changé de vie. Comment pouvait-on larguer ce monde-là quand on avait un pied dedans et son talent ? Il fallait que son nouveau mec l'excite à mort.

Il changea la carte SIM de son portable et téléphona à l'agence représentant Yannick Schneider. S'imaginant dans la peau de Kevin Spacey, il se bricola une voix moelleuse. Le type qui lui répondit avala sans problème son numéro d'employé d'un magazine intéressé par le travail du photographe animalier.

Schneider était en déplacement professionnel aux États-Unis. Dans le Montana.

Karmia raccrocha au nez de l'employé, alla s'asseoir sous un arbre et réfléchit.

Si Laurence n'avait pas accompagné son mec, elle était peut-être seule dans leur baraque isolée.

La revoir une dernière fois. Lui dire au revoir *correctement*. Un petit détour avant Marseille ? Aucun risque que les flics le reniflent. Personne n'avait jamais su qu'il avait eu une histoire avec la chef op du film qu'on avait fait sur lui.

Dans l'équipe de tournage, les techniciens étaient cash. Laurence aussi. C'étaient les producteurs qui étaient nuls. Les scénaristes étaient leurs esclaves, ils avaient dû refaire le boulot vingt fois. Sans compter les comédiens qui réclamaient des répliques plumes dans le cul. Trop de gens s'en étaient mêlés. Résultat, l'idée géniale du début s'était transformée en grosse bouse.

Un film minable, mais une belle rencontre. Laurence, super dans le genre simple. Une femme qui disait ce qu'elle avait sur le cœur. Ce film, elle l'avait trouvé aussi naze que lui. Oui, il avait envie de la revoir. Et peut-être de la baiser une dernière fois comme au bon vieux temps.

Il remit son tee-shirt.

Nico sortait de la grange avec le pot de chambre qu'elle déversa dans un taillis. Il la vit se nettoyer les mains. Elle avait toujours sa petite bouteille de solution anti-bactéries sur elle. Nico, qui n'a peur de rien, sauf des bactéries. C'était marrant.

– Il faut que tu passes un coup de fil, dit-il.

– À qui ?

– À Laurence. Je veux savoir si elle est chez elle.

– Pourquoi elle n'y serait pas ?

– Elle a peut-être accompagné son mec. Il est dans le Montana.

Elle le regarda en silence. Décidément, cette môme avait changé. Elle obéissait toujours, mais avec un temps de retard. Il la toisa. Elle changea sa carte SIM, appela, joua à la nana qui vendait de l'isolation thermique, se fit envoyer paître.

Confirmation, Laurence était au bercail.

Il prit sa décision. On ferait un détour par la Lorraine. Il suffisait de demander aux amis gitans où créchaient leurs cousins dans le coin. Pour les gendarmes, enquêter chez les gens du voyage, c'était comme fouiller la vase avec un masque de plongée.

Et Adèle, on en faisait quoi ? Incorporée ou pas incorporée ? Il pensa que dans le futur, si un guignol écrivait sur lui, ce serait bien qu'il sache que Charles Karmia avait baisé de belles femmes intelligentes. Et qu'elles avaient aimé ça. Avant et après la destruction de sa gueule. Parce que Laurence, malgré son mariage et sa fuite en avant, avait *vraiment* aimé ça.

Il fit signe à Nico de le suivre dans la grange, se posta à croupetons devant Adèle et la regarda en silence.

– Enlève-lui son bâillon.

Sa fille obéit. Les lèvres d'Adèle avaient blanchi. Ses yeux étaient cernés. En un rien de temps, il avait fait d'une nana à peu près potable une ruine. Pas trop utile.

– Qu'est-ce que tu me veux, Charles ? Je n'ai jamais rien fait pour te nuire.

– Tais-toi, j't'explique. (Il s'adressa à Nico.) Montre-lui les bitcoins. (Elle sortit l'ordinateur portable de son sac à dos.) Là-dedans, il y a une fortune. Je suis riche. Mauvoiry, c'est fini. On va faire un détour avant que j'me casse pour de bon. Tu viens avec nous.

Elle lui fit sa tronche Bambi. Trouille et incompréhension. Elle le prenait pour un dingue. Mais elle comprendrait. En voyant Laurence et sa classe, elle comprendrait. Il avait eu toutes les femmes, il nageait dans la thune, mais ça ne lui suffisait pas.

Sa putain d'image abîmée par les connards du cinoche, il allait la nettoyer.

Personne n'avait jamais fait ça. Retaper sa propre légende avant de se barrer. Ça marquerait les esprits.

Et Adèle serait le témoin.

Vive le futur.

– Mon fils a besoin de moi, gémit-elle. Toi aussi tu es père…

– Fausse route, Adèle. Nos mioches n'ont pas à être élevés dans le sucre. Sinon, c'est la fin de la civilisation, tu piges ?

Ça lui en boucha un coin. Grands yeux noyés, lèvres qui gigotent. C'était plutôt bandant de la voir dominée. Finie l'époque où elle le gavait. La vraie vie avait repris le dessus.

– Une idée intéressante, dit Nico en rangeant l'ordinateur. Mais ça n'a pas réussi aux Spartiates. Les parents faisaient de leurs enfants des guerriers. Pourtant, Sparte est morte.

Les Spartiates ? Il partit d'un grand rire. Génial. Avec Nico, pas besoin de s'abonner à Netflix.

Ils étaient à peine sortis de la grange qu'elle lui agrippa le bras. Il regarda sa main comme si c'était une fiente de pigeon qui venait d'atterrir sur sa veste. Elle la retira presto.

– Papa… Laissons Adèle derrière nous. Pas le choix. Sinon, elle nous portera la poisse.

Putain de bordel. Une seconde, elle le faisait rigoler. Celle d'après, il se retenait de lui arracher les yeux pour les lui faire bouffer.

– Écoute-moi bien, siffla-t-il. C'est la dernière fois qu'on cause de ça. Autrement, ma réponse va pas te plaire. Je m'fais comprendre ?

– Tu te fais comprendre.

– Super.

*

* *

Dans le métro, Schrödinger pensa au grand chambardement. Les unités de la police judiciaire avaient toutes déménagé aux Batignolles. Sauf la BRI. La brigade se maintenait au cœur de Paris, au 36 quai des Orfèvres. Un lieu stratégique pour une intervention immédiate en cas d'attaque terroriste.

Un choix de bon sens, mais qui ne l'arrangeait pas. Ce quartier, il n'y était pas revenu depuis un an. Trop de souvenirs.

Il quitta la rame, accéléra le pas et gravit l'escalier débouchant sur la place du Châtelet.

Replonger dans le passé. En serrant les dents.

Il traversa le pont au Change. La Seine, torturée par le courant. La Conciergerie et sa gueule de donjon maléfique. *Pas envie d'être ici. Envie de rien.* Mais il devait être là. Au-delà, Saint-Michel et les terrasses noires de monde. Il pensa que des gens prenaient du bon temps, et cette pensée l'aida un peu.

Encore une centaine de mètres. Et cet endroit. Où il avait passé près d'une quinzaine d'années. Un planton inconnu.

– Ex-capitaine Schrödinger. J'ai rendez-vous…

Il lui montra sa carte d'identité et prononça le nom du successeur de Séverine. Le planton le regarda d'un air respectueux et apitoyé, puis le laissa passer.

Dès son arrivée, il le sentit. Le nouveau se serait attardé plus volontiers avec un lépreux qu'avec lui. Ride du lion creusée comme une ravine, sourire bidon. Le bureau était aussi délabré qu'au temps de Séverine. Mais l'affiche du spectacle de tango avait disparu du mur.

– Merci de me recevoir.

– Pas de problème, Schrö. C'est juste que… Tu t'en doutes… On n'a pas trop de temps. Désolé.

Le commandant avait de la prévenance. Mais sa sollicitude n'avait pas sa matinée devant elle.

– Je voulais savoir s'il y a du nouveau.

– Oui, tu me l'as dit au téléphone. On fait le maximum. Après ce qui est arrivé à Séverine, on ne va pas le rater, le Karmia.

– Si tes gars et toi, vous avez besoin de moi…

– À propos… ?

– De l'indic qui nous avait donné sa planque.

– Attends… C'était le tonton de Séverine, pas le tien.

– Je le connaissais aussi. Très bien

– Ah.

– Je peux aider. (Le commandant le dévisagea comme si un deuxième nez lui était poussé.) Qu'est-ce qui se passe ?

– On interroge tout le monde, Schrö. Ton indic est injoignable.

– Quoi ? Mais… son quartier, c'est Bastille. Il y a ses endroits.

– C'est bien dans un de ses cafés fétiches qu'on l'a vu, il y a quatre jours. Passablement boûrré. Avec une blonde spectaculaire.

– C'est-à-dire ?

– Blonde, mince, entre dix-sept et trente ans.

– Large, le gap.

– Disons… vingt ans sans maquillage. Ça te parle ?

– Non, il ne fréquentait pas ce style de filles.

Schrödinger pensa que c'était plutôt le genre dont il assurait la sécurité dans les soirées privées abritées par le palace. L'indic n'avait pourtant pas les moyens de côtoyer des elfes. En revanche, petit truand aux côtés bourgeois, il parlait volontiers de sa femme. Il y tenait. Évidence.

– Son épouse, vous l'avez interrogée ? reprit-il.

– Oui. Elle ne sait rien. Et je l'ai sentie vraiment inquiète. Et il y a autre chose. Le témoignage du pilote de l'hélico. La femme cagoulée qui participait au commando et qui l'a braqué *pourrait* correspondre à la description de cette fille. La taille. La minceur. La voix, très jeune. Mais ça reste une supposition.

La panique. Le monstre à gueule de brouillard. Qui se redresse. Et hurle.

– Eh, Schrö ? Ça ne va pas ?

La voix du commandant soudain cotonneuse. Schrödinger cala son front dans sa main. Montée de sueur. Son cerveau vacillait.

– Non, c'est bon. Je travaille de nuit et…

Il se concentra. Pour la disparition de l'indicateur, deux explications. Il se planquait ou il n'en avait pas eu le temps.

– Mais il y a un truc illogique, reprit le commandant. En admettant que Karmia ait appris que ce type l'avait donné, pourquoi attendre l'évasion ? Il aurait pu mettre un contrat sur lui. Tranquille.

Schrödinger avala sa salive et releva la tête. Il y avait urgence. Il imagina qu'il tirait une balle entre les yeux du clébard.

Le monstre cessa de hurler.

– Tu l'as interrogé, Karmia ?

– Non.

– Moi si. Code de l'honneur mal placé. Et il voue un culte à son nombril.

– Je ne te suis pas bien…

– C'est un cocktail qui fracasse. Karmia a pu se charger de ce pauvre type personnellement. En conséquence, il faut de la sécurité à l'hôpital pour Séverine. Et vite.

Le commandant avait enfin percuté. Au lieu de s'évaporer vite fait, Karmia était assez dingue pour prendre des risques absurdes. La vengeance ne lui paraissait pas un luxe.

– Bien sûr. On s'en occupe.

Schrödinger grimaça. Son estomac s'était gorgé d'acide. Ce jour où il avait cru perdre Séverine était gravé dans sa mémoire. Karmia braquant un fourgon en région parisienne. Le plus dérisoire était que le fourgon était vide. De quoi mettre le caïd en rage.

Une balle. Et une question de millimètres.

Karmia savait qu'ils avaient des gilets pare-balles. Alors il avait visé la tête. Pour tuer. *La* tuer. Elle et personne d'autre. Parce que de son point de vue, menant la troupe, elle était son ennemie personnelle. Il avait failli y parvenir.

S'il s'en était pris au gars qui l'avait donné, peut-être voulait-il être quitte avec la femme qui l'avait poursuivi comme son ombre pendant des années.

La sueur lui inondait la nuque et le dos.

Pas le temps de se préoccuper de ça. Foutre le camp d'ici. Vite.

9

Une visiteuse

Il avait couru comme si une tornade s'intéressait à son cas. En nage, cœur cognant les tempes, Schrödinger pila devant le portail automatique en verre qui lui renvoya son reflet incertain. Le portail de l'hôpital l'aspira et le propulsa. Interdiction de cavaler maintenant. Poumons et cœur en panique, il pressa le pas jusqu'aux ascenseurs.

Dans le service, du personnel soignant partout, mais personne pour garder les lieux. Le contraire aurait été un miracle. À la BRI, le commandant venait à peine de lui confirmer que des dispositions seraient prises. En attendant, ce serait lui qui la monterait cette foutue garde. Mais il faudrait vaincre son envie de dormir. Habitué à fermer les vannes le matin venu, son corps était à l'envers.

Il alla au guichet, signa la feuille de présence, récupéra la combinaison et les chaussons en polypropylène obligatoires. Il s'en revêtit sur le seuil de la chambre et entra.

Immobilité, blancheur, ronronnements de machines. Et elle, si paisible. Il dégusta la ligne de ses pommettes, les feuilles de ses paupières, le tracé de ses lèvres, la grâce de ses clavicules sous la minerve. Bon sang qu'elle était belle. Et seule. Dans cette noire forêt où elle séjournait. Et dans l'abandon où l'avait plongée sa *famille*. Son pitoyable mari n'avait pas le droit à cette appellation, en fait. Il ne faisait pas vraiment partie des siens, était juste un malheureux hasard. Si la vie était mieux faite, elle n'aurait jamais dû le rencontrer.

Ce cloporte lui avait téléphoné au palace, une nuit. Il était ivre et s'était vanté de tenir la vie de sa femme entre ses mains. « Le toubib attend mon accord. Pour la débrancher. C'est moi qui décide, connard ! »

Et bien sûr, les médecins avaient refusé d'infirmer ou de confirmer. Schrödinger « n'était pas de la famille ».

Il s'approcha du lit, effleura son avant-bras du bout de son index ganté.

– Hello. Oui, je sais. Ce n'est pas mon heure habituelle, mais tu me manquais trop.

C'était inexact, bien sûr. Ce n'était pas la raison de sa présence ici. Percevait-elle ce pieux mensonge ? Il n'y avait plus que ses oreilles et son épiderme pour la relier au monde. Son ouïe était peut-être devenue extraordinaire. Sa peau aussi. Communication tactile. Surhumaine. Elle savait. Non ?

Il pensa à un truc idiot. Et s'il lui annonçait l'évasion ? La résurgence du danger. La nécessité d'être sur ses gardes. Peut-être que l'inquiétude la réveillerait. Le coma la recracherait comme un magnifique noyau de cerise. Il l'imagina, se redressant d'un bond, avalant une grande goulée d'air et le découvrant à son chevet. Déguisé en astronaute. « Ridicule, ton costume. » « C'est pour te protéger des germes, mon amour. »

Mais pas du tout. Basta, c'était un rêve. Une idiotie.

Les quinze minutes de visite autorisées étaient terminées. Il fallait évacuer. Il alla chercher une chaise dans un bureau vide, la rapporta dans le couloir et se posta à côté de la porte de la chambre. Voilà. Pour interdire au sommeil de le happer, il ne lui restait qu'à se tenir droit.

Sa fatigue avait la taille du Mont Blanc. Travailler la nuit, sombrer le jour, son horloge biologique partait en sucette.

Mais je tiendrai bon.

*

* *

Le mari braille une insulte en le découvrant chez lui. Sans hésiter, Schrödinger lui fourre le canon de son arme dans la bouche. Du sang jaillit. Normal, les dents ont morflé. Les yeux du mari dégoulinent de trouille. Il porte un beau costume. Il reste élégant, même avec un Beretta plaqué contre la glotte. « C'est bon, je te fais jouir ? » Évidemment, l'autre ne peut pas répondre. Schrö débloque la sécurité. Le mari commence à pleurer. Quoi ? Il veut vivre, mais n'accorde pas ce droit à sa femme ? C'est une question d'argent ? Ça coûte trop cher ce lit, ces perfusions, ces soins. Comment appelle-t-il ça déjà ? De l'acharnement thérapeutique. Oui, tout ça se discute, mais le gros, l'énorme souci, c'est la vitesse à laquelle le mari a atteint cette conclusion. *Acharnement.* « Et moi, tu me vois m'acharner ?! » L'autre aimerait hurler de terreur. Il se contente de borborygmes. Avant de presser la détente, parce que c'est bien ce qu'il a l'intention de faire malgré les conséquences facilement calculables, Schrö voudrait détecter un éclair d'humanité, un regret, une contrition dans le regard de l'élégant animal. Mais un courant d'air lèche son dos tandis qu'une voix se déploie. « Monsieur ! Monsieur ! »

Il faut tirer. Maintenant. Sinon, plus jamais l'occasion ne se présentera. Alors, il presse la détente…

Un poids sur son épaule gauche. Schrödinger ouvrit les yeux. Quelqu'un était penché sur lui. C'était l'un des internes. Qui lui expliquait que le campement dans le couloir était interdit et qu'une chaise pouvait bloquer le passage des lits roulants. Schrödinger évoqua l'évasion de Karmia, le danger encouru par Séverine. La discussion se prolongea jusqu'à ce que l'ascenseur s'ouvre sur une tête connue à la BRI, celle d'un jeune brigadier vif et malin. Schrödinger poussa un grognement de soulagement. L'interne accepta que le brigadier monte la garde. Celui-ci voulut savoir si Séverine recevait des visites régulières et de qui.

– À part monsieur ici présent et l'amie de Mme Varmeau, personne, répliqua l'interne.

Le cœur de Schrödinger fit un salto arrière.

– Quelle amie ?

L'interne décrivit une jeune visiteuse aux traits fins, coiffée d'une casquette de baseball d'où dépassait sa blondeur. Schrödinger pensa à l'inconnue repérée dans un café de Bastille. En compagnie de l'indic porté disparu.

– Démarche gracieuse, un air un peu perdu. Style garçon manqué qui voudrait cacher sa féminité. Toute mince, mais un ventre en ogive. Sous la combi blanche, c'était impressionnant.

– Quoi ?

– Elle est enceinte.

Ça ne collait plus. Qui était cette inconnue ?

– Elle est venue souvent ?

– En deux mois, environ deux ou trois fois, je dirais.

– La dernière, c'était quand ?

– Il y a une dizaine de jours.

– Schrö, on sera là jour et nuit, l'assura le brigadier. Séverine est en sécurité.

*
* *

Nico pensait à Satoshi Nakamoto.

Elle essayait d'imaginer son visage, son caractère. Personne ne connaissait ses traits, son âge ou son style de vie. Avant qu'il ne plonge dans un silence apparemment définitif en 2011, il avait annoncé avoir une trentaine d'années et vivre au Japon. Mais ces informations n'étaient pas fiables. Des détails, et notamment les fuseaux horaires concernés par ses périodes d'activité, laissaient envisager des séjours prolongés en Amérique du Nord, tandis que certains de ses messages recelaient des expressions purement britanniques. Dans la période où les bitcoins avaient atteint leur valeur maximale, la fortune du Japonais avait été évaluée à plus de vingt milliards de dollars américains. M. Nakamoto était l'un des hommes les plus riches de la planète. Et quelqu'un qui savait mieux que personne protéger son intimité.

Pour créer bitcoin.org, il avait utilisé Tor, un réseau informatique superposé et mondial permettant de dissimuler ses traces. Un outil privilégié par les journalistes d'investigation, les dissidents politiques de haut vol et la pègre, dont les yakuzas.

Satoshi Nakamoto était bien sûr un pseudo. Dans l'armée de détectives lancés à sa recherche, aucun n'avait rien trouvé.

Elle le considérait comme un révolutionnaire. Un homme à qui la crise de 2008 avait ouvert les yeux parce qu'elle lui avait révélé la fragilité intrinsèque du système financier global et le comportement irresponsable des banques. Les gouvernements avaient été obligés de faire tourner la planche à billets pour les renflouer provoquant ainsi une dévalorisation de l'offre monétaire et un transfert de la dette vers le Trésor public et a fortiori les contribuables. Face aux injustices provoquées par cette crise majeure, face à la dévalorisation des monnaies de papier, il avait eu l'idée de créer un nouveau système d'échange, libre et décentralisé. Sa première réalisation avait été une crypto-monnaie. Une monnaie électronique sans frontière à la disposition de n'importe quel habitant de la planète. Un moyen de paiement fonctionnant de pair à pair, dans une communauté en expansion perpétuelle grâce à un vaste réseau en ligne, indépendant de toute autorité centrale.

Il s'était appuyé sur la technologie de la chaîne de blocs, une sorte de livre ouvert et totalement transparent contenant les enregistrements de toutes les transactions en bitcoins depuis la création du système en 2009.

Ce qui était merveilleux dans cette histoire de transparence, et délicieusement paradoxal, c'était que les utilisateurs de bitcoins pouvaient bénéficier d'une forme très aboutie d'anonymat. Votre identité pouvait rester cachée. N'apparaissait au grand jour que l'adresse publique de votre portefeuille de bitcoins.

Et c'était ce que Nico avait trouvé irrésistible. Transformer la fortune de papa en bitcoins avait été l'une des meilleures décisions de sa vie.

Elle aurait rêvé de rencontrer Satoshi Nakamoto. Pour connaître ses envies. Il devait bien lui en rester quelques-unes, même s'il était riche comme Crésus. Oui, elle aurait voulu découvrir sa philosophie de l'existence. Et le remercier. Grâce au génial inventeur du bitcoin, elle était libre comme un papillon, mais avec une espérance de vie nettement plus longue.

*
* *

Barbara regarda Adam déposer deux cafés devant leur duo. Le sien avait un cœur à sa surface et celui de Schrö une spirale. Y avait-il une interprétation particulière à tirer de ce choix ? Avec son air impassible, Adam était le roi de la blague zen. Ou alors, il voulait suggérer que leur ami partait en vrille et qu'il fallait l'intercepter au bord du précipice.

Justement, Schrö, les yeux injectés de sang et le noir de son polo marqué de pâles croissants de transpiration séchée, venait de quémander une période sabbatique. En gros, il était terrorisé par ce qui aurait pu arriver à Séverine. Une inconnue visiblement enceinte au dernier degré, mais en réalité plutôt adepte du transformisme, était venue rôder autour d'elle à l'hôpital. Elle était aussi la dernière personne à avoir vu l'indicateur du commandant Varmeau.

– Tu as fouillé le registre de l'hôpital ?

– Oui.

– Elle a laissé un nom ?

– Isabelle Autissier.

– Comme la navigatrice ? Qui dirige maintenant une fondation, c'est ça ? demanda Adam. Le WWF. Le Fonds mondial pour la nature.

– Oui, je suppose.

Du bidon, c'était clair. Barbara pensa à une sorcière fatale engrossée par le Diable et respirant au-dessus de la Belle au bois dormant. Ce n'était pas drôle et elle compatissait, mais il lui était impossible, en présence de son employé préféré, de ne pas abriter d'étranges pensées. Il l'avait toujours mise dans un état particulier. Les choses auraient été différentes si elle avait pu coucher avec lui et percer enfin son mystère, mais ça n'en prenait pas le chemin. Schrö ne serait jamais à elle, même l'espace de quelques heures. Dommage, il aurait pu la serrer dans ses bras et la rassurer. À propos de quoi ? Eh bien du temps, qui brûlait comme le papier d'Arménie.

Mais bon, cette impossibilité d'être avec lui n'était sans doute pas une si mauvaise nouvelle. Son visage hanté était trop attachant. De tels visages avaient le pouvoir d'une boule d'opium. Ils envahissaient votre mémoire pour ne plus jamais la quitter. Elle imaginait que le sexe avec Schrödinger serait un voyage sans retour et son sens de l'auto-préservation lui hurlait de ne pas acheter ce ticket pour le grand nulle part.

– Sachant que tes ex-collègues de l'Antigang sont tout sauf des branquignols, tu imagines bien à quoi je pense, Schrö.

– Tu te demandes pourquoi je m'en mêle.

Bien qu'occupé à lustrer son comptoir en zinc authentique de la Belle Époque, Adam ne perdait pas une bribe de leur échange. À son regard, Barbara sut qu'ils étaient définitivement au diapason. Dans quelle ratatouille cosmique leur ami envisageait-il de se fourrer ?

– Bref, c'est quoi ta botte secrète ?

– Faire parler des gens. Vite.

– Grâce à… ?

– Ce que je sais d'eux. Notre passé commun, en quelque sorte.

– Tu vas me juger obstinée, mais… Ton passé à la BRI, ça compte, non ? Vas-y et propose-leur tes services dans un cadre… légal. Tu vois ?

– Le commandant qui dirige l'enquête m'a fait sentir que j'étais de trop. Je n'ai pas d'autre choix que d'intervenir.

De trop. Évidemment, sa proximité avec Séverine était plutôt un handicap pour penser droit, se dit-elle. Sans compter son état psychologique. Ces crises de panique qui lui collaient suées et tremblements. Durant toutes ces années à l'Antigang, il avait accumulé du stress, serré les dents, encaissé. Le sort de Séverine avait fait sauter la belle mécanique. Il avait implosé. D'un seul coup.

Elle soupira.

– D'accord. Va pour un congé sans solde. De toute façon, dans ton état, tu es inemployable.

Une petite voix intérieure lui souffla : « Dans son état, il n'est employable *nulle part.* » Elle s'était bien gardée de révéler à la direction du palace que Schrö souffrait de crises d'angoisse. Et lui savait donner le change. Il paniquait en silence.

Bon, pas de panique justement, cette interruption n'engageait à rien. Charles Karmia avait une armada aux fesses. Avec un peu de chance, ils l'arrêteraient dans un délai raisonnable, et Schrö rentrerait sagement à la maison. Ou plutôt au palace. Au moins, le pire avait été évité. Cet enquiquineur fatal n'avait pas balancé sa démission.

– Tu crois que j'ai bien fait d'accepter ? demanda-t-elle une fois Schrödinger parti.

Adam fit faire un peu de gymnastique à ses gros sourcils, tira sur ses poignets de chemise amidonnés et expulsa un soupir.

– Je n'ai pas trop eu l'impression qu'il t'avait laissé le choix. Mais on va rester en contact. Appelons-le régulièrement. Ça devrait le faire. Encore un café ?

– Oui, mais sans dessin sur la mousse. Ça me rend superstitieuse.

10

La Bougresse

Dimanche 18 mars, cité des 4000.

Schrödinger n'avait plus mis les pieds à La Courneuve depuis des années. Le bout de quartier où avait vécu la mère de Karmia n'existait plus. En 2016, la municipalité avait démoli la barre Petit Debussy. Une appellation adorable pour un lieu qui l'était nettement moins.

Gouda attendait au fond du café et devant un demi. Schrödinger commanda un expresso en passant et alla le rejoindre. Le gars avait remonté sur son front les fidèles lunettes aux verres orangés qui lui avaient valu son surnom. Il avait désormais le cheveu gris et rare, mais sa trogne aux minces yeux avides était intacte. Schrödinger lui tendit un paquet de cigarettes avec un billet à l'intérieur. Gouda vérifia en douceur.

– Faudra rallonger. Le prix des emmerdes, tu saisis ?

Cracher des nouveautés sur Karmia, une activité périlleuse. Schrödinger doubla la mise sans protester.

– Tu as l'info ?

– Elle est dans un asile de vioques. Tiens, l'adresse.

L'indic était économe de ses mots mais pas de ses résultats, c'était tout ce qu'on attendait. Schrödinger récupéra le papier plié en quatre que l'autre venait de faire glisser devant lui.

– On dit qu'elle n'a plus sa tête, ajouta sobrement l'indic.

Il était en verve, et c'était cadeau. Schrödinger avala son café en vitesse, régla l'addition au comptoir, fila vers la sortie et pressa le pas vers le RER. Depuis un petit moment, pas de sueurs froides et d'angoisses. Tant qu'il serait en mouvement, le monstre se tiendrait à peu près tranquille.

*
* *

Il descendit du métro, cligna des yeux sous la lumière trop pâle et s'engagea sur le pont qui lui parut immense.

Asnières se tartinait de verdure vers les lointains. Le vent rabattait une odeur de feuillages qui épousait l'haleine de la Seine. Autre lieu, autre atmosphère. La dernière fois qu'il avait vu la mère de Karmia, dans son enclos de La Courneuve, la vinasse était le relent le plus reconnaissable. Un miracle qu'elle ait survécu. Déduction, elle était une force de la nature.

Après sa première arrestation, Karmia lui avait parlé de sa génitrice en employant le terme Bougresse. Un détail difficile à oublier. Et une étrangeté dans la bouche d'un analphabète. De son père, il n'avait rien dit de précis, l'identité du gars lui était inconnue. Il avait seulement plaisanté sans sourire en lâchant que « son paternel faisait partie de l'armée d'enfoirés que sa mère s'était tapée entre deux cuites ».

Il trouva un fleuriste et acheta un bouquet. La maison de retraite médicalisée se trouvait dans un bel immeuble face à un square. La réceptionniste lui annonça que Mme Karmia prenait l'air dans le parc de la résidence. Ça tombait mal, il aurait préféré un échange discret. Il abandonna un faux nom sur le registre et une jeune femme le mena à destination sur des semelles de crêpe étouffant ses pas. Ça respirait le calme et le luxe. Karmia ne s'était pas moqué de sa Bougresse.

Elle stationnait entre un palmier au tronc poilu et un énorme laurier blanc en pot. Dans un fauteuil roulant dernier cri et sous un plaid moelleux comme une gaufre. Elle avait bénéficié d'un brushing et ses ongles étaient laqués du même rose que celui du bouquet. Malgré sa tronche de momie et son regard éternellement colérique, il ne l'avait jamais vue aussi pimpante et féminine. Surprenant, ça aussi. Il lui tendit le bouquet et se glissa dans une chaise de jardin.

Elle le laissa en plan avec ses fleurs. Il les déposa à ses pieds. Ses doigts de Martienne tordus par l'arthrite jouaient avec les perles épaisses d'un *komboloï* grec. Un chapelet qui n'avait rien de religieux, mais permettait de tuer le temps. Il l'avait reconnu. C'était celui qu'elle ne lâchait même pas pour lever le coude.

– T'es qui, toi ? grogna-t-elle.

– Un ami de votre fils. Il faudrait que je le voie.

– J'ai… un fils ?

– Oui, Charles.

– Charles…

– C'est ça. Votre fils.

– Ah…

Elle laissa tomber son chapelet ; il le ramassa pour elle. Les perles avaient emmagasiné sa chaleur.

– Hé… J'te connais, toi, non ? C'est quoi, ton nom ?

– Schrödinger. Ça ne s'oublie pas.

– Un nom à... coucher dehors. Attends... t'es un flic ! J'aime pas les schmitts, moi.

– Je ne le suis plus. Et j'étais l'exception. Vous et moi, on était copains.

– Mais... comment tu t'appelles ?

– Schrödinger.

– Con comme nom.

– Vous m'appeliez Schrö.

– *Chreu ?* Ah oui... C'est toi ?

– C'est moi, madame Karmia.

Il prit ses mains dans les siennes. Cette fois, elle se laissa faire. Accrochant son regard, il y lut de la détresse.

– Charles, il vient jamais. T'as vu ce qu'il m'a fait ?

– Quoi donc ?

– J'suis en prison.

– Non, c'est beau ici.

– J'voulais rester chez moi. J'ai rien demandé. Et puis, y a les photos, j'suis toute seule.

– Charles vous a installée ici parce qu'il vous aime.

– Non, c'est pour se venger. (Elle le repoussa.) J'm'emmerde avec ces vieux cons ! J'veux la p'tite fille. Elle est belle.

– Quelle petite fille ?

– Elle a l'air gentil. Pas comme toi. T'es qui ?

Il resserra sa prise sur la flasque de scotch qui dormait dans sa veste. Par le passé, il avait récupéré des infos sur Karmia en trinquant avec sa mère. Pas de quoi être fier, mais la méthode avait fonctionné. Imbibée, la Bougresse devenait causante. Karmia avait le mode de vie tribal. Il se méfiait à juste titre de sa mère et sa demi-fratrie, mais faisait confiance aux amitiés qui remontaient à loin. Celles de sa jeunesse dans sa cité. Or la Bougresse, malgré sa cervelle détartrée à l'alcool, les connaissait toutes, ces accointances.

Il posa sa main sur son avant-bras décharné. Elle recula comme sous l'effet d'une brûlure.

– Charles doit être chez un ami, en ce moment. Je lui dirai bonjour de votre part. Et je lui demanderai de venir vous visiter.

– Hein ? De qui tu parles, toi, le grand bonhomme ?

– De Charles, votre fils. Il est chez un ami. Lequel ?

Elle le dévisageait, lèvres entrouvertes. À ses commissures, du sel et de la panique.

– T'as une tête de démon, tu l'sais ?

– Pas d'inquiétude, je suis quelqu'un de gentil.

– Non, t'as une gueule de saleté… Tu crois qu't'es gentil, tu l'es pas…

– On se connaît vous et moi. On s'entend bien. Je veux juste que vous me disiez où trouver votre fils.

Elle était probablement à jeun depuis longtemps et il eut vaguement honte de ses intentions, d'autant que les médicaments anti-Alzheimer ne faisaient a priori pas bon ménage avec l'alcool.

– On s'connaît ?

– Oui, très bien.

Il lui parlait avec une douceur infinie tandis qu'elle le scrutait de son regard vitreux. Il déchiffra soudain une émotion inédite. La peur. Avant les ravages de la sénilité, la Bougresse n'avait jamais eu peur. Un mauvais signe. Et rien pour la calmer. La flasque de scotch était inutile, le lieu se prêtant plus à la cérémonie du thé qu'à une murge de légionnaires.

– T'as une tête de démon ! hurla-t-elle.

– Calmez-vous, tout va bien…

– J'veux Meyer ! Tire-toi, connard !

Les autres résidents tendaient leurs cous décharnés et leurs casques de cheveux blancs dans leur direction. Ce n'était pas le résultat escompté.

Il fila vers la sortie.

En quittant l'établissement, il s'affala sur l'un des bancs du square et s'accorda une goulée de scotch qui ne lui fit aucun bien.

Meyer. Bernard Meyer. Ce type, il l'avait interrogé plusieurs fois. Un paumé, mais pas un crétin. Nerveux, maigre. Presque un freluquet, mais pas un violent. Un gars qui n'avait jamais eu la baraka. Il avait fait quelques braquos avec Karmia. Si la mémoire de Schrödinger ne le trahissait pas, il s'était pris six ou sept ans, mais devait être sorti. Depuis un bail.

Il se concentra. Et se souvint d'une conversation. Séverine, le groupe. L'un des collègues parle de Meyer et précise qu'il est devenu SDF. Oui, c'était ça.

Comment retrouver l'adresse d'un type qui n'en a plus ?

Il était peut-être temps de prendre un abonnement avec Gouda.

11
L'Élue

Une brise se lève. Elle entend des cris, redresse la tête. Une compagnie d'oiseaux bruns tire une diagonale dans le ciel. Des oies ?

Oui, des bestioles aussi stupides qu'elle, qui n'a pas la moindre idée de son identité ou de l'endroit où elle se trouve.

Une oie. Des oies.

Mais moi, je ne vole pas. Et là, franchement, j'aimerais bien.

Sur le port de plaisance. Les bateaux cliquettent. Les vagues sont molles et brillantes. Aucun marin ou navigateur en vue. Personne à qui demander de l'emmener. Vers un endroit avec téléphone, internet, ordinateur et des personnes capables de dialoguer.

Et aucune terre à l'horizon. Tout à l'heure, elle est montée dans les hauteurs, sur une falaise protégée par une balustrade et envahie de lauriers odorants. Elle n'a vu que les contours de la ville. Au jugé, elle est sur une île. Et peut-être bien tropicale.

Le soleil est toujours dans la même position. C'est absurde car il devrait avoir déjà tout brûlé de cet endroit qu'il inonde de lumière depuis si longtemps.

Les gens se promènent sur le quai. Tout à l'heure, une femme en robe longue et vaste chapeau est passée avec un lévrier. Elle semblait marcher au ralenti, les poils du chien flottaient avec une paresse anormale. C'était comme s'ils se déplaçaient dans un espace-temps différent du reste.

Elle décide de suivre les conseils du drôle de type avec qui elle a eu la conversation téléphonique, et de penser à elle en tant que Doris. La fille de l'Océan.

Doris. Elle. Moi.

Effet immédiat. Elle se sent mieux. Plus calme. Comme si elle avait exterminé une migraine avec de l'aspirine. Une migraine métaphysique.

Soudain, Doris entend les notes d'une rumba.

Elle file vers cette musique qui s'amplifie au fil de ses pas. Des couples enlacés dansent. Devant un café.

Des gens sont attablés et sirotent des cocktails en regardant les danseurs de tous les âges. Ils ondulent avec grâce et une certaine fierté sud-américaine. Elle est en Amérique du Sud ? Certainement pas. Personne ici ne parle espagnol ou portugais.

Les cinq musiciens de l'orchestre sont tous habillés en blanc.

Justement… Veste blanche à rebord noir, Doris aperçoit le barman derrière son zinc.

C'est lui. L'homme de l'affiche.

Il n'est donc pas maire, mais barman. Que lui a-t-il dit, déjà ? Qu'il l'aiderait, mais que c'était encore un peu… tôt.

Elle fonce dans sa direction.

Il secoue un shaker argenté. Il lui sourit, puis verse le contenu de sa préparation dans des coupes en cristal qu'Il dépose devant deux hommes vêtus de manière étrange, occupés à se faire des confidences passionnées à mi-voix. Ils ne se chamaillent pas, mais semblent avides de se convaincre mutuellement.

Elle se hisse sur un tabouret.

– Ravie de vous revoir, Doris.

– On s'est déjà rencontrés ?

– Techniquement, non. Mais je vous connais depuis toujours.

Elle aspire une longue goulée d'air parfumée au citron vert et au rhum.

– Qu'est-ce que vous prenez ?

– Ce que vous voudrez.

Il sort une bouteille d'alcool blanc d'un réfrigérateur géant, et en remplit deux verres.

– À vous ! dit-il en levant le sien. C'est une excellente vodka.

Un barman qui trinque avec les clients ? Après tout, ce n'est pas plus surprenant que le reste. Elle avale d'un trait. Lui aussi. Il les ressert immédiatement. Il boit cul sec, pas elle.

– C'est où, ici ?

– Un bel endroit, n'est-ce pas ?

Elle a envie de hurler, de l'insulter. Les couples continuent de danser.

– Comment s'appelle cette ville ?

– Vous le saurez bientôt.

– Qu'est-ce que je fais là ?

– Vous êtes invitée, tout le monde l'est, répond-il d'un ton égal.

– Par qui ? Par vous ?

– Par moi.

Il s'envoie un nouveau shot sans la quitter des yeux. Son regard est d'une vivacité peu commune. Il a une tête de politicien, businessman, directeur d'université. Une tête de patron, de journaliste vedette. De chef espion, de tout sauf de barman…

– Vous ne buvez pas ? N'ayez crainte. Vous ne risquez rien.

– Oui, apparemment, ici, on ne risque rien… à part devenir dingue.

– Non, même pas cela. Faites-moi confiance.

– Impossible. Je ne comprends pas ce que disent les gens. Je ne comprends que vous. Vous me tenez en votre pouvoir, c'est cela ?

– Non, ce n'est pas mon genre, Doris.

– Alors je rêve. Ou plutôt, je cauchemarde.

– Non. Vous êtes bien là. Je vous l'assure. Tendez le bras, vous verrez.

Il sort un glaçon d'une glacière et lui applique sur l'avant-bras.

Elle sent la morsure du froid.

– Le soleil est toujours à la même place.

– Bonne remarque. Vous avez été une femme intelligente, c'est incontestable.

Avez été ? Elle panique. Il a cessé de sourire. Pourtant, c'est bien de l'empathie qu'elle lit dans ses yeux aux paupières de vieux chien. Il pousse le verre dans sa main. Il boit. Elle fait comme lui. L'alcool la calme.

Elle éprouve un vrai plaisir, très différent de l'ivresse. Aucun effet secondaire. Juste une chaleur bienfaisante et l'imagination qui gonfle comme des voiles.

– Je veux savoir qui je suis, comment je m'appelle, et où je suis. Et comment et pourquoi j'ai atterri ici ! Au téléphone, vous m'avez dit que vous alliez m'aider. Que vous étiez là pour cela. S'il vous plaît, aidez-moi !

Elle n'aime pas le ton de sa propre voix. Celle qu'elle doit être est fière et forte. Elle ne se plaint pas. Elle fait face.

Mais qui est-elle, bon sang ?!

Le reggae a remplacé la rumba.

– Votre temps ici démarre à peine. Je ne peux pas tout vous révéler d'un coup. Il y a des étapes, dit le barman.

Il range la vodka, contourne le bar et s'approche d'elle. Il porte un pantalon noir à barrettes de soie. Ses chaussures sont lustrées et son eau de toilette raffinée.

– Vous permettez ?

Il la saisit par la taille et la fait glisser en douceur de son tabouret. Il la dépasse de dix bons centimètres et a le ventre plat. Elle glisse sa main entre ses doigts.

– Dansons.

– Je sais danser ?

– Oh oui, très bien.

Elle se laisse entraîner vers les danseurs qui semblent ne faire qu'un et ondoient en rythme comme les artistes d'une troupe au numéro bien mis au point. Personne ne leur prête attention.

Elle trouve immédiatement les pas. Et un plaisir monte, étrange, entrelacé à sa colère et son inquiétude.

– Dites-moi au moins quel est mon vrai nom.

Il claque la langue et répète que c'est trop tôt.

– Mais je peux vous dire le mien. Je m'appelle Rex.

Au loin, une compagnie d'oiseaux traverse le ciel. Où vont-ils ? Y a-t-il un ailleurs ?

La musique change. C'est un slow. Elle comprend les paroles. Un homme dit à une femme qu'il l'a aimée. Les chansons d'amour fonctionnent depuis toujours sur le même principe. Personne ne s'en lasse. A-t-elle un homme dans sa vie ? Oui, c'est fort possible. Mais où est-il ?

Sa tête est contre l'épaule de ce Rex. Elle ne voit plus son visage, elle pourrait sentir les battements de son cœur.

– Vous avez utilisé le passé pour parler de moi.

– Ah, vous l'avez remarqué. Vous êtes vive.

– Et maintenant, vous parlez de moi au présent.

– Oui, ici, tout est possible.

Elle voudrait le regarder, mais il resserre son étreinte.

– Ce que je peux vous signifier, c'est que vous êtes morte.

Elle sursaute, veut se libérer. Fuir. C'est une ville de dingues. Et ce Rex est le roi de ces fous à lier. Mais ils ne l'auront pas. Il ne l'aura pas.

– Lâchez-moi !

Il la tient plaquée contre lui, continue de danser, l'entraîne, lui caresse les cheveux comme le ferait un adulte voulant consoler un enfant.

– Oui, la mort vous a emmenée, Doris. Il vous faut l'accepter.

12

Un revenant

Réveil en sursaut, un cri coincé dans la gorge. Séverine, son visage. Il en avait rêvé. Elle courait le long d'une rive embrumée.

Sa poche vibrait.

Schrödinger s'était endormi tout habillé sur son lit et son smartphone le réclamait. C'était Gouda. Qui lui apprit avoir localisé Bernard Meyer. Si vite ?

– Pour la suite, rendez-vous au même endroit. Même prix.

– Tu t'es recyclé dans le luxe, mon gars.

– Avec K, c'est cher. Normal.

Et il avait raccroché. Schrödinger changea de polo. Sur le chemin du métro, il appela le brigadier qui veillait sur Séverine. Rien à signaler. Il poussa un soupir de soulagement, remercia le jeune homme et s'engouffra dans la station. Une fois dans le wagon, il consulta les infos en ligne. Malgré l'armada à ses trousses, Karmia restait introuvable.

Le troquet de La Courneuve rassemblait une dizaine de clients. Aucun ne s'intéressait à l'info en continu crachée par la télé fixée au-dessus du comptoir. La gueule de Karmia s'affichait dans un médaillon. Schrödinger tendit l'oreille. Rien de neuf. Il commanda un café et fila vers Gouda. Le gars pianotait sur son téléphone. Il le rempocha.

Fidèle à son style, il fit glisser un papier plié en quatre.

– T'as jamais pensé à faire des origamis ? dit Schrödinger en le dépliant.

Une adresse à Besançon et un nom. *Cartonnages Bouquillon*. Meyer n'était donc plus à la rue ? De là à faire dans la start-up, il y avait une marge. Et quel rapport entre une maison de retraite à Asnières et une entreprise dans le Doubs ?

Le barman apporta le café. Schrödinger régla l'addition et attendit qu'il se soit éloigné.

– Il a créé sa boîtc ? demanda-t-il sans conviction.

– Aucune idée. Je ne suis pas chasseur de têtes.

– Quel lien avec sa mère, tu le sais ?

– On dit que Karmia lui a demandé de prendre soin d'elle.

– Meyer habite Besançon, mais s'occupe d'elle à Asnières ?

– Faut croire.

– En tout cas, c'est service rapide. Bravo.

– De rien.

– Mais un peu juste quand même.

– Non, c'est comme pour le coup du génie.

– C'est-à-dire ?

– C'est quand tu frottes la lampe qu'il faut poser la bonne question, Schrö. Le génie fait ce qu'on lui demande. Il n'a aucune imagination. Tu m'as demandé une adresse. Tu l'as.

Ça faisait des phrases luxuriantes, Schrodinger faillit se sentir privilégié. Gouda but une gorgée de sa bière et s'essuya la lèvre supérieure du bout de l'index et du pouce.

– Tes ex-collègues sont venus me voir. Du coup, cette adresse, ils l'ont.

Ça expliquait la rapidité d'exécution. D'une pierre deux coups. Avec sa petite boutique de réponses, l'indic avait toujours su éviter les questions personnelles. Malgré tout, il était clair qu'il se demandait pourquoi Schrödinger jouait cavalier seul alors que des forces importantes battaient la campagne.

– Merci pour le rab d'info, dit Schrödinger en repoussant sa chaise.

Les lunettes funky avaient un peu glissé, Gouda les repoussa sur la base de son nez.

– Moi aussi, j'aimais bien le commandant Varmeau, dit-il.

Schrödinger hocha la tête et tourna les talons.

Il n'aimait pas son usage du temps passé pour évoquer Séverine. Mais pour le reste, Gouda avait mis la main sur quelque chose. Une réalité mouvante. Vrai, Schrödinger ne savait pas exactement ce qu'il voulait. Sans doute récupérerait-il des infos sur Karmia et, en s'acharnant, peut-être réussirait-il à être le premier à mettre la main sur lui. Mais était-ce bien son objectif ?

Ses nuits au palace avec les elfes et Barbara avaient peut-être plus de sens que tout ça.

Je veux juste protéger Séverine d'un gars qui devient de plus en plus dingue avec les années, se dit-il.

Meyer. Se concentrer sur lui. Une chose après l'autre.

Cartonnages Bouquillon. Il entra l'adresse dans Google Maps. C'était à un peu plus de trois heures de route. Petit problème, il n'avait plus de voiture. Il réfléchit. Soit il en louait une, soit il en empruntait une. Et la personne qui lui prêterait la sienne sans histoires était toute trouvée.

*
* *

Assoiffée, en manque d'air, muscles douloureux, recroquevillée dans le coffre de la voiture lancée vers une destination inconnue, Adèle avait perdu la notion du temps. Karmia et sa fille. Où l'emmenaient-ils ? Ce calvaire n'en finirait jamais.

Soudain, une série de chocs. Puis cela s'arrêta. Un claquement de portière. Quelques longues minutes, encore un bruit de portière, et le coffre s'ouvrit sur la nuit. Elle sentit la fraîcheur de l'air sur son visage et ses bras. Et l'étreinte de Karmia, qui l'agrippa, la sortit de sa prison et la déposa sur de l'herbe. Ils étaient en pleine campagne, au bord d'un sentier. Seuls, elle et lui. Où était Nico ?

Karmia approcha une bouteille d'eau de ses lèvres. Elle but comme une naufragée.

– Qu'est-ce qu'on fait ici ? demanda-t-elle.

– On attend.

– Relâche-moi, Charles.

– Ça viendra.

– Je n'en peux plus. Arrête ça !

Pour toute réponse, il alla s'adosser à la portière et alluma un cigarillo. Le vent rabattit l'odeur âcre vers elle. Elle protesta encore quelques instants, puis renonça. Il ne l'écoutait pas, il regardait le bout du sentier. Au bout d'un moment, elle repéra une bâtisse au toit sombre et bas. Qui pouvait bien vivre là ?

Elle perçut un ronronnement lointain, qui grossit puis s'effilocha, un véhicule venait de passer sur une route.

Ses poignets et ses chevilles étaient entravés, elle ne pouvait rien tenter. Elle eut le sentiment d'avoir vieilli d'un siècle.

Un long moment plus tard, des pas lui firent lever la tête. Quelqu'un venait à leur rencontre sur le sentier. La silhouette grossit lentement, comme une flammèche, et émergea de la nuit.

Nico.

– La ferme est isolée, dit-elle à son père. Pas un voisin à la ronde ni de chien. Je ne sais pas s'il y a quelqu'un avec elle. On n'entend aucune voix, en tout cas. Volets et portes sont bien fermés. Mais la porte d'entrée n'a rien de méchant. Dans la cour, il y a un auvent avec une place de parking. Un 4 × 4 fatigué, aux pneus boueux, y est garé. Et dans la grange, j'ai vu une grosse moto bien propre sous une bâche.

De qui parlaient-ils ?

– Et j'ai forcé le coffre du 4 × 4, ajouta Nico. Il y a du matos.

– Quel genre ?

– D'enregistrement. Et un pull et des bottes de femme en caoutchouc.

– C'est sa voiture. La moto est sûrement celle de son mec. J'imagine qu'elle a dû le déposer à l'aéroport. Je le sens bien.

– Elle est probablement seule, mais ce n'est pas certain. Il y a peut-être de la famille, des enfants. Ou des amis.

– Tu m'as bien dit que tu n'avais pas entendu de voix ?

– C'était silencieux. Bon, on fait quoi ?

– J'y vais. Tu attends là.

Il récupéra un pied-de-biche et une lampe torche sur le siège arrière, puis se dirigea vers la ferme.

Immobile, Nico le regardait s'éloigner. Elle finit par se retourner. Adèle s'était habituée à la faible lumière lunaire et lut ses traits. Elle y détecta de l'inquiétude. C'était presque étrange. Elle avait fini par croire que cette fille n'éprouvait pas plus de sentiments qu'un réfrigérateur.

– Nico, il faut que tu le raisonnes. Toi, il t'écoutera.

La fille de Karmia pencha la tête sur le côté et la dévisagea. Son visage était redevenu impassible.

– Le raisonner. Tu entends quoi par là ?

– Il t'entraîne dans une catastrophe. C'est du gâchis, tu as la vie devant toi. Et moi, je ne comprends pas ce qu'il me veut. Mais toi, tu es intelligente.

– Avec ta chevelure, tu es un aimant à gendarme, répliqua-t-elle calmement.

Elle lui ordonna de s'asseoir sur le siège arrière.

Adèle obéit ; à travers le pare-brise elle vit la jeune fille s'appuyer sur le capot, bras croisés et regard tourné vers la ferme.

*

* *

Karmia marchait vers son passé et pensait que ça ferait une putain de belle scène. Les étoiles étaient aussi nombreuses que des pièces dans une machine à sous. Le vent sentait bon, le silence avait l'épaisseur d'un manteau.

L'épaisseur d'un manteau.

Tiens, c'était ce qu'il avait entendu dans l'un des romans enregistrés qu'il écoutait en tôle. Un polar américain, raconté par une comédienne qui avait un talent calme. Et ça se passait dans le genre de coins paumés où le mec de Laurence faisait des photos. Les paysages étaient bien décrits. On s'y croyait.

Il se souvint soudain d'un matin chez elle, dans son appartement parisien. Laurence avait beaucoup de livres, il les avait regardés. Dans son dos, elle avait dit : « Prends-en un si tu veux, les romans sont faits pour circuler. » Il en avait tiré un au hasard. Nico lui en avait lu des passages. L'histoire était bonne, les personnages sonnaient vrai. Plus tard, il aurait pu mentir. Face à Laurence, il aurait pu dire qu'il avait aimé l'histoire et l'avait lue jusqu'au bout. Mais il lui avait dit la vérité. Pour voir sa réaction. Elle avait eu la bonne. En évitant de se foutre de sa gueule.

Elle n'était peut-être pas la plus belle des femmes qu'il avait connues, mais sa beauté était… profonde. Comme les muscles qui se cachaient sous les abdominaux. Une beauté du loin.

*

* *

Un pic-vert trouait un baobab. Du courage…

Laurence se redressa sur les coudes.

Un craquement l'avait réveillée. La porte d'entrée de la ferme ? Yannick rentré plus tôt que prévu ? Non, il l'aurait prévenue. Des pas. Elle pensa à son couteau de para, à son spray anti-agression. Toujours dans le sac à dos posé sur la chaise du salon.

Tremblante, elle se leva, fit deux pas vers la porte. Des pas. Lents.

En fait, le mieux était d'appeler la gendarmerie. Elle recula, agrippa le sans-fil posé sur la table de chevet et décida de se barricader dans la salle de bains.

– Laurence ? C'est moi.

Cette voix. Feutrée, pourtant elle la fit frémir de la tête aux pieds. Sa silhouette solide dans l'embrasure de la porte.

Charles.

Le halo aveuglant d'une lampe torche l'emprisonna.

– Lâche ton téléphone, tu veux bien, Laurence ? À part ça, je suis vraiment content de te revoir.

13

Le feu de cheminée

Barbara le vit au bar occupé à discuter avec Adam et décida de s'approcher. Schrö en avait déjà fini avec son absurde enquête personnelle ? Elle se glissa sur un tabouret à ses côtés, nota que ses cernes s'étaient creusés. Il voulait emprunter ses clés de voiture à son copain le barman. Fausse joie, les conneries continuaient.

Autre constat, il était en jachère depuis seulement quarante-huit heures, mais il lui avait déjà pas mal manqué.

– Tu sais qu'Oscar Wilde a été client de ce palace, Schrö ? demanda Adam. Un écrivain anglais.

– Je sais bien que c'était un écrivain anglais.

– Tu l'as lu ?

– Au lycée.

– Relis *Le Portrait de Dorian Gray*, c'est magnifique. L'histoire d'un homme séduisant mais horrible moralement. Un meurtrier. Il reste jeune pour l'éternité, mais sur son portrait…

– Il s'enlaidit au fil de ses crimes.

– C'est ça. Et Wilde était intense. Il a créé un chaos magnifique ici même en y amenant un jeune amant. Une sacrée santé.

– Adam, je ne m'ennuie jamais avec toi, et si j'ai un gamin je l'appellerai Oscar, mais…

– Tu as besoin de ma voiture. J'ai bien compris.

Le barman soupira, farfouilla sous son comptoir et fit glisser sa clé de contact sur le zinc. Il garda la main dessus.

– Tu ne pars pas sans un double expresso, reprit-il. Je tiens à toi presque autant qu'à ma voiture.

Il lui servit son café et un verre d'eau. Barbara aperçut le B qui flottait sur la mousse. Schrö le but à toute allure, empocha les clés et s'exfiltra.

– B comme béatitude ? soupira-t-elle.

– B comme Besançon, répliqua Adam. Il part interroger un gars là-bas.

– Toujours sur le mode électron libre ?

– Oui, ses ex-collègues ne sont pas au parfum.

Elle leva les yeux au ciel. Et pensa à Dorian Gray. C'était l'anti-Schrödinger. Les tracas de Schrö se voyaient sur son visage. Et ses tourments accumulés finiraient par lui bouffer l'estomac.

– C'est dingue tout ça, non ?

Adam prit le temps de la réflexion en nettoyant quelques gouttes d'eau tombées du verre de Schrödinger. Elles risquaient de noircir son zinc. Impensable.

– Schrö a de l'instinct. Ayant appris que Séverine avait été… frôlée par une menace, il agit. Moi, je trouve que ça ne manque pas de logique. Enfin, de « schrö-logique ».

Barbara se massa la base du nez et s'accorda un nouveau soupir.

Moi, je devrais y aller. À la police.

Mais si elle le faisait, Schrödinger ne lui adresserait plus jamais la parole. Et disparaîtrait de sa vie. Ce n'était pas un scénario envisageable.

*
* *

Sa fille avait décidé de s'installer dans la grange. Il savait qu'elle était rageuse. Elle aurait voulu qu'ils se cassent direct à Marseille et prennent le bateau. Elle s'obsédait sur le Brésil, voulait sa mère.

Normal, malgré ce parfum de femme dont elle s'était aspergée, c'était encore une gamine. Les mères, c'était sacré. À part la Bougresse, bien sûr. Celle-là, même les guenons et les vaches étaient plus humaines qu'elle. Mais bon, on s'en foutait. Des vieilles conneries qui fondraient sous le soleil de Rio.

Nico aurait sa mère. Une promesse. Mais pour lui, c'était différent. Il n'avait pas envie de revoir son ex-femme. Il ne ressentait plus rien, une histoire carbonisée. Le Brésil, c'était pour Nico, pour qu'elle ait une vie là-bas.

On avait un peu de temps. Le Brésil ne fondrait pas.

Oui, encore du temps. Nico surveillait Adèle. Il avait donc Laurence tout à lui. La belle était emballée dans une couverture à carreaux bleus et ses yeux brillaient. Quelques rides ici et là, mais rien de grave, elle était superbe. Il avait envie d'elle, en fait. Quelque chose d'indéfinissable lui avait manqué. Et ce quelque chose, c'était peut-être bien Laurence. Ce cœur large qu'elle avait. Leur passé, ça avait été de grands moments. Il n'avait pas oublié le contact de son corps, sa voix dans son cou, ses plaintes.

Elle lui avait demandé ce qu'il voulait. Il lui avait répondu : « Passer un petit moment avec toi. » Et puis ils étaient restés silencieux comme des chiens de faïence. Qui ne demandaient qu'à se réchauffer ?

– Écoute, je ne sais pas ce que tu es venu faire ici. Une armée te recherche.

Il lui sourit. Elle ne réagit pas.

– Je veux partir propre, dit-il.

– Quoi ?

– Dire au revoir. Conclure.

– On est au-delà de ça, Charles. J'ai refait ma vie.

– Je sais. Il est photographe, ton mec. Ça n'a pas l'air de trop bien payer si j'en juge par l'état de votre baraque.

Le toit était mourant et les murs craquaient. Rien qu'une bicoque paumée. Pas de quoi se réjouir.

Il lut la crainte dans son regard malgré ses efforts pour rester de bois. Elle devait l'aimer son minable de mari.

Elle enfouit son menton dans la couverture. Il ne vit pas sa nuque. Délicate quand elle avait les cheveux courts. Elle les portait longs maintenant, ça lui allait bien.

– Je suis riche, dit-il. (Elle releva la tête.) Tu ne me crois pas ? (Il prit le sac à dos posé à ses pieds et en sortit son ordinateur ultraplat.) Il y a des bitcoins, là-dedans. Un pognon à donner le vertige. Tu sais ce que c'est ?

– De l'argent numérique, dit-elle. Pourquoi me parles-tu de ça ?

– Je veux juste t'expliquer que je veux voyager léger, Laurence.

– Tant mieux pour toi.

Le mot *voyager* ne lui avait fait aucun effet. Triste. Et il n'aimait pas son air de défi. Il devait la dégeler. Il devait la retrouver. Elle allait vite se rendre compte que ce coin pourri, son artiste à deux balles et sa baraque délabrée, ça ne valait rien comparé à ce qu'il avait à lui offrir. Il venait de s'en rendre compte comme si Merlin l'Enchanteur lui avait réveillé la cervelle en lui balançant une batte de baseball magique dans la tronche. Des étincelles et Laurence au milieu. *Le Brésil va te dorer la peau et laver ton passé, ma belle.*

*
* *

Nico avait trouvé un fusil de chasse dans la grange. Elle l'avait démonté, nettoyé, huilé, remonté, maintenant il était comme neuf. Ça lui était toujours difficile de comprendre pourquoi les gens n'entretenaient pas leurs armes. Adèle, attachée à son poteau, la regardait faire. Entre-temps, elle lui avait demandé plusieurs fois de la laisser fuir. Mais Nico n'avait pas envie que son père lâche les chiens de l'Enfer. Elle décida de changer de conversation.

– Ma mère était championne. (Adèle fit les yeux ronds). De natation.

Elle expliqua qu'elle aurait pu faire les Jeux olympiques si elle l'avait souhaité. Mais elle n'aimait pas se forcer. Au lieu de se préparer pour devenir une championne, elle avait lâché l'entraînement et rejoint une troupe de ballets nautiques. Mais là encore, la pression avait été trop forte. Et maman avait embrayé sur le grand n'importe quoi.

– Elle s'est retrouvée à faire la sirène. (Adèle fronça les sourcils.) Non, sérieusement. Elle était affublée d'une queue dorée et avait des étoiles de mer sur les seins. Et c'est comme ça qu'elle a rencontré papa. Dans une soirée où elle était payée pour onduler dans un aquarium. Ma mère a toujours fait ce qu'elle a voulu. Sans s'occuper du reste.

– Tu veux dire… qu'elle ne s'est pas occupée de toi ?

Nico se contenta de sourire.

– Elle vit où ? renchérit Adèle.

– Loin.

– Ça fait longtemps que tu ne l'as pas vue ?

– Une petite quinzaine d'années. Elle est repartie dans son pays et m'a laissée avec lui. Maintenant, je veux la retrouver. Mon père est d'accord. Maman a dû être folle de lui au début. Moi, j'aurais voulu qu'ils restent ensemble, tu comprends ?

La brave fille lui décocha un regard navré.

*

* *

– Tu n'aurais pas quelque chose de sympa à nous offrir à boire ?

Elle haussa les épaules et ne répondit pas. Karmia l'étudia un instant sans rien dire et elle évalua ses possibilités de fuite. Aucune. Il avait pris la clé du 4 × 4 et confisqué les téléphones. Il alla chercher du whisky dans le bar près de la cheminée. Il trouva du Laphroaig, un alcool tourbeux. Il se souvint que c'était elle qui lui avait fait découvrir. Elle lui avait aussi donné des titres de bouquin. Il les avait tous notés et achetés. Et Nico les lui avait lus. Laurence avait bon goût.

En mecs aussi. Merde.

Il venait de lever la tête vers le manteau de la cheminée et une photo de Laurence avec son photographe. Son regard bleu explosait dans un visage basané.

Il eut envie de faire une flambée et d'y jeter le cadre. Mais Laurence y verrait un signe de faiblesse. Il se contenterait de faire un feu.

– On se les caille dans ton patelin. Je vais arranger ça.

Elle le regarda allumer le feu. Il avait toujours été doué pour ça, l'affaire ne lui prit pas longtemps. Il lui tendit un verre de whisky. Elle le prit sans un mot, son regard plein de reproches rivé dans le sien.

– Tu fais quoi en ce moment ?

– Comment ça ?

– Tu as abandonné le ciné. Tu es audio-naturaliste. J'ai vu ça sur ton site.

Elle hésita, but une gorgée de Laphroaig et se lança. Elle expliqua qu'elle préparait la matière sonore pour un film intitulé *La Forêt des murmures*. Ça avait l'air un peu branlette, mais tout de même pas trop con. La forêt, une gamine, un loup imaginaire et un père qui faisait chier.

– La réalisatrice a de la chance de t'avoir, dit-il. Sans toi, ce film ne pourrait pas exister.

– Merci.

C'était vrai. Laurence était monstrueusement douée. Elle parlait le langage secret du monde. Il s'était emmerdé sans elle.

Ils restèrent silencieux de longues minutes, elle regardant le feu, lui la regardant terminer son whisky. Il se releva, lui prit son verre vide des mains, le posa sur le tapis et la fit se relever en la saisissant aux épaules. Il posa un baiser sur ses lèvres. Elle ne réagit pas.

– Viens.

– Non, Charles. Tu n'as pas le droit…

Il la saisit par le cou comme un petit animal et la guida vers la chambre. Elle se débattit, il l'agrippa par la taille, la projeta sur le lit, l'écrasa de son poids. Elle se mit à crier. Il plaqua sa main sur sa bouche. Elle ne savait pas que leurs corps s'étaient appelés pendant longtemps. Elle allait s'en souvenir et elle lui pardonnerait. Ils seraient l'un avec l'autre, là où il fallait qu'ils soient, de nouveau. Il lui arracha sa veste, la déchira pour en faire deux lambeaux et l'attacher au montant du lit. Elle criait, risquait d'alerter Nico. Il utilisa le bas de pyjama comme un bâillon. Il se déshabilla à son tour et se plaqua contre elle. Elle se débattait, son corps musclé et mince, il ne l'avait pas oublié. Il lui mordilla le cou, la caressa, elle se débattait toujours comme une diablesse. Mais ça irait, ça irait. Elle redeviendrait *sa* femme.

*
* *

Plus Adèle écoutait Nico et plus elle pensait que cette gamine était victime de son père. Apparemment, il avait passé une partie de sa vie en prison, mais lors de ses périodes de liberté il avait fait du dégât. En gros, il avait donné à sa fille une éducation de légionnaire.

– Ça a dû être difficile pour toi.

– Pas vraiment, j'avais la chance de mon côté. J'ai eu deux papas. Non, je vois à quoi tu penses. Papa n'est pas gay. C'est juste que quand il était en prison, son meilleur ami s'occupait de moi. Par exemple, c'est lui qui m'a appris à nager. Pas besoin de la sirène, tu vois ?

Adèle fut touchée par son histoire. Elle l'avait cru aussi dérangée que son père. En réalité, c'était surtout une gamine meurtrie et déboussolée.

– C'est cet ami qui t'a élevée ?

– Oui. Le cousin gitan de papa. Enfin, techniquement, on ne peut pas parler de lien de parenté. C'est plutôt une vieille fidélité entre eux. Il a toujours été là pour moi. C'est mon Daron. Mon papa gitan. J'ai vécu longtemps avec eux. De campement en campement. C'était bien.

Le *daron.* Le mot remontait à la nuit des temps, il avait circulé avec les gens du voyage, pensa Adèle. Au XVIIe siècle, il désignait le maître de maison.

– Et pour l'école ?

– J'étais scolarisée de temps en temps. J'en ai usé, des instits ! (Elle eut un petit rire qui la fit redevenir une enfant.) Mais quand j'ai eu ça (elle dressait fièrement son smartphone devant elle), le monde s'est ouvert. Tu peux lui poser toutes les questions que tu veux, il a toujours la réponse. Splendide, non ?

Son regard pétillait d'intelligence, et son vocabulaire était plutôt sophistiqué. Un sacré gâchis. Elle aurait pu faire de brillantes études. Adèle reprenait espoir. C'était comme si un minuscule ballon d'hélium s'était mis à gonfler sans prévenir entre ses poumons. C'était à la fois bon et douloureux. Nico était aussi une victime.

Peut-être pouvait-elle s'en faire une alliée ?

14

L'homme au side-car

Dimanche 18 mars

Le paysage urbain céda progressivement la place à la verdure. Schrödinger déboucha sur une avenue longeant le Doubs et ralentit. La fabrique, là, sur la gauche. Au fronton, les lettres noires de « Cartonnages Bouquillon ».

Vite, une distance de protection. Il roula sur un kilomètre, se gara au bord de l'avenue côté rivière, descendit de voiture et rebroussa chemin à pied.

Les images de Google Maps n'avaient pas révélé que la nature gobait ce qui passait à sa portée. Les rares bâtisses luttaient contre le temps et l'abandon.

Un ronronnement mécanique s'échappait de la fabrique d'emballages. Un petit parking bordait le bâtiment salement graffité. Il n'y avait que deux voitures garées et une camionnette. À travers les baies vitrées, il vit des hommes en bleu de travail. Malgré l'heure matinale, ils s'activaient déjà sur des presses de découpe. Meyer faisait il partie du personnel ? Pas question de se faire remarquer en allant se renseigner.

Il s'engagea sur le chemin qui bordait la fabrique et grimpait dans la verdure, puis poursuivit sa montée jusqu'à ce qu'il la surplombe. Elle était constituée de deux bâtiments distincts. L'un d'eux semblait désaffecté. Mais il y avait une moto flanquée d'un side-car à proximité.

Il revint sur ses pas, repassa devant le parking, contourna l'atelier et découvrit la porte métallique du bâtiment déglingué. La moto était une Norton.

Aucune indication, il frappa sur la tôle rouillée. Quelqu'un se racla la gorge. La porte s'ouvrit dans un petit cri rouillé sur un type efflanqué, à l'allure de quadra lessivé.

Clope au bec, nageant dans le même bleu que les ouvriers de la fabrique, le visage guère plus frais qu'un os de seiche : Meyer.

– Si je m'attendais… Schrödinger, c'est ça ? (Il scruta la cour, s'étonna.) T'es seul ?

Sa cigarette, faite à la rouleuse, gigotait entre ses lèvres. Schrödinger hocha la tête. Cette voix, il ne l'avait pas oubliée. Suave, charmeuse. Une voix qui aurait pu vendre n'importe quoi à n'importe qui. En principe seulement. Il entendit un bruit de pattes et un grognement. Un berger, en phase d'approche. Une bonne gueule ; il l'imagina droit comme un I dans le side-car. Il tendit son bras droit, paume ouverte.

– Salut, mon beau.

La bête inclina la tête d'un air intrigué, puis vint renifler la main qu'on lui tendait et finit par la badigeonner de salive.

– Tu as dompté Rufus en deux secondes ; impressionnant, dit Meyer. C'est quoi, ton truc ?

Il tira une dernière taffe de son mégot avant de l'écraser sous son godillot.

– En fait, c'est plus avec toi que j'ai envie de causer qu'avec Rufus.

Un haussement d'épaules et Meyer le fit entrer. Schrödinger lui avait souvent vu ce geste. On pouvait même parler d'un tic. Le signe d'un abandon aux étoiles. Il se souvint de ce qu'il lui avait confié un soir d'interrogatoire. « Karmia réussissait à donner envie de le suivre jusqu'au bout. À ses côtés, on se sentait invincible. Dès qu'il quittait la pièce, la vie devenait chiante. » Meyer, un type sous influence.

Ils venaient de pénétrer dans une salle aux murs en béton sale et crevassé, à peine éclairée par les fenêtres repérées à l'extérieur du bâtiment. La plupart des vitres étaient cassées, et les trous avaient été calfeutrés avec du carton. Le mobilier consistait en un matelas posé à même le sol, un fauteuil défoncé, une commode déglinguée, une chaise pliante, une table de camping et quelques jouets pour le chien.

– Je fais le ménage et le gardiennage au noir pour le patron d'à-côté. En échange, il oublie mon passé de taulard, j'ai le droit de crécher ici gratis et il me file l'aumône pour éviter de me voir crever de faim. Un bon arrangement, non ?

Il avait le sourire oblique du gars qui en bavait.

– Sûrement.

– Bon, je croyais vous avoir tout dit, les gars. Je vais me répéter. Je ne sais pas où est Karmia.

Devait-il lui laisser croire qu'il était toujours à l'Anti-gang ou jouer franc ?

– Il a toujours la prof en otage. Ça urge.

– Ouais, moi aussi j'écoute les infos. Mais je ne vois pas ce que je peux y faire.

– Hier, j'ai vu sa mère à Asnières.

L'autre renifla, puis sortit sa rouleuse et alla se vautrer dans le fauteuil défoncé. Schrödinger attendit qu'il lève les yeux.

– Et ? finit par demander Meyer.

– Tu es toujours lié à lui puisque tu t'occupes de sa mère. Tu y passes quand ? Une fois par mois ?

– Une fois par semaine, mec. On n'a rien sans rien.

– Pourquoi tu fais ça ?

– Parce qu'il me l'a demandé, pardi.

– Alors, vous êtes forcément en contact.

Meyer cogitait dur.

– On va peut-être arrêter de jouer, Schrödinger. Je te trouve bien seul pour un flic.

– C'est sans doute parce que je ne le suis plus, admit-il.

– Alors qu'est-ce que tu fous là ?

– Karmia continue de m'intéresser.

– Pourquoi ? Parce qu'il a descendu quelqu'un de chez vous ?

Meyer n'avait jamais été stupide. Juste cerné par la poisse. Dans le temps, il lui avait dit quelque chose dans ce goût-là : « J'ai fait sept ans, d'accord, c'est long, mais moins que l'éternité. Et tu sais pourquoi. Parce que le braquage fatal, celui où il y a eu de la viande sur le carreau, je n'y ai pas participé. » Meyer pensait comme lui. Le caïd avait la folie des grandeurs et elle le dévorerait.

– Tu rigoles. Karmia à toi tout seul ! N'importe quoi.

– Pas besoin que tu me psychanalyses. Dis-moi ce que tu sais.

– Et j'y gagne quoi ?

– Vu ta situation actuelle, ça ne peut aller que vers le haut.

– Ou six pieds sous terre s'il apprend que je t'ai causé.

– Il ne le saura pas. Et je te paierai. Dis-moi ce que tu fais pour sa mère, on verra bien si ça a un intérêt quelconque.

Meyer se pencha en avant, coudes posés sur les genoux. Sa fumée de cigarette ondulait vers l'obscurité du plafond. Pendant un long moment, on n'entendit que le jeu des mâchoires de Rufus. Lui au moins avait un os à ronger.

Son maître releva la tête.

– Bon, fous-toi à poil.

– Pardon ?

– T'inquiète, j'ai pas pris d'habitudes spéciales en cabane. Je veux juste m'assurer que t'as pas de micro.

Schrödinger soupira, puis se déshabilla. Une fois en caleçon, et sur injonction de Meyer, il tourna sur lui-même. Rufus vint lui lécher les orteils avec gourmandise et repartit s'affaler sur son tapis. Son maître dressa un pouce en l'air. Schrödinger se rhabilla.

– Habillé, tu fais maigre. À poil, c'est une autre chanson. Tu soulèves de la fonte ?

– Seulement des questions. Alors, Karmia ?

– Il est blindé. Une fortune en bitcoins. Tu sais ce que c'est ?

– De l'argent virtuel.

Pas mal de transactions illicites, de drogue notamment, se faisaient en bitcoins. Que Karmia ait investi le produit de ses braquages là-dedans n'était pas inimaginable. D'autant qu'on n'avait jamais réussi à récupérer la moindre somme.

– Il garde ça dans un ordinateur.

– Et ?

– Si tu mets la main dessus… tu penseras à moi.

– Tu me demandes de lui voler son ordi ?

– J'essaie de t'expliquer que si tu as l'opportunité de mettre la main sur cet ordi, vas-y. C'est un coup de dé.

– Je vois.

– Mais si tu ne penses pas à moi, j'irai voir tes anciens potes de l'Antigang. Pour leur dire que tu mènes ton enquête perso. Ça te coupera les ailes. Ou, au cas où tu prendrais des initiatives un peu… limites, ça t'enverra en tôle. Je suis clair ?

– Ça commence à devenir assez limpide, en effet.

– Je veux juste sortir de ce merdier sans me faire repérer. Une chance pareille…

– Ne se laisse pas passer. Compris.

– Alors, on a un contrat ?

– On l'a. On commence par la mère.

– Karmia la déteste. Pas étonnant. Entre deux comas éthyliques, elle l'a élevé à coups de roustes et d'insultes. Il y a environ un an, il l'a foutue de force dans un mouroir plaqué or.

– Vu son état, c'est pourtant mieux que de la laisser seule à La Courneuve.

– Attends, ça devient intéressant. Chaque semaine, je dois lui apporter quelques courses, d'accord, mais aussi… une photo. D'une gamine. Toujours la même photo pendant plusieurs semaines jusqu'à ce qu'on passe à l'étape suivante.

– Je ne te suis plus…

– De visite en visite, la gamine grandit. J'en ai une collection, même si ça commence à tirer à sa fin. La môme, c'est la petite-fille.

Autrement dit, la fille de Charles.

Lors de leurs conversations, jamais Karmia n'avait évoqué l'existence d'une enfant.

– Je ne sais pas avec qui il l'a fabriquée et je ne l'ai jamais vue en vrai, mais c'est de la bombasse. Elle doit avoir entre dix-sept et vingt ans. Karmia veut faire comprendre à sa vieille que cette petite, elle ne la verra jamais. Enfin, seulement en photo. Tu saisis l'idée ? La cruauté à l'état pur. La Bougresse, on ne va pas lui remettre le trophée de la mère idéale, mais tout de même... Bah, Alzheimer est à deux doigts de gagner le match, de toute façon.

Il demanda à voir les photos. Meyer fouilla ses affaires et revint avec un tirage couleur sur papier brillant.

– C'est à ça qu'elle ressemble aujourd'hui. C'est la dernière photo que je suis censé montrer à la mère.

Schrödinger se concentra. Une fille élancée. Au regard farouche. Son visage lui était familier.

– Elle est enceinte ?

– Ah non ! réagit Meyer.

– Qu'est-ce qui te rend si affirmatif ?

– Karmia a des côtés cinglés, mais il est très *famille*. Sa fille, c'est le centre de son monde. S'il s'attendait à devenir grand-père, il me l'aurait dit.

– Comment ça ? Il te parle ?

– On s'est téléphoné. Quand il était en tôle. Il voulait que je lui décrive les réactions de sa mère. Sa souffrance, sa solitude. Un gros enculé, le Karmia. Si tu veux mon avis, sa balle dans la tronche lui a embarqué le peu d'empathie qu'il avait.

– Tu connais le prénom de sa fille, son lieu de naissance ?

– Niet. Karmia est causant, mais sélectif.

– Il te parle d'elle, mais sans la nommer. Arrête ! Ça n'a pas de sens.

– Ouais, mais c'est pourtant comme ça. C'est comme avec le fric. Il m'a filé trois mille euros pour faire le facteur. Il prétend qu'il me paiera grassement en bitcoins le moment venu. Je le crois plus. À mon avis, quand sa mère aura définitivement perdu la boule, dans pas longtemps, je pourrai toujours m'asseoir sur ce rêve de blé.

– Je n'ai jamais entendu dire qu'il ne respectait pas ses arrangements.

– Son arrestation est juste une affaire de semaines, avec les gars qu'il a au cul. Je me vois mal passer au parloir comme à un guichet de PMU pour toucher ce qu'il me doit…

– Il faut que je la photographie avec mon smartphone.

– Pour ?

– Une vérification.

– Je veux tout savoir, mec. On est partenaires, d'accord ?

– La fille de Karmia a peut-être bien visité… le commandant Varmeau. À l'hôpital.

– La femme dans le coma ?

Schrödinger hocha la tête. Meyer conserva son air interrogatif. La jeune Karmia au chevet de l'officier de la BRI que son père avait voulu tuer sans y arriver ?

– Ouais, y a de quoi se poser des questions, admit-il.

Exact, pensa Schrödinger. Et vite.

*

* *

– Bon, je pars faire un peu de sport, annonça Nico, fusil bien nettoyé sous le bras. Tiens-toi tranquille.

Quand elle lui remit son bâillon, Adèle protesta. *Comme si ça pouvait avoir un effet quelconque.* À côté de la porte de la grange, elle repéra un mégot. Son père n'avait pas éteint correctement son cigarillo, une auréole brune marquait le sol en planches. Grosse imprudence, d'autant qu'elle avait repéré trois jerrycans stockés dans la grange. Probablement du diesel pour le 4 × 4.

Elle inonda le mégot avec l'eau de sa gourde et partit entreposer les bidons de carburant dans la cour. Le soleil s'était enfin levé. Son père n'avait toujours pas émergé. Il fallait croire qu'il avait renoué avec son passé.

Il y avait vraiment trop de femmes autour de lui. D'abord Adèle, qui ne leur servait à rien. Et puis cette blonde trop calme qui passait son temps à enregistrer la vie des bêtes. Il fallait espérer qu'il s'en lasserait vite. Parce qu'elle était un leurre, comme maman. Laurence avait refait sa vie et papa ne voulait pas admettre qu'il n'en faisait plus partie.

Sa main en visière, elle observa les nuages. Ils s'étiraient comme des bouts de pansements, mais l'un d'eux lui évoquait le *Roi des alizés*, le voilier qui les attendait à Marseille. Elle avait passé des heures sur le Net pour apprendre les techniques de voile, puis les avait mises en pratique lors de sorties en mer avec le skipper. C'était plus difficile que prévu, mais avec de la discipline on arrivait à tout.

Elle avait les clés du 4 × 4, tout allait bien. Elle glissa son fusil à l'arrière, puis prit la direction de la forêt pour voir à quoi ressemblait le terrain de jeu de l'audionaturaliste.

*
* *

– Karmia m'a refilé des clopinettes pour m'appâter. Très malin de sa part. Il m'a promis qu'il me récompenserait le jour venu. Je lui ai dit que sa mère me reconnaissait à peine. Tu vois, il était censé me payer quand sa mémoire aurait coulé comme le *Titanic*.

Et Karmia ne l'avait pas joint depuis son évasion. Ça, Schrödinger l'avait bien compris. Il l'écoutait dévider ses obsessions, et Meyer était une boule d'amertume. Qui tournait à vide. Tout ce qu'on pouvait faire, c'était attendre. Que l'interne rappelle après le message qu'il venait de laisser sur son répondeur.

Une quarantaine de minutes plus tard, le téléphone sonna enfin. C'était l'interne.

Schrödinger lui transmit la photo, et la réponse, brève, arriva sous forme de SMS : « C'est bien elle qui venait au chevet de la patiente. »

– Il faut que je la trouve, Meyer.

– Crois-moi, j'essaie depuis un moment. Tout ce que j'ai, c'est des vidéos.

Il pianota sur son smartphone. Schrödinger entendit un bruit de rafales d'arme automatique, tandis que Meyer lui tendait le bras. Une gamine blonde et en treillis tirait à la kalach dans un terrain vague. Mignonne et terrifiante. Un mixte de princesse Leia et de Terminator.

– Il y en a d'autres ?

– Oui. Elle a un paquet de followers. Et un pseudo. Miss Saka Moto. Elle est douée.

– Douée pour quoi ?

– Raconter une histoire. Ses vidéos sont bien.

Schrödinger se connecta sur YouTube. Au fil du temps, Miss Saka Moto y avait publié pas mal de vidéos. On la voyait grandir, devenir une jeune femme aussi troublée que troublante. Il visionna plusieurs extraits. Des séances de tirs, une série de ballets d'arts martiaux, mais surtout des mini-conférences « sur le sort de la planète ». La gamine semblait une écologiste convaincue.

Elle se filmait dans des paysages urbains ou périurbains. En région parisienne. À chaque fois, un petit laïus bien construit, et conclu par sa signature insolente, toujours la même : « À bientôt les Terriens, gardez-vous de devenir crétins ! »

La dernière vidéo datait d'un mois et montrait des rues de Paris au crépuscule. On entendait sa voix off : « L'écosystème a l'air d'être dominé par les humains. Et bousillé par les humains. Mais c'est réversible. En 1998, à Santa Cruz, quelqu'un a eu une idée géniale. Créer des corridors pour les espèces sauvages. Et les concevoir assez grands pour qu'y vivent des loups, des ours et même… des lions… » Une gamine convaincue et dotée d'un talent de conviction.

Miss Saka Moto promit une nouvelle histoire, prochainement, puis se tut.

Elle tourna alors la caméra vers elle, sourit à ses fans, et leur fit le V de la victoire. Ses cheveux étaient relevés en un chignon pointu, ses lèvres laquées d'un rose violet.

« À bientôt les Terriens, gardez-vous de devenir crétins ! » La vidéo s'arrêta.

Schrödinger avala sa salive comme si elle s'était transmuée en plomb.

Cette très jeune femme, il l'avait déjà rencontrée.

Une nuit. Environ quatre mois auparavant. Et leur conversation n'avait rien eu à voir avec les grands prédateurs.

15

Timidités

Sur la départementale, Nico avait croisé un tracteur et quelques rares voitures. Elle s'était engagée dans la forêt, vitre baissée. Mille odeurs racontaient la diversité du vivant.

Elle s'était garée au bord du chemin, puis enfoncée dans les bois. Un monde murmurant, secret et beau. C'était donc ça, le royaume de Laurence. Enregistrer la vie était une façon plutôt intelligente de vivre la sienne.

Partageaient-elles les mêmes idées ? L'audio-naturaliste enregistrait les voix de la nature pour rassembler les traces des vies menacées, celles des animaux qui subsistaient mal à l'anthropocène. Et Nico faisait des vidéos pour convaincre ses followers de n'accepter ni l'extinction progressive des espèces ni le réchauffement climatique. Parce que faire autrement était totalement irresponsable.

Mais cette bonne femme avait beau avoir des idées proches des siennes, elle était gênante. Papa la mangeait des yeux avec une intensité qui n'annonçait rien de bon. Ça faisait reculer le Brésil.

En fait, toutes les femmes qu'ils avaient rencontrées, même de manière fugace, étaient des obstacles. À sa liberté. Il avait toujours eu une fâcheuse tendance à l'obsession.

Postée sur un talus, elle ferma les yeux. Le soleil lui caressait les joues comme une paume légère. Ainsi, les yeux clos, seule dans un monde déserté par les humains, elle était dans une situation proche de celle du commandant Varmeau sur son lit d'hôpital, songeait-elle. L'officier de la BRI blessé que son père avait confondu avec Moby Dick en se prenant pour le capitaine Achab. Cette femme-là ne lui avait pas dévoré la jambe, elle l'avait flanquée en prison. Deux fois. La première, en 2006, il s'était mangé cinq ans de centrale. Le commandant de la BRI n'avait fait que son job. D'autant que la seconde fois elle s'était pris une balle en prime, que papa lui avait fichée dans le crâne. Papa avait fait n'importe quoi, avec la complicité de la PCP qu'il prenait pour se croire invincible.

Quand il lui avait ordonné de renifler la sécurité à l'hôpital, elle lui avait obéi, s'y était rendue plusieurs fois. Et puis la nouvelle demande avait suivi. Éliminer cette « salope de flic ». C'était comme s'il lui confiait le relais pour son rite de passage. « Ma première cible, je l'ai descendue à dix-neuf ans, Nico. Ce mec avait refilé une came de merde à un pote qui en avait crevé. Fallait éjecter cette enflure. »

En observant la policière dans le coma, reliée à toutes ces machines, elle avait réfléchi. Était-ce utile de se venger sur quelqu'un qui n'a pas conscience de cette vengeance ? Papa voulait lui faire payer ses années de prison. C'était le bouc émissaire, celle qui écoperait pour tous ses collègues. Il n'avait jamais accepté que la BRI lui ait volé son visage. Le visage qui rendait les femmes si dociles. En plus, il avait appris que Varmeau était proche de celui qu'il détestait : Schrödinger, un autre officier de l'Antigang. Non seulement, il faisait partie du groupe qui l'avait arrêté en 2006, mais il le considérait comme un « pourri ». « Ça remonte à loin entre moi et ce flicard. Tout était bon pendant ses interrogatoires. On avait de longues discussions *entre hommes*. Du bidon. » Schrödinger avait feint le respect pour lui parler ensuite comme à un chien galeux. « Renseigne-toi sur cet enculé, Nico. On dit qu'il a disparu de la circulation. Retrouve-le-moi. J'veux tout savoir. »

Plus le temps passait et plus son père devenait parano. C'étaient toujours les autres qui étaient responsables de ses ennuis. Ils n'avaient que ce qu'ils méritaient parce qu'ils lui avaient manqué de respect…

Une grave erreur.

De toute façon, à l'hôpital, elle n'avait pas exécuté son ordre ; c'était trop dangereux. Pourquoi ameuter la police alors qu'il comptait s'évader ? Une absurdité. Elle lui avait menti, prétendu que c'était impossible. Que le commandant Varmeau était gardé comme une forteresse. Et il avait cru ce qu'elle lui avait raconté.

Elle était lasse de ne penser qu'à cela, de remuer la boue. Elle aspira une grande goulée d'air pur et se dit que la forêt effacerait ses tracas. C'était un monde parfait, parce que solidaire. À des années-lumière de la société des hommes. Elle avait lu sur un site de botanique que les arbres étaient adeptes de la timidité. Ils maintenaient entre eux une certaine distance, d'environ dix à cinquante centimètres afin de laisser passer la lumière nourrissante et d'éviter de transmettre parasites et maladies à leurs frères. Ces végétaux que l'on croyait immobiles et dénués de pensée formaient en réalité une surprenante société d'entraide.

Un craquement, léger, sur la gauche. Elle ouvrit les yeux, tourna la tête. Rien. Personne.

Elle ne parvenait pas à faire le vide, à se détendre. Le visage inquiet d'Adèle tanguait dans son esprit. Et puis, il y avait celui de Laurence et du commandant Varmeau. La tête de son père qui se transformait en gueule de loup sous l'effet de la colère. La coque immaculée du *Roi des alizés* qui flottait dans le port de Marseille.

Toutes ces images se superposaient, dessinant une seule évidence, la nécessité de la fuite. Une idée lui vint.

Elle se releva, dégotta un arbre creux, y coinça son smartphone, puis se positionna dans le champ de la caméra. Ça filmait. Elle arma le fusil et attendit, immobile. Avec son treillis, son T-shirt noir, sa chevelure dissimulée sous sa casquette de base-ball, elle se fondait dans les tracés de la forêt. Des oiseaux voletaient un peu partout. Peut-être les inquiétait-elle ? Elle le vit tournoyer très haut. Que lui soufflerait son père ? « C'est une proie, Nico. » Une belle proie majestueuse. Un aigle. Elle le visa. Il était à sa merci, elle pouvait le tuer. Comme la femme brune allongée sur son lit blanc d'hôpital. Oui, elle *pouvait*.

Elle abaissa le fusil, marcha vers la caméra, la dégagea du tronc et filma le rapace.

– Vous croyez vraiment que je vais tuer un aigle ? dit-elle en voix off. Vous êtes dingues ou quoi ? Ce serait trop facile et il ne le mérite pas. C'est nous qui méritons d'être corrigés pour ce que nous avons fait à notre planète. Et puis, même si un duel s'imposait avec lui, il n'aurait de sens qu'à mains nues. Un combat égal, quoi. (Elle éclata de rire en offrant son visage à la caméra.) Vous avalez tout ce que je vous raconte, hein ? Tuer un aigle à mains nues, mais ça n'existe que dans les récits antiques. Je n'ai pas envie de tuer cet animal, c'est tout. Il est parfaitement beau. Basta !

Un nouveau mouvement sur sa gauche. Un homme apparut. Sale, barbu, vieux et l'air crétin. Elle tendit le bras vers lui pour le filmer. Il ne réagit pas. Il avait un fusil lui aussi, qu'il tenait le long de sa jambe sans sourire. Un chasseur ? Non, trop mité. Plutôt un braconnier, dans le genre halluciné. Si c'était un prédateur de grandes blondes, il était très mal barré.

L'hirsute chassa un insecte qui dansait autour de lui, puis il recula et disparut, avalé par la forêt. Un inoffensif. Juste un ermite mutique qu'elle avait dérangé dans sa retraite.

Elle sourit à ses followers.

– On rencontre des animaux bizarres, ici, dit-elle. Bon, j'ai peut-être raté une belle amitié, mais ce n'est pas de ça dont je veux vous parler. En fait, j'ai rencontré quelqu'un d'intéressant. Une chasseuse de sons. Eh oui, sa vie consiste à enregistrer les bruits de la nature. Son nom est Laurence, et elle travaille aussi pour le cinéma. Elle m'a donné envie de me renseigner sur les audio-naturalistes et je vais donc vous en parler. Vous êtes prêts, les Terriens ?

Bien sûr, qu'ils étaient prêts. Ils étaient nombreux à suivre Miss Saka Moto. Et elle ne leur avait pas donné de nouvelles depuis longtemps. Sa décision était prise. Si son père continuait à leur faire perdre leur temps dans ce bled, elle publierait la vidéo sur le Net. Et le lui annoncerait une fois que ce serait fait. Il n'aurait ainsi pas d'autre choix que de fuir à Marseille. Elle se prendrait la raclée du siècle, il lui confisquerait son portable, mais elle serrerait les dents et ça passerait. Ça passait toujours. Pour le Brésil, elle était prête à tout.

Elle enleva sa casquette, lissa ses cheveux en arrière et cligna des yeux sous le soleil. Fractionné par les grands arbres, un rayon oblique la dorait. Elle aimait sa chaleur sur ses joues.

– J'ai appris que les araignées donnaient des concerts de percussion, reprit-elle. Et que les craquements d'un lac gelé étaient une musique. Je vais vous dire une chose : assaillis par les images, nous ne savons plus écouter. C'est le cas de le dire, hein, puisque vous êtes tous en train de me mater, les gars ! Bon, bref, heureusement que les audio-naturalistes sont nos oreilles. Ils récupèrent ce qu'on n'a plus le temps d'entendre. Et, si j'ai bien compris, chacun d'entre eux a un rêve. Enregistrer un loup en France, par exemple. Mais le retour des grands prédateurs dans nos contrées ne s'improvise pas. Et le loup ne se laisse pas surprendre n'importe où. Il faut de la patience. Une patience plus grande encore que celle du fauve qui doit mériter sa proie.

Elle orienta l'œil artificiel vers la forêt. Elle concluait son histoire en faisant admirer la nature à ses fans. Ça les changerait des vues de banlieue.

La vidéo terminée, elle se promena encore un moment, et puis le ciel s'obscurcit. Ça sentait la pluie. Elle pensa à son père, à son regard de plomb quand il était mécontent. Il était temps de rentrer.

*

* *

Adossée à la baignoire, elle avait séché ses larmes. La pluie martelait le toit. Elle se sentait avilie. Comment avait-elle pu être amoureuse de cet homme.

La pluie semblait lui parler. *Barre-toi, Laurence, barre-toi.*

Le téléphone sonna dans le vide. Yannick, certainement. Son visage lui apparut.

– Bon, tu viens ?

Elle sursauta, prit une inspiration et sortit de la salle de bains.

Allongé sur le lit, il la jaugeait.

– Tu t'es rhabillée ? Dommage. Mais ça va s'arranger. Viens…

– Il faudra d'abord que tu me tues.

Un éclair passa dans son regard et il cligna des yeux.

– Tu n'es pas différente, en fait.

– De quoi parles-tu ? Des autres femmes que tu as violées ?

Il bondit, l'agrippa par les cheveux, la força à le regarder.

– Je n'ai jamais violé personne, connasse ! Retire ça, retire ça !

– Et ce que tu m'as fait, c'est quoi ?

La partie gauche de son visage se crispa comme du plastique froissé et il la relâcha.

J'ai commis une erreur, pensa-t-elle. J'aurais dû me taire, feindre l'intérêt.

– Tu l'aimes cette putain de forêt, c'est ça ? Mets tes fringues. On y va.

Un rideau de pluie barrait la vue et crépitait sur les toits. L'humidité la mordit. Dans la cour, sous l'auvent, plus de 4 × 4, seulement une Mercedes. Il ravala un juron et l'entraîna vers la grange où gisait une jeune femme rousse, bâillonnée et ligotée contre un poteau, qui grelottait. Ce devait être Adèle Bouchard. Pourquoi diable avait-il emmené l'enseignante avec lui ? Tout devenait possible, surtout le pire.

Il scruta les lieux, furieux, puis alluma un cigarillo et fit les cent pas.

Un bruit de moteur approchait. Karmia la saisit par le bras et la traîna à l'extérieur.

Une jeune femme conduisait le 4 × 4. Laurence eut l'impression de voir un ange en treillis. Des traits délicats, presque une enfant.

– Qu'est-ce que tu fous, Nico ? Merde !

– Je prenais l'air en forêt.

– Et si tu t'étais fait repérer, idiote !

– C'est pour ça que je n'ai pas pris la Mercedes.

La gamine la dévisageait, mais impossible de lire son expression. Jalousie ? Incompréhension ?… Une agressivité contenue, plutôt. *Alors, je n'ai pas un ennemi mais deux ?* Elle était gelée jusqu'à l'os. La pluie rugissante, la plainte des arbres sous le vent… Cet orchestre si beau était devenu tragique.

– Bouge-toi de là. On réglera ça plus tard.

Et elle se souvint. Une nuit, Karmia lui avait parlé de sa fille, avec tendresse et fierté. Il l'avait eue avec une Brésilienne, dont il était divorcé depuis. Les temps avaient bien changé. Aujourd'hui, il la traitait comme une moins que rien. Elle ne devait pas avoir plus de dix-huit ans. Pourquoi diable l'embarquait-il elle aussi dans sa cavale ?

– Où est ton sac à dos ?

– Dans le 4 × 4.

– Non, mais t'es complètement givrée ! T'es partie avec mes bitcoins !?

– J'en prends soin. Et tu n'étais pas là.

– J'étais dans la ferme, espèce de débile.

– Je ne voulais pas te déranger.

Laurence avait mal pour cette gamine qui se tenait au garde-à-vous, comme hypnotisée. Mais la voix de Karmia qui lui ordonnait de prendre le volant la ramena au réel.

– On va où, sous ce déluge ?

– Ta gueule. Fais ce que je te dis.

Elle obéit. Le sac à dos était sur le siège passager. Il s'en empara en montant à bord. Elle pensa à cette fortune en bitcoins qu'il lui avait agitée sous le nez. Pour la séduire. Mais il était déjà passé à autre chose. À quoi au juste ?

– Démarre !

Sa main tremblait et elle dut s'y reprendre à deux fois pour amorcer le contact.

*
* *

Schrödinger fonça vers le bar. Coup de chance, Adam était de service de jour.

– C'est quoi, cette tête d'enterrement ? s'inquiéta le barman. Ma voiture a rendu l'âme ?

– Elle est saine et sauve.

Schrödinger posa la clé de contact sur le comptoir et brandit son smartphone. Le barman étudia la photo sur l'écran, puis haussa les épaules.

– Qui est-ce ?

– Elle était ici il y a environ quatre mois. Seule. Tu la reconnais ?

– Non, les jolies filles ne manquent pas dans les parages.

– On a discuté. Elle voulait connaître le quotidien d'un responsable de la sécurité d'un palace.

– Et ?

– Je lui ai répondu que c'était confidentiel. Je suis parti. Elle est restée au bar.

Adam eut une grimace d'impuissance.

– Schrö, pourquoi te tracasse-t-elle ?

Alors il exposa la situation. On avait repéré la fille de Karmia aux côtés d'un indic qui avait disparu. Et aussi dans la chambre de Séverine.

– Où est Barbara ?

– Déjà partie.

Il consulta sa montre. Le patron de la sécurité de jour arriverait dans environ une demi-heure. Son bureau était mitoyen à celui de Barbara.

*

* *

Ils s'enfonçaient dans la forêt. Le ciel était lourd. La pluie s'acharnait. Ravalant sa peur, Laurence avançait sous les lances glaciales. Elle savait qu'il n'hésiterait pas à se servir de son arme.

Son regard fixe et son silence la terrorisaient. Où l'emmenait-il ? Il ne pouvait pas connaître la topographie de la forêt domaniale. Il devait chercher un endroit où personne ne les entendrait. Les bois étoufferaient certainement le son des balles.

Un temps, elle crut qu'il se dirigeait vers la tombe qu'elle avait creusée l'an dernier pour Douglas, son beau malamute. Mais non, il bifurquait et semblait mettre le cap sur la clairière où elle avait enregistré les brames des cerfs. Il y avait une éternité de cela.

Le passé aurait dû engloutir Charles Karmia. Mais il avait émergé de nulle part.

Au loin, dans la clairière, les feuillages murmuraient une chanson lugubre. Aucun chant, aucun appel. Les bêtes s'étaient mises à l'abri. Le halo du soleil révéla un creux dans les cimes. Karmia s'y dirigeait d'instinct.

16

Sauvageries

En son absence, le parfum de Barbara s'attardait dans son bureau. Schrödinger hésita une seconde sur le seuil, entra et referma la porte derrière lui. Il composa le code d'accès, fouilla la bibliothèque des vidéos de sécurité, trouva celle qui l'intéressait. La jeune fille pénétrait seule dans le palace. Chevelure capturée dans un haut chignon pointu, veste en fourrure, jean moulant, juchée sur de hauts talons.

Il attendit, suivit sa progression. Elle allait passer très près d'une des caméras du hall. Là, maintenant. Il fit un arrêt sur image et la photographia avec son smartphone. Des yeux maquillés noir charbon. Des lèvres laquées. Et ces joues, ciselées comme des galets par le ressac. Il fit redémarrer la vidéo. La fille se dirigeait droit vers le bar.

Fin de la séance : le bar n'était pas équipé de caméra.

Il fit défiler la vidéo en accéléré. Elle réapparut au moment où elle traversait le hall en sens inverse. Le portier lui ouvrait le portail de verre. Elle le franchit. Et disparut.

En bas de l'écran, le chronomètre indiquait qu'elle était restée dans la place une cinquantaine de minutes.

*

* *

Idyllique en plein soleil, c'était devenu un enclos lugubre, enserré par la cruauté silencieuse des grands arbres. Un court instant, il lui sembla que la forêt lui soufflait qu'elle en avait trop fait et que l'heure de payer était arrivée. *Ça t'apprendra à frayer avec un truand. À cacher ton passé à Yannick.* Elle tenta de se raisonner. La nature ne jugeait personne. Les arbres ne lui voulaient aucun mal. Combinée à la terreur, sa nuit sans sommeil aux côtés de Karmia lui cisaillait la raison.

– Arrête-toi.

Elle obéit et se retourna. Il était une silhouette massive. Une tête obscure.

Comment ai-je pu ?

Il n'avait jamais rien su faire d'autre que semer la destruction. Et il l'avait souillée, forcée…

Au déclic, elle devina qu'il avait débloqué la sécurité de son arme.

– À genoux.

– Qu'est-ce que tu veux ? Me faire hurler de trouille et me descendre ?

– Fais ce que je te dis.

Elle s'exécuta, sentit le canon de son arme contre son crâne, ferma les yeux, anticipa la douleur. Ce devait être atroce. Mais rapide. Tout s'arrêterait. La peur, la douleur, l'absurdité.

Mais Yannick ne saurait jamais qu'il était le seul à avoir compté. Si on retrouvait son corps, quelle explication donnerait la police ? Votre femme avait eu une affaire avec un truand. Ils ont recouché ensemble, puis il l'a abattue. Yannick devrait vivre avec cette torture des années durant : « *Mon épousée, qui était-elle donc ?* »

Elle parvint à articuler.

– Charles, tu viens de t'évader. Jouis de la liberté, oublie-moi.

– Je me demande…

– Quoi donc ?

– T'es jamais venue me voir en prison. Pourtant quand je te baisais, avant, t'en redemandais. T'es vraiment une nana du cinéma, hein ? Rien que du faux.

Derrière son sale sourire, il tentait malgré tout le dialogue. Peut-être cherchait-il juste à l'humilier.

– Tu ne sais pas ce que c'est que la taule. C'est pourrir sur place.

– Charles…

– Je vais t'apprendre ce que c'est de crever. Lentement.

Sa voix avait la dureté du silex. Il ne se contenterait pas d'une leçon.

*
* *

Adam regardait la photo.

– Maquillée, elle est très différente. Cette fois, je la reconnais.

Le plexus de Schrödinger prit feu.

– Dis-moi.

– Après ton départ, elle s'est attardée.

– Oui, une cinquantaine de minutes.

– Je lui ai fait la conversation. Entre deux clients.

– Vous avez parlé de quoi ?

– De l'histoire du palace, de l'art des cocktails et des célébrités qui fréquentaient les lieux en 1878.

– Pourquoi 1878 ?

– Tu as oublié que c'est la date de l'inauguration, Schrö ?

– Elle le savait, la fille ?

– Oui. Mais elle voulait des détails. Ceux qu'on ne trouve pas sur Wikipédia. Pour une fois que je tombais sur quelqu'un qui s'intéressait aux mêmes sujets que moi, je n'ai pas hésité. J'ai évoqué Oscar Wilde, Marcel Proust, Sarah Bernhardt et quelques têtes couronnées. « Sauvagerie du luxe », c'est l'expression qu'elle a utilisée pour qualifier ces gens qui vivent dans un monde à part, avec en ligne de mire les plaisirs, le sexe, surtout, enjolivés par les conversations brillantes inhérentes au jeu complexe de la comédie humaine. J'ai trouvé ses analyses fort intéressantes. Une fille intelligente et singulière. Tu vois, en fait, j'ai été plus frappé par son intellect que par son physique.

– Tu as idée de ce qui la motivait ?

– J'ai pensé qu'elle voulait écrire un roman, un scénario, un jeu vidéo. Mais à présent je ne vois qu'une explication. C'est toi qui l'intéressais, Schrö. Elle a essayé de te cuisiner, tu n'as rien lâché. Et elle est restée pour ne pas éveiller les soupçons après votre conversation. Je vieillis. Dans le temps, je savais flairer un bidonneur au quart de tour.

Le dingue a demandé à sa fille de s'infiltrer dans ma vie. Et dans la nuit de Séverine.

Il se devait d'informer la BRI. Il devait passer le relais.

Et mettre fin à ma propre enquête.

Le commandant lui avait bien dit qu'un rapprochement était possible entre la fille menaçant le pilote de l'hélico et celle qu'on avait vue à Bastille avec l'indic.

C'était le remplaçant de Séverine, il avait donc toutes les clés en main. Ce qu'il pourrait lui apprendre ne changerait pas la donne. Même si elle apparaissait sur des vidéos, la fille de Karmia n'était pas plus saisissable qu'un virus informatique. Mais la BRI avait les moyens d'interroger les fonctionnaires de l'état civil pour trouver son lieu de naissance et son patronyme.

Pas moi.

Techniquement, le commandant avait de l'avance.

Il opta pour la déraison.

*
* *

Elle possédait une force en elle. Depuis toujours. Personne ne la lui enlèverait. Karmia avait été une erreur. Un mauvais hasard. Elle n'aurait jamais dû croiser son chemin. En tout cas, il ne la détruirait pas tout à fait.

Laurence le regarda droit dans les yeux.

Il abaissa son arme vers elle.

Elle s'arc-bouta.

Il tira.

Elle hurla. Sa tête heurta une pierre. Le ciel tournoya. Son oreille gauche vibrait. Elle n'entendait plus qu'à travers une tonne de coton.

Cœur devenu dingue, elle suffoquait. Elle réussit à lever le bras, tâta son crâne. C'était chaud, poisseux.

Mais d'où venait la douleur ?

Non, elle n'était pas touchée. Il avait tiré à côté. Le sang provenait de sa blessure au crâne quand elle avait chuté.

Il était une masse floutée, penchée au-dessus d'elle. Il tendit le bras, pointa son arme vers son épaule droite. Elle parvint à ramper. La douleur palpitait dans son crâne. Il voulait lui voler sa dignité. Ne désirait que sa terreur. Ou non ?

La détonation lui vrilla les tympans.

L'avait-il touchée, cette fois ? Elle ne savait plus d'où venait la souffrance. Elle rouvrit les yeux. Karmia avait disparu.

À côté d'elle, une forme allongée.

Ses oreilles sifflaient. La pluie crépitait sur son crâne, sur son visage, sur la douleur. Des coups d'aiguilles. Elle voulut se redresser sur un coude. Vertige. Le vide la happa.

17
L'Élue

Cette ville a ses avantages. On s'y sent parfaitement en équilibre. Même si l'on ne se nourrit que d'alcool. Même si l'on ne dort jamais. Et même si l'on est mort.

Depuis qu'elle a appris son état de morte vivante, Doris a connu plusieurs phases. Le refus, la colère, encore le refus, le doute, puis une sorte d'acceptation. Cette ville est un entre-deux, un espace hors du temps, alors apprendre qu'on y accède parce qu'on a cessé d'exister n'est pas si étrange ; c'est même logique.

Elle se demande si les habitants sont morts eux aussi. C'est cela le paradis ?

Ce n'est pas ainsi qu'elle l'imaginait.

Elle est attablée à la terrasse du café-concert, le seul de la ville apparemment. Et les danseurs dansent et l'orchestre joue. Elle est occupée à descendre avec méthode une bouteille de rhum. Avec du jus d'orange sanguine, cela glisse sans souci.

Rex, le maire-barman, n'est visible nulle part. Une jeune femme aux grosses tresses noires a pris sa place et prépare les cocktails avec dextérité. Bien sûr, aucun des sons qui sortent de sa bouche n'est compréhensible. Les deux clients habillés comme à la Belle

Époque, complices comme jamais, viennent de quitter le bar pour s'installer à l'intérieur. À travers la vitrine, Doris les voit trôner au milieu d'une petite foule en adoration. Donnent-ils une conférence ? Les participants posent des questions et réceptionnent leurs réponses avec une passion manifeste. Les cheveux bruns du plus mince sont gominés ; une seule boucle s'en échappe. Ses paupières obturent à moitié un regard intelligent, un rien mélancolique. L'autre star a les cheveux longs, des yeux clairs, des joues pleines, une bouche ironique. Avec leurs manières raffinées, ils se sont manifestement lancés dans un concours de traits d'esprit.

Doris finit la bouteille de rhum et se lève.

Elle s'en va, se perd dans les ruelles, revient sur ses pas, s'obstine.

Elle réussit enfin à s'orienter. C'est là, vers la gauche, en empruntant un sentier couvert de poussière blanche. Les criquets chantent. Certains arbres sont couverts de cacatoès. Une tribu de macaques, en contrebas, s'épouille en l'observant, puis se désintéresse d'elle. Ils sont morts aussi, tous ces animaux ?

Elle arrive enfin au promontoire qui domine le port.

Elle prend une grande inspiration. Sa décision est ferme. Elle ne reviendra pas en arrière. Il faut qu'elle vérifie sa théorie.

Doris enjambe la rampe de sécurité. Le sol est vingt mètres plus bas. Un macaque lève un œil et cesse d'épouiller son congénère. Elle croit l'entendre gémir.

– N'y pensez pas, dit une voix familière dans son dos.

– Vous m'avez dit que j'étais morte, alors quelle importance ?

Elle se tourne et lui décoche un regard dur. Elle savait que Rex allait rappliquer. Elle est décidée à ne pas faire semblant. Elle est déterminée à sauter. S'il veut assister au spectacle, tant mieux.

– Renoncez. Ce sera désagréable.

– On ne souffre pas dans cette ville. On ne ressent rien.

– Si, mais surtout du plaisir. Effets secondaires en moins. Vous vous en êtes aperçue, bien sûr.

Elle ne peut pas le contredire. Tous ces délices alcooliques, ce doux soleil sur votre épiderme, la caresse de l'air, la beauté de la musique...

– Si vous sautez, vous ne souffrirez pas trop, mais votre corps sera abîmé. Bien sûr, nos chirurgiens réussiront à vous donner un aspect à peu près présentable. Mais ce ne sera plus comme avant.

– Pourquoi ? Je suis agréable à regarder ?

Cela aussi, c'est une bonne question. Elle ignore à quoi elle ressemble. Dans les vitrines, sur les baies vitrées, elle n'est qu'un pâle reflet, un être évanescent. Les autres sont conscients de son existence, mais elle ne se *voit* pas.

– Ce n'est pas à moi d'en juger. Ces notions ne me concernent pas. Mais je sais que si vous vous abîmez, cela prolongera votre séjour parmi nous. Le temps de la réparation peut être long, vous savez...

Elle se tourne vers le vide, vers la tribu de macaques qui la dévisagent en silence, puis de nouveau vers le vide. Elle s'imagine après sa chute, silhouette disloquée sur les rochers.

Elle repasse de l'autre côté de la rampe de sécurité. *Cela prolongera votre séjour parmi nous.* Oui, elle a bien entendu. Sa poitrine se gonfle sous l'effet de l'espoir. Elle en a tellement assez de cette ville. Elle veut s'en aller. C'est donc possible ? Mais pour aller où ? C'est un autre problème.

Rex porte un costume de lin beige et un canotier. Sa cravate est vert pâle, piquetée de rose. Ses chaussures sont en daim couleur fauve.

– Rezurexia, dit-il.

– Pardon ?

– C'est le nom de cette ville. Vous vouliez le connaître, Doris. Eh bien, maintenant, vous savez.

– Ça sonne comme… résurrection.

– Brillante déduction.

C'est la première fois qu'il utilise un ton moqueur. C'est agaçant, mais elle laisse cela de côté car elle espère avoir compris la suite.

– Plusieurs fois par siècle, je quitte cette ville pour de courts séjours. Dans le monde des vivants. Vous m'accompagnez ?

Ce n'est pas vraiment une question. Il passe son bras sous le sien et l'entraîne. Ils redescendent vers le port tandis que les macaques reprennent leur épouillage.

– C'est leur façon de soigner leur lien social, commente-t-il. Vous le saviez ?

– Non.

– Ah, je croyais que vous vous intéressiez aux animaux, excusez-moi.

– Je m'y intéresse peut-être, mais comment le savoir puisqu'on m'a confisqué ma mémoire ? J'aimerais bien qu'on laisse les singes tranquilles. Reprenons notre conversation. Vous revenez parmi les vivants plusieurs fois par siècle. Et ?

– Je choisis quelques élus. Ne me demandez pas mes critères. Ce serait trop compliqué pour vous.

Il lui a dit cela sans forfanterie ni mépris. Doris a envie de faire exploser la perfection de son sourire d'un coup de poing.

Elle garde son calme. Et attend la suite. Le maire-barman n'est pas le conteur le plus rapide de la galaxie.

Et d'ailleurs, y a-t-il une galaxie au-delà de ces nuages laiteux ? Rien n'est moins sûr.

– J'ai le plaisir de vous annoncer que vous êtes une élue, ma chère.

– Et j'ai gagné…

– Le droit de ressusciter.

– Ah oui, Rezurexia, très bien. Et on commence quand ?

– Il faut passer par le processus.

– Mais encore ?

– Eh bien, pour ressusciter, il faut d'abord que vous accomplissiez quelque chose.

Avec tout le rhum ingurgité, elle devrait penser à mille possibilités, mais elle n'en voit aucune.

– Dites-moi de quoi il s'agit sinon je sens que je vais hurler.

– C'est très simple, il va vous falloir deviner qui vous êtes.

Elle encaisse le coup. Il la regarde, un léger sourire aux lèvres.

– C'est tout le problème, dit-elle. Je n'ai pas le début d'une idée de qui je suis.

– Oui, en effet. Mais vous y arriverez.

La musique s'effiloche au loin. Elle réfléchit.

– Tous ces gens… qui vont et viennent dans la ville, ils sont dans la même situation que moi, n'est-ce pas ?

– Je ne vois pas l'intérêt de vous embarrasser avec de telles notions. Je vous ai expliqué que c'était hors d'atteinte.

– Si ces gens sont dans la même situation, c'est qu'ils cherchent eux aussi leur identité. En attendant de pouvoir ressusciter. Or ils sont nombreux. Alors répondez franchement, pour une fois. Est-ce que l'un d'entre eux a déjà réussi à s'échapper d'ici ?

– Vous abordez les choses de manière bien trop frontale et dramatique. Essayons une métaphore, voulez-vous ?

– J'ai le choix ? ironise-t-elle.

– Vous êtes amateur de romans mystérieux.

– Je le suis ?

– C'est hypothétique, cessez de m'interrompre. Vous êtes amateur de romans mystérieux et… vous en avez lu des tonnes. Vous connaissez des milliers de trames. Elles se développent toutes autour de vingt-cinq schémas narratifs de base. Et cela depuis l'Antiquité. Les mobiles sont toujours les mêmes. L'argent, la vengeance, le sexe, le pouvoir, le statut social. Traditionnellement, le but est de trouver le meurtrier. Eh bien moi, je vous propose de renverser le principe. Je vous propose de chercher qui est la victime. C'est-à-dire vous.

– J'ai du mal à vous suivre…

– Cherchez. Vous êtes à deux pas de vous-même.

Un cliquetis. Elle se retourne. Un type en livrée rouge arrive en tirant un cyclo-pousse bariolé. La visière de sa casquette dissimule son regard. Le maire-barman part à petites foulées et s'installe à l'arrière. Le cyclo-pousse disparaît en direction du port.

Doris se retrouve seule sur le sentier blanc. Deux cacatoès perchés sur une branche arborent une huppe blanche. Leur plumage est exactement de la même couleur que ses vêtements. Jaune acidulé. Ils se mettent à crier. C'est violent. Comme une colère d'enfant.

Chercher la victime.

Cela veut dire que j'en suis une ?

Eh oui, les victimes sont souvent mortes. Ou inversement. Rex adore la macédoine d'idées. Quel enquiquineur.

Elle soupire. Découvrir qui elle est pour pouvoir enfin quitter cet endroit épouvantable. Mais comment procéder ? Où aller ? Nouveaux cris des cacatoès.

Jaune. Vêtements.

Elle pense à un magasin de vêtements féminins repéré au cours de ses pérégrinations. Dans les magasins, il y a des cabines d'essayage. Et dans les cabines, des miroirs. Peut-être qu'elle pourra se découvrir dans l'un d'eux. Et commencer à se deviner.

Elle file vers le centre-ville.

18

Terre brûlée

Un goût métallique dans la bouche, elle ouvre les yeux sur la grisaille du ciel.

Sa blessure au crâne avait saigné, souillé sa veste. Devant elle, à quelques mètres, Karmia. Allongé, immobile. Il y avait du sang, beaucoup.

Charles.

Un froissement de feuilles. Elle se retourna. Le père Ferdinand était là, le regard fixe, assis sur une souche, les mains réunies sur son fusil planté entre ses jambes. Elle lut une immense tristesse dans son regard. Et comprit ce qui s'était passé. Une fois de plus, le vieux braconnier lui avait porté secours. Et cette fois il avait tiré.

Karmia était comme un gisant. Était-il mort ou gravement blessé ? Combien de temps était-elle restée évanouie ?

Il ne bougeait plus.

Il avait payé pour ses crimes. Et pour ce qu'il lui avait fait.

Elle pensa à l'otage et à Nico. Dans la ferme.

Nico semblait autant une victime qu'Adèle, et la première ne s'attaquerait sans doute pas à la deuxième : il fallait agir, prévenir la gendarmerie. Mais elle n'avait pas de portable. Elle pensa au sac à dos de Karmia. Il avait giclé à un mètre du corps. Elle le fouilla et vit l'ordinateur. Les bitcoins, sa fortune. Elle fouilla encore, pas de téléphone portable. Elle découvrit deux passeports. Sûrement des faux pour sa fille et lui. Elle les ouvrit. L'un était pour Karmia. La photo était bonne mais pas le patronyme. Elle ouvrit l'autre et resta bouchée bée.

C'était le sien.

Il avait eu le temps de fouiller la maison. Pourquoi avait-il pris ce document ? Voulait-il le maquiller pour qu'il devienne celui de sa fille ? Ça ne collait pas. S'il en avait déjà un, sa fille devait en avoir un aussi.

En fait, il voulait l'embarquer dans sa fuite et vivre avec elle à l'étranger. Mais c'était avant qu'elle ne lui manifeste sa répugnance. Ça expliquait sa déception, son regard d'incompréhension. Sa fierté bafouée.

Elle n'aurait jamais la réponse. Elle glissa son passeport dans la poche intérieure de sa veste. Elle hésita, fallait-il laisser la scène telle quelle pour la gendarmerie ? Et remettre le sac à dos en place ?

« Je suis riche... des bitcoins... Un pognon à donner le vertige. »

Elle enfila le sac à dos.

Ferdinand n'avait pas bougé de son talus.

– Merci. De m'avoir sauvée.

Il la regarda comme si elle s'était exprimée dans une langue étrangère. Cet homme avait quasiment rompu le lien avec ses semblables. Comprenait-il encore ce qu'on lui disait ? Rien n'était moins sûr.

Où était le sentier ? À quelques centaines de mètres vers le nord.

*
* *

Enveloppée dans un plaid devant le beau feu qu'elle avait réussi, Nico sursauta. Les flammes lui avaient soufflé la solution. La politique de la terre brûlée. C'était *ça* l'idée. Pour convaincre son père de filer à Marseille en laissant Adèle derrière eux, il fallait qu'il n'ait pas d'autre choix.

Impossible de savoir quand il reviendrait, mais, d'après la tête renfrognée et apeurée de Laurence, ils avaient beaucoup à se dire et un gros compte à régler. Ça leur prendrait un moment.

Il avait cessé de pleuvoir. Elle déplaça la Mercedes pour la garer sur le sentier.

Adèle écarquilla les yeux en la voyant débouler dans la grange. Nico s'accroupit pour la débarrasser de son bâillon et de ses liens.

– On arrête cette dinguerie.

– Tu me libères ?

– Je vais te déposer chez les cousins que mon Daron a dans le coin. Ils te relâcheront le moment venu.

– Je t'en supplie, Nico, relâche-moi ! Je dois retrouver mon fils. Je ne dirai rien sur ton père et toi à la police. Tu as ma parole.

Nico se redressa et alla récupérer son fusil.

– La confiance est un luxe dont je n'ai pas les moyens, Adèle. Je te conseille de ne pas faire d'histoires.

Elle avait besoin de s'encourager. Miss Saka Moto avait un dernier mot à dire. Elle sortit son smartphone et balança la vidéo de la forêt sur le Net.

Retour impossible. Les dés étaient lancés.

*
* *

Schrödinger se réveilla en sursaut. Oscar Wilde avait saccagé la meilleure suite du palace. Son corps et celui de son amant luisaient. De la couette et des édredons éventrés s'échappait une épaisse neige de plumes. Séverine braquait Oscar et son copain avec son arme de service. « En cabane, les mecs ! – Madame, vous êtes belle comme une tempête », lui répliquait l'écrivain anglais.

Son smartphone lui massait la fesse droite. Une alerte. Miss Saka Moto venait de publier sur YouTube. Il cliqua sur le lien.

Une soldate. En forêt. Sa silhouette de dos. Ses longs cheveux clairs.

Elle est de profil et pointe son fusil de chasse dans le vide. Des rafales de vent dans le micro. D'un pas rapide, elle revient vers l'œil de la caméra. Le smartphone filme le ciel. Et un aigle, qui tournoie. La voix résonne, énergique et joyeuse. « Vous croyez vraiment que je vais tuer un aigle ? Vous êtes dingues ou quoi ? Ce serait trop facile et il ne le mérite pas… »

Schrödinger l'écouta haranguer ses fans. Jusqu'à ce qu'elle tourne la caméra vers son visage. Un sourire de gamine en gros plan, des traits angéliques.

« Je n'ai pas envie de tuer cet animal, c'est tout. Il est parfaitement beau. Basta ! » La forêt chancelle. Pour céder la place à un vieil homme. Impossible de lire ses traits, il est trop éloigné. Il observe la jeune fille un certain temps, puis s'en va à reculons.

*
* *

Nico avait créé une pyramide de paille au milieu de la grange, ajouté un tas de cageots sur le dessus et terminé son assemblage par des bûches. Ça promettait une belle flambée. Lente, mais progressive.

Adèle l'observait, bras resserrés sur la poitrine.

– Mais pourquoi veux-tu mettre le feu ?

– Plutôt que de pyromanie, parle de stratégie. Aie confiance. De toute façon, ce n'est pas ta ferme.

– Non, c'est celle d'une femme qui n'a pas mérité ça. Écoute, Nico, ne fais pas n'importe quoi. Ne copie pas ton père. Il t'entraîne vers le bas. Tu as la capacité de faire de bonnes études. Je peux t'aider.

Cette brave renarde et son air sincère. Malgré ses beaux diplômes, elle comprenait peu de choses. *Moi, me râper le derrière et le moral sur un banc d'université ?*

– Je ne peux pas le laisser. Seul, il fait n'importe quoi.

– C'est toi que tu dois sauver, Nico. C'est sans issue. Il a choisi son destin. Personne ne l'a forcé à braquer des banques, à tuer. Laisse-moi partir. Et toi, laisse-toi partir aussi ! Libère-toi de ton père…

Nico soupira. Elle n'avait pas envie d'expliquer, était lasse de parler. Il avait beaucoup plu, la grange était humide, le feu prendrait son temps. Et même s'il parvenait à lécher les tôles ondulées du toit, les pompiers interviendraient avant que l'incendie ne gagne la ferme : la grange était séparée de la zone d'habitation par la cour pavée. Quant aux jerrycans de diesel, ils étaient hors de portée. L'essentiel était que son père croie au scénario qu'elle allait lui servir : un de ses mégots de cigarillo avait démarré un incendie qui avait pris rapidement de terribles proportions, et elle avait eu juste le temps de sauver Adèle avant de partir avec elle au volant de la

Mercedes, direction le camp gitan. Pour y mettre Adèle au frais, tandis que lui et elle fileraient à Marseille.

La renarde se taisait enfin. Bonne nouvelle. Ça permettait de s'entendre penser.

Elle vérifia les poches de son pantalon cargo. Les clés de la voiture y étaient. Elle avait récupéré ses affaires et celles de son père, chargé le coffre. Tout était paré.

Si elle jouait sa partition timidement, il flairerait le coup monté. Pour qu'il la croie, une énormité s'imposait. Un somptueux désastre. Du genre qui détruit toutes les possibilités, à l'exception du Brésil.

Petit craquement de l'allumette, agréable odeur de soufre tandis que jaillissait une première flammèche. Le feu ne prenait pas aussi facilement que prévu. Elle utilisa le soufflet récupéré près de la cheminée et, vite, une langue orange se mit à grossir. Nico resta immobile, fascinée par cette beauté pure et évidente. Quelquefois, elle se surprenait à avoir envie d'un retour drastique en arrière. Une décroissance accélérée. Des siècles de civilisation qui se rembobineraient. Pour revenir au point d'équilibre. Des êtres humains vivant en tribu dans une nature indomptable. Des Terriens forcés de respecter des lois qui auraient dû rester immuables. Pêche, chasse, cueillette, le feu pour réchauffer la tribu et tenir les prédateurs à distance. Et, pour toute distraction, des histoires racontées par un chaman autour d'un feu de camp magnifique. Rien de plus…

Le silence avait changé. Il s'était dilué. Elle se retourna sur le vide. Où était Adèle ?

Elle récupéra son fusil, se précipita hors de la grange, scruta la lisière des champs, s'avança sur le chemin. Désert. Impossible qu'Adèle ait eu le temps d'atteindre la départementale. S'était-elle tapie dans la maison ?

Non, ça n'aurait aucun sens, les combinés téléphoniques étaient planqués. Elle avait dû foncer à travers champs.

Elle gravit le talus débouchant sur les champs et les bosquets. La terre était moite, de la brume s'échappait des sillons, une forme ondulait dans cette grisaille. Une maigre silhouette qui filait vite. Adèle.

Son fusil risquait de la ralentir. Elle le posa à terre et se mit à courir.

*

* *

La vidéo sur YouTube indiquait le lieu, la date et l'heure où elle avait été tournée. Ce matin même, dans le Grand Est. Et plus précisément en Moselle, dans le Parc naturel régional de Lorraine. Nico mentionnait une « chasseuse de sons » nommée Laurence.

Schrödinger se connecta et fit quelques recherches. Laurence Schneider, seule audio-naturaliste du coin, avait un site en ligne et y parlait de son métier. Elle avait collaboré à plusieurs ouvrages avec le photographe animalier Yannick Schneider. Notamment en Islande et en Guyane. Une photo les montrait posant lors d'un salon du livre. Une blonde à la beauté discrète et classique, un baroudeur sympathique au teint buriné. À leur attitude, on les devinait mari et femme plutôt que frère et sœur.

Leur ferme isolée était rattachée administrativement à Erickstroff, un bourg de quelques centaines d'âmes.

Quel rapport entre la fille de Karmia et cette femme ? Ce couple ?

Laurence organisait des visites guidées pour les amateurs de randonnée sonore. Il composa le numéro indiqué. Quelques sonneries, un répondeur.

Son site comportait une série de vidéos la montrant au travail. Il visionna la plus récente. Elle y évoquait son intérêt pour le sonneur à ventre de feu, un crapaud qu'on ne trouvait que dans cette région bordant la frontière bas-rhinoise. « Son chant puissant sera idéal pour *La Forêt des murmures*, premier long métrage d'une jeune réalisatrice qui vient de me commander un paysage sonore. Un beau projet. Je suis particulièrement fière de collaborer à la bande-son. Et je compte bien trouver toutes les ambiances non loin de chez moi. Dans cette nature superbe que je vous invite à visiter. »

Il se concentra sur le mari. Il faisait des reportages en France et à l'étranger. Après vérification, Schrödinger découvrit qu'il était membre de l'agence Natura. Il téléphona et on lui répondit que Yannick Schneider était en reportage dans le Montana pour plusieurs semaines.

Karmia se servait de sa fille. À fond. Il l'avait chargée de se renseigner sur lui et sur Séverine. Elle avait un lien dans la disparition de l'indic. Et il l'avait enrôlée dans le commando qui avait organisé son évasion.

Schrödinger l'avait enfin localisée. En toute logique, étant donné son implication dans la vie de son père, celui-ci ne devait pas être loin.

Conclusion : Laurence et Yannick Schneider vivaient retirés du monde, non loin des frontières belge et allemande. Une planque idéale pour un évadé.

Son cerveau était en ébullition. Cette excitation soudaine, il ne l'avait pas oubliée. C'était celle qu'il ressentait quand il travaillait encore à la BRI. Et qu'une piste commençait à vibrer. Sérieusement.

Yannick n'était pas en France pour le moment. La fille de Karmia n'avait mentionné que Laurence sur sa vidéo. Avait-elle accompagné son mari dans le Montana ou était-elle restée en Lorraine ? Elle collaborait à un film. Un projet qui la passionnait. Il y avait donc de fortes chances qu'elle soit restée.

Elle était donc seule. Face à Karmia.

Pour quelle raison la fille avait mis cette vidéo en ligne ? En utilisant un téléphone portable, elle prenait le risque de révéler la planque de son père.

Pensait-elle que son pseudonyme la protégeait ?

Karmia n'avait jamais mentionné son existence à personne, si ce n'était à Meyer. Elle était « sa fierté » et son secret. Meyer ne connaissait même pas son nom…

Si Karmia se trouvait dans cette ferme et menaçait Laurence Schneider, il fallait donner l'alerte. Pour l'audio-naturaliste. Et pour l'otage. Adèle Bouchard n'était peut-être plus en vie, mais il n'avait pas le droit de prendre le moindre risque.

Il appela la gendarmerie d'Erickstroff. Un standardiste exigea une foule de détails. On lui passa enfin un capitaine, qui l'écouta attentivement.

– Merci de nous avoir appelés. On allait de toute façon passer à la ferme des Schneider. Yannick, inquiet, nous a appelés ce matin. Il n'arrivait pas à joindre Laurence. Ça coïncide avec votre témoignage. Je vais contacter vos ex-collègues de la BRI et on agira de concert.

Schrödinger pensa que ses « ex-collègues » allaient l'avoir mauvaise. Apprendre ses découvertes via la gendarmerie locale leur plairait modérément.

19

L'Élue

Elle s'approche de la vitrine. Les tenues sont élégantes, les couleurs délicates. Sa propre silhouette se reflète sur le verre, mais elle est illisible. Une masse grise, un nuage humain. Impossible de savoir à quoi elle ressemble.

Dans la boutique, un bouquet de lys embaume, un seau en argent contenant une bouteille de champagne et des verres sont posés sur une table en marbre.

La vendeuse la salue dans le sabir incompréhensible des habitants de Rezurexia.

– J'aimerais essayer la robe jaune de la vitrine.

L'autre prend cet air ahuri mais bienveillant qu'ont tous les habitants du coin.

Doris désigne la robe, puis son propre corps. La vendeuse évalue sa taille, puis s'en va dans l'arrière-boutique et revient avec la robe, d'un beau lin. Cœur battant, Doris entre dans la cabine et se plante devant le miroir. Le reflet de la vendeuse est celui d'une belle femme brune souriante.

Mais je ne me vois toujours pas.

Contours indéchiffrables. Visage et corps sans tracé particulier. Est-elle malade ? Elle sait qu'elle se voit.

Mais son cerveau n'arrive pas à analyser les données. Il patine.

Toujours souriante, la vendeuse accroche la robe à une patère et s'en va.

Doris tremble. Deux larmes coulent sur sa joue. Elle étouffe un sanglot.

Combien de temps va durer cette comédie ? Ou ce cauchemar.

C'est à cela que ressemble la mort ? Un jeu lancinant. Cherchez qui vous êtes. Partez à la découverte de votre identité.

Très drôle.

Sauf que ça ne l'est pas. Pas une seconde.

Elle observe mieux la robe qui semble lui parler par télépathie. Le tissu évoque un épiderme.

Cette robe en lin est peut-être le moyen de franchir un arcane.

Elle se déshabille, l'enfile. Elle épouse ses formes à la perfection. Elle se tâte les fesses, le ventre, les bras. Son corps est ferme.

Elle ne connaît toujours pas ses traits. C'est un début, pourtant.

Elle sort de la cabine. La vendeuse sirote du champagne et lui en offre une coupe.

– Je prends la robe. Mais je n'ai rien pour vous payer.

La vendeuse frappe des mains en poussant des petits cris enthousiastes. Il n'y a pas de caisse, aucun prix sur les vêtements. Ils doivent être gratuits comme le reste.

Doris finit le contenu de sa coupe, attrape la bouteille par le col et sort de la boutique sans se retourner.

Rezurexia, un rêve de consommation absolue ?

Délicieusement soûle, elle s'assoit face à la mer et boit au goulot en regardant de longs bateaux blancs glisser dans la baie.

Apparaît la silhouette du maire. Il s'assied à ses côtés.

– Votre robe est superbe. Elle vous va à ravir.

– Si vous le dites.

– Le jaune indien n'existait plus. Il a fallu beaucoup d'essais pour le retrouver. On l'obtient en faisant bouillir de l'urine de vaches émaciées, nourries exclusivement avec des feuilles de manguier, qui sont toxiques. Avec ces méthodes, on n'en obtient que quelques grammes par jour. Et ce régime spécifique fait mourir les vaches au bout de deux ans. À Rezurexia, toutes les teintures sont produites de manière artisanale. Quelle est la couleur de ma veste, d'après vous ?

– Rouge.

– Non. Pourpre de Tyr, appelé aussi pourpre impérial. Le pigment qui a permis de teinter ce tissu est un produit de luxe, créé par les Phéniciens. On le fabrique en broyant une quantité indécente d'escargots du genre murex. Voyez-vous, ces gastéropodes sécrètent du bromure pour endormir leurs proies et se défendre des prédateurs. C'est ce bromure qui permet d'obtenir ce pigment somptueux.

Des vaches, des escargots. Tout cela ne l'intéresse guère. Elle a deviné où elle se trouve.

– Je n'imaginais pas le paradis comme ça, dit-elle.

– Qui vous dit que vous êtes au Paradis ?

Son sourire est démoniaque ou c'est mon imagination champagnisée qui me joue des tours ?

– Jardin d'Éden, nirvana, Valhalla, la notion de paradis existe dans presque toutes les cultures. Sauf chez les Mésopotamiens. Pour eux, il n'y a ni Paradis ni Enfer. Mais un lieu de rendez-vous pour tous les morts quelle que soit la vie qu'ils ont vécue. C'est le pays du non-retour.

– Ici aussi c'est la dernière station, apparemment. Vous êtes en train de me balader. Vous agitez l'espoir sous mon nez. Mais cet espoir a une odeur de poisson pas frais.

– Vous n'êtes pas au Paradis. Pas plus qu'en Enfer. C'est ce que je veux vous faire comprendre. Rien d'autre. De tels lieux n'existent pas. Ce sont juste des inventions humaines.

– Où suis-je alors ?

– Ce qui exprime peut-être le mieux votre situation, c'est de dire que… vous êtes dans une sorte de futur.

– Ça ne vous tente jamais d'expliquer les choses simplement ?

– Croyez-moi, je m'y emploie. Réfléchissez-y. Une *sorte de futur.*

Et, sur ce, il s'en va. Doris l'observe de dos. Vaste, ce dos, et ses fesses sont musclées, et rondes. Mais il a une démarche de lapin. Des petits pas, rien d'athlétique. Cela casse le charme.

Une sorte de futur.

Doris s'offre une nouvelle rasade de champagne.

Un oiseau, qui arrive de loin, fonce sur elle. Une gigantesque bestiole. Aigle, vautour, condor ? Une créature menaçante en tout cas. Il va la saisir avec ses serres puissantes et la faire décoller jusqu'au soleil. Elle brûlera lentement. Et ses cendres retomberont en pluie sur la ville.

L'alcool l'anesthésie.

Ah, l'oiseau ralentit. Il n'est plus qu'à quelques mètres dans les airs. Elle le distingue parfaitement. L'envergure de ses ailes noires est imposante. De longues pattes maigres, une tête rougie comme écorchée, d'une laideur affligeante. C'est un marabout.

– Tu ne m'impressionnes pas, crétin d'échassier. Et tu ne m'empêcheras pas de réfléchir. Devine à quelle conclusion j'en suis arrivée.

L'animal cligne des yeux. En voilà au moins un qui comprend sa langue.

– Je crois que dans la réalité je ne suis pas encore morte. Ici, maintenant, dans cette ville de carton-pâte, c'est ce qui va m'arriver, cette mort. C'est le futur. Il faut donc que je me remue pour trouver qui je suis afin de pouvoir retourner dans le présent. Un présent où je suis vivante. Tu as une idée à me proposer ?

Le volatile émet un *krrouaaaccc*, avant d'être pris d'un hoquet. Est-ce qu'il s'étouffe ? Elle s'approche, prête à lui taper dans le dos.

Il se met alors à vomir. Des taches verdâtres souillent sa robe jaune. Une odeur s'en échappe. Eucalyptus ? Menthe ?

La bestiole décolle aussi soudainement qu'elle a atterri et repart à tire-d'aile.

Un appel silencieux sourd du sol, accompagné d'une vibration. Elle baisse les yeux. Dans la flaque verdâtre émerge un objet noir. Elle l'extrait, le nettoie dans l'herbe ; c'est un couteau à lame rétractable. Elle glisse l'arme dans la poche de sa robe.

Si cet endroit n'est pas le Paradis, c'est peut-être une zone de non-droit, où l'on doit pouvoir tuer. Sans conséquences. Comme on peut avaler des litres d'alcool sans se bousiller le foie.

Elle s'imagine lardant le corps de Rex de grands coups de couteau.

Serais-je une criminelle dans la vraie vie ?

20

Plus de Brésil

Nico tenait bon, respirait sans à-coups. Elle aurait pu courir des heures ainsi, à petites foulées énergiques. La prof était nettement moins en forme.

Une affaire de quelques minutes avant que je te rattrape.

Gobée par un dénivelé.

Le vide avait avalé sa silhouette, sa chevelure de feu. Un cri ? Était-ce elle qu'elle venait d'entendre ou l'appel d'un oiseau ? Si Adèle s'était tordu la cheville dans une ornière, ce serait compliqué de la ramener à la voiture.

Elle laissa vagabonder son regard. Une pente. Une sale petite pente inattendue. Qui débouchait sur un abreuvoir rouillé.

Adèle était là, couchée sur le ventre. Sa tête sur le côté, dans un angle inhumain.

– Adèle ? Tu m'entends ?

Ses yeux mi-clos. Sa bouche entrouverte. Et un filet de sang, qui filtrait de l'oreille gauche.

Elle avait dérapé et fait un plongeon. Son crâne avait heurté l'abreuvoir de plein fouet.

Elle était bien morte. *Pourquoi ne m'as tu pas écoutée, bon sang ? Je t'avais dit de me faire confiance. Tu t'es affolée comme une bête traquée. Tu as cru que je me servirais de mon fusil ou quoi ?*

Elle s'accroupit, serra ses genoux entre ses bras. Interdit de s'approcher. Laisser ses empreintes de rangers près du corps serait une grave erreur.

Adèle avait la tête tournée vers la lisière de la forêt. Vers la délivrance.

Son esprit planait-il au-dessus du champ ?

Nico était comme paralysée. Puis sa volonté revint. Non, les morts qui pouvaient voir les vivants, ça n'existait pas. Le Daron y croyait dur comme fer, il avait tort.

Elle ne pouvait pas l'abandonner là. Et pourquoi pas, après tout ? Elle avait fui, elle était morte. *Papa ne l'a pas tuée, moi non plus. C'est la fatalité.* Un paysan ou les gendarmes finiront par la trouver.

Ça n'allait pas, non. Elle l'avait séquestrée. Elle avait cédé aux caprices de son père : c'est pour cela qu'elle était morte.

Elle devait faire face. Accepter la réalité.

Il fallait nettoyer la ferme et la grange où ils avaient laissé de l'ADN.

Trop de travail, pas assez de temps. D'un moment à l'autre, un passant flairerait l'incendie, verrait les flammes et donnerait l'alerte.

Elle regarda une dernière fois le corps d'Adèle, se redressa, remonta le talus et rebroussa chemin aussi vite qu'elle le put.

Personne aux alentours. Une odeur de brûlé et de la fumée grise émergeaient de la grange. Les flammes demeuraient circonscrites. Le feu montait haut, aspiré par l'air filtrant entre les tôles du toit, mais l'humidité au sol l'empêchait de se propager. Comme prévu.

Il fallait changer de plan, faire en sorte que les preuves de leur présence soient dévorées.

Elle récupéra un des deux jerrycans dont elle dispersa le contenu dans la maison et vida le contenu du second dans la cour. Elle balança le troisième sur le brasier de la grange. Le plastique fondit d'un coup, telle une peau fragile. Et le feu se métamorphosa en une créature exigeante et cruelle.

La voiture, garée dans la bonne direction, l'attendait.

Elle pensa à *La Petite Fille aux allumettes*. En lisant ce conte pour la première fois, elle s'était dit que si elle s'était trouvée dans la peau de l'héroïne d'Andersen, elle ne se serait pas laissé faire.

Ça devint vite très beau. Elle palpa son smartphone. L'envie de filmer. Si forte. Tant de beauté. La destruction était *belle*.

Elle cligna des yeux. Son smartphone dans sa poche… C'était comme s'il la brûlait. Elle avait envie de montrer à ses followers ce qu'était la communion avec Miss Saka Moto. Autre chose que du rêve. Ou intercalé dans des tranches de cauchemars. Ils voulaient de l'horreur, ils en auraient, ils aimeraient ça…

Non, les followers, c'était fini.

La grange vomit des flammes. La cour s'embrasa.

Elle monta à bord de la Mercedes, mit le contact et fila sur le sentier. En dépassant le talus, elle vit des corbeaux voler en cercle. La nature réclamait déjà son dû… Elle se souvint de ses dernières paroles. *Laisse-moi partir. Et toi, laisse-toi partir aussi ! Libère-toi de ton père…*

Lorsqu'elle arriva à la jonction avec la départementale, elle vit un paysan s'engager dans le champ avec son tracteur. Il ne regardait pas dans sa direction. Son attention était capturée par la ronde des corbeaux. Il roulait vers Adèle… Elle accéléra.

*
* *

Laurence ralentit en pénétrant dans le bourg de Marenberg. La cabine téléphonique se trouvait sur le parking devant la halle au marché. Le village était désert, mais elle entendait le trafic sur la nationale et une sonnerie continue. Sans doute celle d'une école car elle se mêlait à des cris d'enfants.

Elle composa le numéro et tomba sur le répondeur de son mari. Elle jura. C'était la nuit dans le Montana. Yannick dormait, très certainement. Ou alors il se trouvait dans un endroit où le réseau ne passait pas.

Elle était exténuée.

Devait-elle reprendre la route ou attendre ? Marenberg était le seul endroit où elle pouvait téléphoner sans qu'on la reconnaisse.

Son regard tomba sur le sac à dos de Karmia posé sur le siège passager.

*
* *

Sur la départementale, une estafette de la gendarmerie roulait à grande vitesse. La tache bleue du gyrophare éteint miroitait dans la nuit. Elle croisa la Mercedes en abandonnant une plainte chuintante sur la route mouillée. Nico poursuivit sa route, avala le premier virage menant à la forêt.

Elle se gara à l'abri d'une futaie. Plaquées sur le volant, ses mains tremblaient.

L'image d'Adèle allongée près de l'abreuvoir était imprimée au fer rouge sur sa rétine. Resterait-elle gravée dans les replis de sa mémoire ? Elle aurait voulu que son père soit là pour la guider. Qu'il lui dise quoi faire. Où était-il ?

La sirène des pompiers la fit tressaillir. Eux aussi fonçaient vers la ferme.

Elle brancha son smartphone sur le traqueur installé sur son ordinateur pour avoir en permanence un œil sur les bitcoins. Il lui servirait pour retrouver son père.

Elle avala sa salive. Le point rouge s'agitait, filait vers le nord, bien au-delà de la forêt, en direction de la région parisienne. Son père était reparti d'où il était venu.

Elle imaginait le pire. Lui, fuyant avec Laurence, la femme de sa vie, et avec l'argent. *Il ne se préoccupe pas de moi, il m'a abandonnée.*

Plus de père, plus de bitcoins, plus de Brésil.

Il lui avait promis, pourtant. Des mensonges, rien que des mensonges.

Mais elle ne se laisserait pas faire. Elle irait à Rio. Avec ou sans lui.

Il t'entraîne dans une catastrophe.

Adèle avait raison. En dépit de la terreur, elle avait bien analysé la situation. C'était le moment de couper le lien avec papa.

Mais, avant cela, il lui fallait récupérer les bitcoins. Pour payer le skipper et pouvoir survivre une fois à Rio.

Pourquoi ne traçait-il pas vers le sud, vers Marseille ? Prendre la mer, utiliser le voilier, c'était la meilleure stratégie et il le savait. Retourner à Paris était bien trop dangereux pour lui.

Elle démarra et rebroussa chemin. Pour le moment, il n'y avait qu'une chose à faire. Suivre le traqueur.

*
* *

Yannick décrocha enfin.

– Laurence, j'ai cru devenir dingue ! Tu vas bien ?

– Oui, ne t'inquiète pas.

– Les gendarmes viennent de trouver un corps dans le champ à côté de la ferme. Il s'agit de l'otage.

Elle crut défaillir et s'adossa à la paroi de verre. Comment Adèle Bouchard était morte ?… Qui l'avait tuée, puisque Karmia était avec elle ?

– On sait comment elle est morte ?

– Non, l'enquête commence à peine…

Elle avait eu l'intention de lui demander d'appeler les gendarmes pour l'otage. Inutile désormais.

– Allô, Laurence, tu m'entends ?

– Oui…

– Tu te trouves où, à l'heure actuelle ?

– À une trentaine de bornes de chez nous.

– Ça veut dire que tu ne sais rien de ce qui est arrivé à notre ferme.

– Qu'est-ce qui se passe ?

– Au moment où je te parle, elle est en train de brûler. Les pompiers sont là. Mais c'est mal barré. Nos réserves de diesel ont probablement été utilisées pour accélérer la combustion.

Leur maison, qui contenait les appareils de Yannick – qui coûtaient les yeux de la tête –, ses tirages sur papier argentique. Et mes enregistrements, pensa-t-elle. Les voix de la forêt.

Qui avait donc mis le feu ? En débarquant chez eux Karmia avait saccagé leurs vies.

Sa main se posa sur le sac aux bitcoins. Il n'y avait plus aucun scrupule à avoir.

– Laurence, tu ne dis rien ! Tu vas enfin m'expliquer ce qui se passe ?! Tu ne répondais plus au téléphone. Quand j'ai appelé les gendarmes, la première fois, ils m'ont dit qu'ils comptaient de toute façon passer à la ferme. Parce qu'un type les avait prévenus que l'évadé était chez nous.

Elle se sentit soulagée. Elle n'était pas responsable de la mort de la prof. Quelqu'un avait donné l'alerte.

– Qui c'est, ce type ?

– Un certain Schrödinger. Un ex-flic. Mais là, tout de suite, je m'en fiche. Ce que je veux comprendre, c'est ce que ce truand faisait chez nous. Il t'a maltraitée ? C'est lui qui a mis le feu ? C'est une histoire de dingues, dis-moi !

Son histoire avec Karmia, il allait falloir la lui révéler. Plus le choix. Mais ce n'était ni le lieu ni le moment. Le temps pressait. Elle lui avouerait tout lorsqu'ils seraient réunis.

– Écoute, Yannick. Je sais ce qu'il faut que je fasse. Ça va te sembler bizarre, mais c'est la seule solution.

Il l'écouta sans l'interrompre. Puis tenta d'argumenter.

– Fais-moi confiance. Je t'expliquerai tout. Je t'aime.

Vite, raccrocher avant qu'il ait le temps de réagir. Elle remonta dans le 4 × 4 et démarra. Les questions se bousculaient. Comment et pourquoi Adèle était-elle morte ? Qui avait provoqué l'incendie de la ferme ? Et qui était ce Schrödinger, sorti de nulle part ?

Une fois sur la départementale, elle accéléra l'allure tout en consultant régulièrement le rétroviseur.

Elle tenait la chance de sa vie. Leur chance. Depuis toujours, Yannick et elle rêvaient d'un périple autour du monde. Les sons et les images de la planète. Un projet magnifique, mais très coûteux à concrétiser. Ils en avaient parlé souvent tout en sachant que ce n'était qu'un rêve.

Les bitcoins. Une fortune.

21

Les grands cerfs

Schrödinger pensait au passé. Au moment précis où il s'était trouvé seul dans un bureau avec Karmia.

Il aurait dû l'abattre. Séverine serait toujours vivante. L'otage aussi.

Si le futur lui avait soufflé la vérité…

Mais ça n'existait pas. Le monde était une ligne blanche qui se déroulait dans la nuit. Depuis des heures, il la suivait. Le monstre à gueule de brouillard était emprisonné dans le coffre. Et il avait cessé de rugir.

Son smartphone vibra sur le siège passager. Il tourna la tête.

Barbara s'affichait sur l'écran. Il répondit.

– Je voulais juste savoir comment tu allais, Schrö.

– Aussi bien que possible.

– Écoute, ne te sens pas responsable. À l'Antigang, c'était leur job de la retrouver avant que ça finisse mal. C'est eux qui ont failli. Pas toi.

Ça, on n'en était pas certain. Il n'avait pas eu le temps de réfléchir à la succession des événements. Il manquait d'informations, puisqu'il avait refusé de prendre les appels du commandant, mais la culpabilité était là. Parquée dans sa tête.

– Merci…

– Inutile de me remercier. Je serai toujours là pour toi. Il faut croire que c'est dans l'ordre des choses. Dis-moi, Adam m'a appris que tu lui avais une fois de plus emprunté son carrosse. Pour aller en Lorraine, c'est ça ?

Avec Barbara, Adam le barman n'avait jamais su tenir sa langue.

– On ne peut rien te cacher.

– C'est l'idée du siècle, tu crois ?

– Je suis presque arrivé. Alors autant…

– Schrö, tu es presque aussi convaincant qu'un climatosceptique.

Elle avait toujours eu la métaphore généreuse. Il laissa filer.

– Possible.

– Tu es d'humeur conciliante mais peu causante. Ça ne va pas nous emmener bien loin. En tout cas, prends soin de toi, d'accord ? Et promets-moi de m'appeler si…

Si ses angoisses se réveillaient. Il avait bien compris. Avec Adam, elle était son seul port d'attache. Et, il devait l'admettre, ça faisait chaud au cœur.

– Promis, patronne.

*
* *

En arrivant, il se rendit directement à la gendarmerie d'Erickstroff. Les estafettes des stations de télévision avaient envahi le parking. Un groupe équipé de micros et de caméras était massé devant la porte.

Il donna son nom au planton, précisa qu'il s'était entretenu au téléphone avec le responsable de l'enquête. Après quelques vérifications, on le fit entrer. Sans temps mort, le capitaine de gendarmerie voulut comprendre pourquoi il s'était déplacé depuis Paris. C'était de bonne guerre. Lors de leur premier échange, lorsqu'il l'avait tuyauté au sujet de la présence probable des Karmia dans la ferme des Schneider, Schrödinger avait déjà évoqué son passé à la BRI, dans le groupe de Séverine. Il rappela qu'il s'inquiétait pour sa sécurité. Karmia semblait lancé dans une vendetta.

– J'imagine pourtant que le commandant Varmeau est sous bonne garde, réagit l'officier.

– Elle l'est. Mais Karmia a probablement éliminé l'indicateur qui l'avait donné. Il est irrationnel et dangereux. Je veux juste l'info en direct. C'est-à-dire de vous, qui êtes sur place.

– Vous n'êtes plus policier, Schrödinger. Il m'est interdit de vous révéler les éléments de l'enquête.

– Où est Laurence Schneider ? Elle va bien ? Vous pouvez bien me dire ça. C'est sa ferme qui a flambé. C'est déjà connu des médias.

– Je ne peux *rien* vous dire.

Schrödinger jugea que, si le capitaine avait de bonnes nouvelles de l'audio-naturaliste, il le dirait. Ça n'engagerait à rien. Le contraire, en revanche…

– L'otage est morte. Mais Laurence Schneider a pris sa place, c'est ça ?

Le gendarme se contenta de serrer les mâchoires. Schrödinger y lut un aveu.

En quittant la gendarmerie, il se rendit au café du bourg. Il bruissait de conversations. Des journalistes tentaient leur chance. Schrödinger s'accouda au comptoir, commanda un café et écouta.

Au bout d'une demi-heure, il avait glané quelques nouvelles. Le corps d'Adèle Bouchard avait été retrouvé dans un champ. La jeune femme s'était brisé la nuque, probablement en tentant de fuir. Laurence Schneider était introuvable, et son mari, actuellement aux États-Unis, n'avait aucune nouvelle. La ferme des Schneider avait été presque entièrement détruite par les flammes. Un incendie volontaire. On avait trouvé des bidons de diesel à moitié calcinés. Le véhicule de Laurence, un 4 × 4 rouge qu'elle utilisait quotidiennement, avait disparu. La gendarmerie avait utilisé un hélicoptère pour survoler les bois sans succès.

Et personne n'évoquait l'existence de la fille de Karmia.

Il alla s'asseoir près de l'église et réfléchit.

Lui, il avait une trace de cette fille. Elle dormait dans son portable. Karmia était passé à travers les mailles du filet. Mais tout ça n'expliquait pas ce qu'avait fabriqué sa fille en pleine forêt, fusil en main, en compagnie d'un SDF au regard ravagé.

Une jeune femme en tablier blanc tirait les stores de la boulangerie. Il fit tourner la vidéo de Miss Saka Moto et l'arrêta sur le visage de l'ermite. Il s'approcha d'elle et s'excusa de la déranger.

– Vous le reconnaissez ?

Elle l'observa un court instant.

– Oui, tout le monde connaît le père Ferdinand, même si on le voit peu, répondit-elle prudemment.

– J'aimerais lui parler. Où puis-je le trouver ?

– Oh, mission impossible, vous savez. Il vit dans les bois. Nous, les jeunes, on n'a jamais entendu le son de sa voix. Pour acheter son pain, il fait des gestes. Vous êtes journaliste ?

– Romancier, mentit Schrödinger. Je veux écrire une histoire sur l'affaire Karmia.

– Vous n'avez pas perdu de temps, lança-t-elle avec une pointe d'amertume.

– C'est l'époque qui veut ça, j'imagine. Merci de votre aide.

– Pas de souci.

Il fit quelques pas et une idée lui vint. *Pour acheter son pain…* Il rebroussa chemin. La jeune boulangère releva la tête, sourcils froncés.

– Encore un détail, dit-il. Ferdinand, il a ses jours pour son pain ?

– Vous êtes vraiment romancier, hein ? Vous n'allez pas lui faire des ennuis ?

– Vous avez ma parole.

– Parce que c'est quelqu'un de gentil. Un malheureux, en fait. On dit qu'il a perdu sa femme dans un accident, il y a longtemps. Et que c'est ce qui l'a rendu bizarre.

– Vous l'avez vu récemment, c'est ça ?

– Hier, c'était son jour. Il aurait dû venir acheter son pain au levain… (Elle prit l'air soupçonneux.) Attendez, si vous voulez lui parler, c'est parce que vous pensez qu'il peut avoir quelque chose à voir avec l'histoire de la ferme des Schneider et l'évasion du taulard ?

Le risque qu'elle file voir les gendarmes venait de s'amplifier. À sa place, c'est ce qu'il aurait fait. Il agita son smartphone entre leurs deux visages.

– La photo que je viens de vous montrer est extraite d'une vidéo que m'a envoyée une amie. Quand j'ai vu le visage hanté de cet homme, au cœur de cette forêt et au beau milieu de cette histoire dramatique, je me suis dit que je tenais là la plus belle histoire que j'écrirai jamais. Celle d'un ermite qui regarde vivre le monde et perçoit tout mieux que les gens normaux. Il fallait que je vienne me rendre compte par moi-même. Pour recueillir des impressions. Vous comprenez ?

Il s'étonnait lui-même de cette improvisation. Sans doute, l'influence d'Adam et de ses talents de conteur.

– Je comprends qu'il n'y a rien à comprendre. Chacun son métier.

Elle n'avalait son bobard qu'à moitié. Mais c'était un peu mieux que ses francs soupçons du début. Il la remercia, elle le salua d'un hochement de tête.

Il remonta en voiture et utilisa Google Maps. L'appli lui traça le chemin à suivre entre l'église et le lieu où la fille Karmia jouait avec l'aigle et croisait le père Ferdinand.

*

* *

Schrödinger ralentit au milieu de l'allée forestière. Le GPS indiquait de tourner sur la gauche. Il se gara et poursuivit à pied, observant les alentours. Pas un bruit humain, des chants d'oiseaux. Le soleil couchant dansait entre les arbres, les odeurs étaient fraîches. Une promenade en forêt de Rambouillet avec Séverine lui revint en mémoire. Son rire, cette façon qu'elle avait d'avaler du kilomètre à grandes enjambées comme si elle avait chaussé des bottes de sept lieues…

Il s'enfonça dans le sentier bordé de taillis épais. Les arbres étaient immenses, le vent les faisait murmurer. Encore trois kilomètres et il parviendrait à l'endroit recherché. Il marcha d'un bon pas et en moins d'un quart d'heure arriva au but. Il fit redémarrer la vidéo et chercha des correspondances. Un bosquet plus dru qu'un autre, un grand arbre creux. Il était à l'endroit précis où s'était trouvée la fille de Karmia.

Mais c'était un coin sans qualité. Pas de cabane ni de blockhaus. Et pas la moindre trace de l'ermite.

– Père Ferdinand ! hurla-t-il à pleins poumons.

Il répéta son appel à plusieurs reprises. Et ne récupéra que le chant composite des millions de feuilles agitées par le vent.

*
* *

Quelqu'un avait crié. Signal. La troupe avait foncé sur lui. Il était de retour en prison et les gars voulaient sa peau. Le meneur, un connard au look de skinhead, se jeta sur lui. Et plongea ses dents jaunes dans son ventre.

Il hurla…

Charles Karmia ouvrit les yeux. C'était son propre cri qui résonnait dans sa tête. Il était où ? Ce n'était pas la prison. Depuis quand était-il là ? Il avait chaud. Des bestioles lui couraient dans les tripes. Une douleur insupportable. Il y avait une odeur bizarre. De terre. Oui, de terre chaude comme quand le cousin gitan enterrait ses patates avec des braises pour les faire cuire. Lentement. Lentement. Où était le Daron, où était la petite chérie ? Où étaient-ils tous partis ?

Il serra les dents. Son ventre était habité par des frelons devenus dingos. Tout doucement, lever le bras. Doucement, poser sa main sur son estomac. Il fallait le faire. Mais il avait peur de ce qu'il allait découvrir.

Il retira vivement sa main. C'était chaud et dur. Son ventre était devenu une carapace d'insecte. Il cria. Et ce cri l'enflamma des tripes au cerveau.

La Mort.

Elle le regardait droit dans les yeux. Il lui hurla d'aller se faire foutre.

*
* *

Par instants, la forêt vibrait comme si elle n'était qu'un organisme doté d'une volonté propre. La fatigue lui mordait nuque et épaules ; Schrödinger marchait depuis moins d'une demi-heure, mais le temps s'était distendu. Il parvint à un chêne creux dont les couleurs différaient de celles des autres. Était-ce parce que c'était un très vieil arbre, peut-être l'ancien de la forêt ? Il s'en approcha. Quelqu'un y avait gravé une étoile à cinq branches. Une trace ancienne qui formait une cicatrice sur l'écorce asséchée.

Il avança jusqu'à une ravine.

Au fond de l'enclave de feuilles mortes et de brindilles une tache bleue se détachait. Du bleu dans tout ce vert, impossible.

Il descendit prudemment. Le tapis de feuilles était glissant, la terre molle de la dernière pluie. La tache bleue se révéla être une bâche. Elle couvrait une maigre cabane.

– Père Ferdinand ?

*
* *

Le taillis grossit, ses tentacules verts rampaient vers lui. La forêt voulait l'étouffer.

Il écarquilla les yeux, gémit. Il était trempé, son ventre était un champ de bataille grouillant, la fièvre le dévorait. Et une voix venait de claquer comme un coup de fusil. Celle d'un homme ou celle d'une femme ?

Il pensa à Laurence. Le souvenir remonta à la surface.

Il avait voulu lui donner une leçon. Juste ça, une leçon. Et il avait gagné. Il lui avait flanqué une trouille terrible. Mais ça avait dérapé… À quel moment ?

Qu'est-ce qui s'était passé au juste ? Elle lui avait tiré dessus ? Non, elle n'avait pas d'arme.

Alors, qui avait tiré ? Sa mémoire était une flaque de goudron.

*
* *

Le bruit du vent avait changé de ton. Mais non, ce n'était pas le vent. Schrödinger se retourna. En haut de la ravine, il y avait Ferdinand.

Immobile, hirsute, les traits illisibles, armé d'un fusil, il l'observait. Moi, je suis venu les mains vides, pensa Schrödinger. La jeune boulangère l'avait cependant assuré que le vieil ermite était inoffensif.

Il lui adressa un signe amical. L'autre ne réagit pas.

– Ferdinand, je vous cherchais. J'ai besoin de votre aide. (Il était trop loin. Il fallut hausser la voix). Il faut que je vous parle. S'il vous plaît ! (Aucune réaction). Je cherche un nommé Karmia. Un évadé dangereux. Il a menacé une femme que vous connaissez. Laurence. De la ferme des Schneider.

Il osa un pas dans sa direction, le vagabond détala comme un lièvre.

Dérapant dans la boue, il remonta la combe aussi vite qu'il le put. Lorsqu'il déboula sur le sentier, la forêt avait englouti Ferdinand.

Il hurla.

– Je veux juste savoir où est Karmia. Aidez-moi !

Il s'époumona un bon moment, puis se tut. Peine perdue, l'ermite devait connaître la forêt mieux que quiconque. Il décida de rebrousser chemin. Le vieux finirait par revenir au gîte. Autant l'attendre dans sa cabane.

*
* *

Karmia écoutait les grands cerfs.

C'était eux qu'il avait entendus quand il était tombé à genoux devant Laurence. À genoux devant celle qu'il désirait. Mais elle ne voulait que… Qui ça déjà ? Qui était ce type qui lui avait fait oublier leurs années ensemble ? Un minable…

Alors, c'était donc ça, le brame des cerfs ? Non. C'était un coup de fusil.

Un connard m'a tiré dans le bide. Le mec de Laurence ?

Non, c'était pas lui. C'était une autre gueule qui tanguait au bord de sa mémoire. Là, juste là. Il serra les dents. La douleur le fusilla. Il grogna pour la repousser.

Les cerfs. Les cerfs, ils n'étaient pas là en réalité. Qu'est-ce qu'ils seraient venus foutre au milieu des humains ?

Ce mec armé d'un fusil, il avait une gueule de vieux. Des cheveux sales. Sa tronche fripée, c'était tout ce qu'il avait vu avant de sombrer.

Maintenant, mon ventre... est mort. Et moi, je n'en ai plus pour... longtemps.

Les cerfs, ils arrivaient. Est-ce qu'ils viendraient lui lécher les lèvres ? Il avait si soif...

*
* *

Il revint à la vie. Un oiseau était capable de faire ça. Il s'appelait comment ? Sa mémoire refusait de cracher son nom.

Son corps était trempé. Pourquoi ? Est-ce qu'il s'était baigné dans la rivière près du campement du Daron ?

Ses dents claquaient sans lui demander son avis. Il avait chaud ou il avait froid ? Impossible de savoir. *J'ai de la fièvre. Oui, c'est ça. Mais je dois rester éveillé, il le faut. Rester éveiller pour réfléchir.*

Il était où ? Le jour filtrait à travers des lattes de bois. Il y avait une cafetière en émail blanc, des boîtes de conserve, des peaux de bêtes séchées. Il était couché sur un matelas à même le sol.

Il tourna prudemment la tête et aperçut des vêtements posés sur une cagette. Tous tachés de sang. Le sien ? Il y avait peut-être son sac à dos. Les bitcoins. Il revit le visage de Nico, et sa sincérité quand elle lui assurait qu'elle s'occupait de ça. Qu'elle *gérait*. Oui, elle aimait bien ce mot. Gérer. Il avait confiance. Nico, c'était la fidélité. Son sang.

Il fallait qu'il se barre d'ici. Qu'il la retrouve. Le bateau. Le bateau attendait. Nico lui avait répété mille fois. Elle avait raison, finalement.

Impossible de se redresser, de poser un pied sur le sol, trop douloureux.

Qui l'avait amené ici ? Laurence ? Ça n'avait aucun sens. Non, elle, elle l'aurait donné aux flics et il serait à l'hôpital. Pas dans ce trou puant.

Il ferma les yeux. Les rouvrit.

Du vent caressait ses joues.

Il tourna la tête. Une silhouette contre le jour.

– Qu'est-ce… qui s'est passé ? articula-t-il.

Sa voix lui parut étrange, comme si elle franchissait une couche de feuillages avant de vibrer dans l'air. Il plissa les yeux. C'était le vieux au fusil qui était là. Le type qui avait voulu le tuer…

– Il faut… me donner mon sac.

Prononcer un mot exigeait une force dingue.

La silhouette bougea. Le vieux s'approchait.

Bientôt, il fut tout près. Karmia tenta de tendre la main. Une décharge électrique lui retourna les entrailles. Et il ne put retenir un cri. Quand il réussit à concentrer son regard sur le type, il se rendit compte qu'il n'était pas vieux. Et il le reconnut.

C'était le flic. L'enflure qui l'avait arrêté. Et traité comme un moins que rien. Une insulte alla cogner ses dents.

22

L'Élue

Assise en terrasse, elle sirote son énième mojito et réfléchit en observant les danseurs. Le maire-barman lui a assuré qu'elle faisait partie des élus, qu'elle pouvait retourner à la vie si elle se mettait en quête d'elle-même.

Comment découvrir son identité dans un pays sans services administratifs, sans Internet ?

Si le grand échassier tellement moche lui a procuré un couteau, c'est qu'il a une utilité, un rôle à jouer. Elle a su en faire jaillir la lame rétractable et le manier avec naturel.

Est-ce que j'étais militaire dans la vraie vie ?

Avec tous les cocktails qu'elle a bus, son cerveau va s'affûter autant que cette lame, elle en est sûre, et elle trouvera bien le moyen d'accéder à son identité.

Elle se laisse hypnotiser par les mouvements des danseurs, puis son attention se fixe sur un couple. L'harmonie est parfaite, les pas impeccablement synchrones malgré leurs physiques contrastés. Elle est menue, pas vraiment belle, mais elle dégage une énergie tangible. Lui, grand gaillard à la coupe militaire et au profil de médaille, ne la quitte pas des yeux, en adoration. Leur amour est flagrant, mais quelle signification peut avoir un tel sentiment dans cette ville improbable ? Dans ce futur immobile, cette absurdité…

C'est la première fois qu'à Rezurexia elle observe un couple amoureux, incontestablement amoureux.

Elle commande un septième mojito.

Les deux vedettes trônent à leur table habituelle, entourés de leur cour. Ils sont engagés dans une joute spectaculaire dont le public, avide, ne perd pas un mot. Puis, chacun à son tour lit des extraits de ce qui est probablement leur œuvre respective. Les spectateurs s'abreuvent à leur prose dans une sorte de piété. S'intéressait-elle à la littérature dans son autre vie ? En tout cas, ici, la concentration est à son comble malgré l'orchestre qui joue crescendo. Deux mondes étrangers l'un à l'autre se côtoient sans heurts : musiciens et danseurs d'un côté, amoureux de la littérature de l'autre.

Le serveur dépose un mojito sur la table ainsi qu'une enveloppe. Un beau papier couleur crème. Un monogramme, qui réunit le *R* et le singe couronné. Le texte de la lettre est écrit avec des pleins et des déliés, à l'ancienne. Il s'imprime en quelques secondes dans sa mémoire, comme un marquage au fer rouge.

Elle lève les yeux vers le couple enlacé et se récite ce qu'elle vient de lire.

Chère nouvelle amie,

Cette lettre est une invitation formelle à faire un choix. Je vous ai appris que vous faisiez partie des élus, et vous avez compris ce que cela impliquait. Un retour à la vie, à votre vie. C'est votre premier choix. Le second est tout aussi alléchant.

Choisissez de devenir une citoyenne perpétuelle de Rezurexia, et un monde passionnant s'ouvrira à vous. Un monde de privilèges et de découvertes permanentes. Vous comprendrez instantanément notre langue et serez ainsi en capacité immédiate d'échanger avec les plus grands esprits de tous les temps. Conversations brillantes et ininterrompues, délices intellectuels de tous ordres sont au menu. Vous aurez la possibilité de vous inscrire dans le ou les clubs de votre choix en fonction de vos intérêts.

J'attire toutefois votre attention sur le fait que, une fois votre préférence exprimée, elle sera irréversible. À Rezurexia, il est impossible d'être et de ne pas être en même temps. Sachez toutefois que votre temps n'est pas compté pour prendre votre décision. Venez simplement me faire part de votre réponse lorsque bon vous semblera. Être à votre service est ma vocation.

Votre obligé,

Rex

La lettre devient une boule qu'elle garde dans son poing serré. Ses tendons saillent, elle serre les dents jusqu'à grimacer. La haine envahit son crâne.

Il n'y a aucun choix à faire. Je veux me barrer d'ici.

Le maire-barman gagne haut et fort le concours du pire salopard intergalactique. S'il était en face d'elle, elle lui proposerait de se fourrer son élégante missive dans le fondement.

Elle attend que ses mains cessent de trembler, termine son mojito et repère un homme seul à une table, occupé à donner des graines à trois merles. Épaisse chevelure noire, yeux bridés, peau tannée, moustache drue comme poil de phoque. Son allure singulière l'intrigue.

Elle sursaute. Quelque chose a effleuré sa peau. Et elle comprend que ce sont les ondes invisibles que propage l'inconnu, qui ondulent jusqu'à elle et la troublent. Des caresses sur ses bras et ses jambes nus, qui lui évoquent des doigts lisant du braille.

Et, soudain, elle *entend* la vie de cet homme. Comme si elle la lisait avec sa peau.

Elle perçoit dans l'instant qui il est. C'est un Inuit ; lorsqu'il était enfant, son aïeule lui a raconté un naufrage qui avait eu lieu bien avant sa naissance. Un navire avec des hommes blancs. Ils ont tous disparu. Le froid les a dévorés. Mais ce n'est pas tout. Elle a évoqué l'implication d'une tribu cannibale. Reconstituer ce qui leur est arrivé fut la grande affaire de l'Inuit. Sa mission. Il y a consacré son existence, a parcouru en tous sens son pays de glace et de neige pour recueillir les réminiscences. Il n'a jamais su ni lire ni écrire, n'a jamais souhaité apprendre. Sa tradition est orale et, de son point de vue, c'est ainsi que cela doit être. En dépit des difficultés, il a reconstitué l'épopée des marins disparus. Il en a même fait son métier, est devenu guide pour mener tous ceux que cela intéressait sur les lieux de ce passé retrouvé.

Un homme-livre en quelque sorte.

Il est infiniment plus son genre que les deux écrivains stars. Dans sa vie, elle est certaine d'avoir aimé les livres, mais avec modération. Elle a préféré l'action. La vraie vie.

Je progresse.

Elle sourit et se lève.

La cure d'intoxication à l'alcool lui a bel et bien ouvert les portes de la perception. La sensation est extraordinaire. À la limite de la joie. Et la joie se modifie. Elle se transforme en espoir.

Si je suis apte à lire la vie d'un autre, tout en étant incapable d'avoir accès à la mienne, peut-être trouverai-je quelqu'un qui saura lire mon passé pour moi ?

Et lui révéler son identité.

Elle rejoint l'homme aux merles et lui touche l'épaule. Il tourne vers elle un regard d'une grande humanité et lui sourit. Comme une brise légère, elle repère son humilité et sa gentillesse. Elle lui confie qu'elle désire quitter cet endroit et a besoin de son aide, parce qu'elle sait qu'il peut lui apprendre qui elle est.

À vrai dire, il le sait déjà.

Dès l'instant où elle a posé sa main sur son épaule, il a lu sa vie.

Il la contemple, et son sourire devient peu à peu mélancolique. Il lui tapote le bras.

– *Likuluk. Uqausiq atausiq naammajuittuq.*

Enfin, d'un air désolé, il hausse les épaules. Cette langue n'est pas celle de Rezurexia. Il aimerait l'aider, elle le sait, mais c'est impossible. Ils ne peuvent pas communiquer.

Doris sent une présence dans son dos. Rex est de retour derrière son zinc. Il porte son uniforme de barman, la veste blanche à rebord noir, et secoue son shaker.

– Que vient de me dire cet homme ?

– « *Pardon. Une langue n'est pas suffisante.* » Si vous voulez mon avis, deux non plus. J'imagine que vous auriez pu avoir une conversation intéressante avec lui. Mais vous ne parlez ni l'inuit ni la langue de Rezurexia. Effectivement, il aurait pu vous aider. En tout cas, c'est un plaisir de vous revoir, très chère, de constater que vous commencez à prendre plaisir à votre séjour ici. Je vous ai écrit que si vous décidiez de rester parmi nous, possibilité vous était offerte de côtoyer de grands esprits, mais vous avez pu constater que les gens simples, eux aussi, ont de merveilleuses expériences à partager.

– Vous parlez de l'Inuit ?

– Bien sûr ! Mais il y en a d'autres. Le couple dont vous avez apprécié la danse, par exemple.

– C'est un peu comme ces abonnements à ces plateformes numériques qui vous offrent séries et documentaires jusqu'à la nausée.

– Oui, bon, si vous voulez. Sauf qu'il ne s'agit pas de fiction. Ces vies ont été vécues. On vous le garantit. Vous voulez en déguster une autre ? Votre lecture de l'Inuit n'était qu'un apéritif. Un avant-goût de ce que vous expérimenterez si vous nous rejoignez.

Elle est déçue. Il se comporte comme un baratineur. En réalité, il ne veut pas qu'elle quitte cet endroit. Elle se juche sur un tabouret. La conversation risque d'être longue.

– Puisque vous ne voulez pas vous fatiguer, je vous propose moi-même quelques détails concernant le couple de danseurs. Elle, elle est morte avant lui. Quand il a pu la rejoindre à Rezurexia, il était fou de joie. Ensuite, j'ai dû lui apprendre qu'il faisait partie des élus ; mais pas elle. Ainsi, il avait le choix entre ressusciter – mais vivre une existence sans l'amour de sa vie – et rester ici, avec elle.

– Il a choisi de rester.

– Et, comme vous avez pu le constater, il ne le regrette pas.

– Et l'Inuit ? Lui aussi a choisi de rester ?

– Oui. Il avait accompli son destin, plus rien ne le retenait. Et la solitude lui convient. Mais attention ! Retenez vos conclusions, ma petite Doris. À Rezurexia aussi, il y a des arrêts.

– Pas de « bus », je suppose.

– Non, des arrêts… d'activité, pourrait-on dire.

– On peut y mourir ? (Il hoche la tête.) C'est de l'arnaque, votre truc.

Il dresse son index droit entre leurs deux visages, puis effectue un moulinet contre sa tempe droite.

– Ne jugez pas ce que vous n'avez pas les capacités cognitives de comprendre. Disons que Rezurexia est un univers très compétitif. Bon, alors, champagne ?

Ma *petite* Doris, et ce ton condescendant ! Elle se voit en train de lui trancher la carotide d'un coup de couteau. Elle en a furieusement envie. Ses mains sont moites, elle les essuie sur sa robe.

– Non, servez-moi une liqueur inuite.

– La maison n'en propose pas.

– Je croyais que vous aviez tout.

– Une telle liqueur n'existe pas, Doris. Pour la bonne raison que l'alcool a débarqué chez les Inuits en même temps que les microbes et donc le début des ennuis… Via les trappeurs européens.

– Donc, vous mentez. Quand on prétend avoir tout, on a tout. Même ce qui n'existe pas, puisqu'il suffit de l'inventer. C'est comme quand on affirme que l'univers est infini. Il contient alors forcément tout et son contraire. Vous êtes le roi de l'infini, n'est-ce pas, Rex ?

– Vous la jouez contrariante. En tout cas, ne vous avisez pas de m'égorger avec votre couteau.

– Vous croyez que c'est mon projet ?

– Je tiens à vous prévenir. Ma capacité de récupération, voire de régénération, est inimaginable. Si vous tentiez quoi que ce soit, ce serait non seulement inutile, mais dangereux.

– Des précisions, s'il vous plaît, demande-t-elle dans un sourire.

– Vous seriez torturée. Par qui ?… Eh bien, par moi. Je suis un maître ès tortures.

Il sort une conque nacrée d'un placard, la lui tend et suggère d'un regard de la coller contre son oreille. Doris obéit, et ce qu'elle entend la terrorise. Ses doigts lâchent le coquillage, qui se brise sur le marbre dans un bruit cristallin. Sur-le-champ, un serveur arrive avec pelle et balayette et ramasse les débris avant de filer.

– Vous êtes ignoble.

Il lui décoche un sourire furtif. Son regard a viré au charbonneux.

Le désir de plonger son couteau entre ces yeux inacceptables la brûle.

Mais ce qu'elle a saisi dans la conque l'en empêche. Elle n'a pas envie de souffrir. Surtout à ce point.

Et pourtant, la douleur extrême ne lui est pas inconnue. Coup de silex sur le roc de sa mémoire. Étincelle. A-t-elle eu un accident ? S'est-elle noyée ? A-t-elle été victime d'une agression ? Ou bien… a-t-elle connu un accouchement difficile ? Elle se voit allongée, une silhouette est penchée au-dessus d'elle. Des voix inquiètes et cotonneuses. Quelqu'un la supplie de tenir bon. Réminiscences.

Oui, je progresse. Mais à quel prix ?

Rex a posé une coupelle en porcelaine vert pâle sur le comptoir. Il tient une bouteille marron décorée d'une belle étiquette. On y voit une Japonaise en pleurs habillée d'un kimono bariolé.

– Tenez, un saké de grande qualité pour vous remettre. Les Inuits ressemblent un peu aux Japonais ou vice versa. Non ?

Les blagues de Rex sont faisandées. Mais elle ne réfléchit plus. Elle avale le contenu de la coupe d'un trait, et descend de son tabouret.

– Attendez, j'ai encore quelque chose à vous dire. Utiliser ce couteau sur moi n'est pas envisageable. Parce que je ne suis pas la cible. Mais l'idée est bonne. Vous êtes sur la voie.

– Tuer quelqu'un est une bonne idée. C'est ce que vous êtes en train de me dire ?

Elle n'en croit pas ses oreilles. Ce type est un maniaque redoutable, un manipulateur obscène. Un gourou de la pire espèce.

Il l'observe d'un air grave. Elle ne supporte plus sa présence. Il lui faut sortir d'ici au plus vite.

Ses jambes la portent difficilement. Elle n'a rien vu, les menaces de Rex n'étaient que sonores, pourtant des images épouvantables et en 3D sont gravées sur sa rétine.

Elle fuit vers la mer. En dépassant le groupe des danseurs, elle cherche des yeux le couple amoureux. Il a déserté la piste.

De l'eau. Vite.

Elle a besoin de s'immerger. D'instinct, elle sait que c'est le seul moyen d'évacuer les horreurs qu'elle a entendu se dérouler par le biais de la conque nacrée.

Elle se met à courir. Un vent nerveux agite les palmiers. Elle se débarrasse de sa robe et se jette à la mer. Elle nage vers le large. Elle progresse sur un rythme puissant et sans éprouver la moindre fatigue.

23

Les liens du sang

L'intérieur de la cabane empeste la pourriture.

Il était allongé sur un vieux matelas, blessé, en sueur et vidé de ses forces. Ses yeux avaient sombré dans leurs orbites, sur sa peau grisâtre, les cicatrices de sa mâchoire traçaient un delta pâle. Son ventre était sanglé dans un pansement souillé, bricolé avec un drap déchiré. L'ermite avait tenté de le soigner.

Schrödinger s'approcha du corps.

Une bassine en émail contenant un linge blanc imbibé d'eau était posée sur une cagette, à côté d'une pile de vêtements dont une chemise ensanglantée.

Clignant des yeux, l'air hagard, Karmia prononça quelques mots inaudibles. Schrödinger s'accroupit et approcha son oreille de la bouche aux lèvres parcheminées.

– C'est toi… l'enculé de flic… J'te reconnais. Schrödinger, hein, c'est ça ?

– Je ne suis plus flic.

– Qu'est-ce… que… tu me veux ?

C'était une bonne question. Ce moment, ce face-à-face, c'était ça qu'il avait voulu depuis qu'il avait appris que Nico était venue rôder à l'hôpital. Maintenant qu'il était proche de Karmia à le toucher, il le savait : il était venu pour le tuer. Parce que, sans cela, Séverine ne serait jamais en sécurité.

La mort s'était posée comme un vautour sur son épaule. Et avait voyagé avec lui. Mais à présent elle avait changé d'avis. Le sale boulot, elle voulait s'en charger seule.

– Qu'est-ce que tu as au ventre ?

– Qu'est-ce que… ça peut… te foutre, hein ?

– On t'a tiré dessus, c'est ça ?

– T'es infirmière… maintenant ?

Il essaya de rire.

– C'est Nico ? Et elle s'est barrée avec le fric ?

Le visage de Karmia se tordit. La colère domina la souffrance.

– Ma fille ! Mais elle me… ferait jamais… ça… Enculé… !

– C'est qui, alors ?

– C'est le… vieux… cinglé… avec sa pétoire. Mais d'abord… comment… tu… connais… Nico ?

– Écoute-moi bien, Karmia. Tu as envoyé ta fille, Nico, à l'hôpital où se trouve le commandant Varmeau. Et tu vas me dire où la trouver.

Ils se dévisagèrent. Karmia gardait ses bras immobiles le long de son corps. Seule sa poitrine se soulevait au rythme de sa respiration laborieuse.

– Va… te faire… foutre… flicard.

Schrödinger plaqua sa main sur le ventre bandé. Karmia écarquilla les yeux. Malgré la fièvre, il avait compris. Qu'il allait souffrir le martyre. Schrödinger exerça une légère pression. Le truand se raidit et poussa un grognement. Son ventre était chaud comme les braises. L'infection lui dévorait les tripes. Schrödinger pensa à son propre monstre. À celui qui menaçait de se réveiller. Et de le rendre complètement dingue.

Il lui ordonna de rester couché.

– Nico, dis-moi où la trouver.

– Ma fille… jamais… j'te dirai… où elle est… connard…

Schrödinger augmenta la pression. Le visage de Karmia fut transfiguré par la douleur. Schrödinger pensa à Séverine. À sa fragilité, sa solitude. Karmia poussa un hurlement, puis tourna la tête de droite à gauche, frénétiquement, tandis que ses yeux se révulsaient.

– Je te… vendrai pas ma… fille, enculé !

Il happa l'air. Schrödinger perçut sa douleur. Elle devait être atroce. Cet homme se laisserait crever plutôt que de trahir son enfant.

– Jamais… tu m'entends ?

Schrödinger hésita, puis retira sa main. Il n'avait pas ça en lui. Il n'était ni un tortionnaire ni un tueur.

De longues minutes passèrent, puis un *ploc* retentit sur la bâche bleue, suivi d'un autre. Et ça monta en cadence. Bientôt, la cabane fut bombardée par les salves de la pluie. Karmia tentait d'articuler quelque chose. Schrödinger plaqua son oreille contre sa bouche. « J'ai… soif… mec… » Ses yeux étaient devenus vitreux.

Schrödinger tendit la main vers la bassine en émail. Il se servit du linge mouillé pour humecter les lèvres du mourant. La pluie redoubla de violence. On aurait dit que le monde s'était mis à pleurer.

*

* *

Nico alluma l'autoradio. La mort d'Adèle emplissait les ondes. Le doyen de l'université parlait des

« étudiants empêchés » et du travail extraordinaire de l'enseignante, de sa dévotion. Une jeune femme exceptionnelle, la maman d'un enfant en bas âge, qui avait donné sa vie pour ses convictions.

Elle sentait le remords la mordre. Adèle était morte pour rien. *Parce que j'ai obéi aveuglément à mon père.* Il avait des idées bizarres. Et lui avait bourré la tête avec ses obsessions, sa parano.

Elle revoyait la scène. Adèle, qui fuit dans les champs. Vers la mort.

Elle avala sa salive, serra les dents. Les journalistes reparlaient de son père. Le roi de l'évasion. L'homme qui avait pris son enseignante en otage. Une folie gratuite. Celle d'un meurtrier lâché dans la nature.

Adèle. Disparue. Pour rien.

Quand elle le retrouverait, à Paris, elle le mettrait devant ses contradictions. *Tu m'as trahie, papa, mais tu ne sais pas pour le traqueur. Tu ne pouvais pas deviner. Tu ne sais pas de quoi je suis capable. Tu vas le découvrir.*

Elle se mordait les lèvres. Percevait le goût du sang dans sa bouche. Toutes ces années avec lui. Et sans lui quand il était en prison. Même pendant ses absences, il était avec elle. Elle rêvait qu'il la prenait par la main et qu'ils avaient de longues conversations. Et d'ailleurs, elle lui parlait à voix haute. Les gitans ne trouvaient pas ça bizarre. Le Daron disait que c'était bien de discuter avec papa, de se souvenir de lui « entre deux parloirs ».

Maintenant, c'était une *vraie* conversation qu'il leur fallait. Mais papa était un point rouge qui fuyait sur une ligne bleue.

Je te retrouverai.

*
* *

Schrödinger roulait vers Paris, en écoutant les nouvelles d'une oreille, le visage défiguré par l'épuisement et la souffrance de Karmia gravée sur la rétine. Un instant, il avait songé à l'étouffer avec une couverture ou un vêtement pour abréger son martyre. Mais la mort avait été magnanime, elle n'avait pas tardé à venir le prendre. Son regard était devenu fixe. Ses traits s'étaient lentement détendus pour céder la place à une expression presque paisible.

C'était une suite de mauvais choix qui avait mené le caïd au cœur de cette sombre forêt. Jamais Schrödinger n'aurait imaginé que le destin scellerait leur étrange rendez-vous. Deux ennemis s'étaient retrouvés. Et l'un avait veillé l'autre, jusqu'à son dernier soupir.

Il monta le son de l'autoradio. Un journaliste annonçait la découverte du corps du braqueur dans la forêt domaniale d'Erickstroff par une brigade cynophile. Ça n'avait pas traîné, mais ce n'était certainement pas Ferdinand qui avait donné l'alerte.

La jeune boulangère. C'était forcément elle qui avait prévenu la gendarmerie. Rien d'étonnant.

Que pourrait-il dire aux gendarmes ? *J'ai retrouvé Karmia avant vous parce que je voulais l'éliminer après lui avoir fait dire où se cachait sa fille ? Une fille dont j'ai tu l'existence depuis le début.*

Mais il n'avait pas laissé d'ADN dans la cabane. Et la violence de la pluie avait lavé ses traces dans la ravine.

Peut-être éviterait-il les questions. En attendant, il avait un objectif : protéger Séverine de Nico. Il fallait s'assurer que son père ne l'avait pas chargée d'exécuter un contrat.

*
* *

Fini le périphérique, Nico venait de franchir la frontière.

Paris.

La voiture de Laurence était à l'arrêt. Le traqueur ne mentait pas. Papa et Laurence étaient arrivés à destination. Boulevard Pereire, dans le 17e arrondissement.

Que ferait-elle une fois arrivée ? Elle attendrait ? Non, elle affronterait son père et lui dirait qu'il avait le choix entre vivre et mourir. Entre le Brésil et Laurence. C'était simple, pour une fois.

Elle ralentit. À quelques mètres, un feu passait au rouge.

« On apprend à l'instant la découverte du corps de Charles Karmia par la gendarmerie d'Erickstroff. On ne connaît pas encore les circonstances de la mort du caïd évadé de Mauvoiry, le 15 mars dernier. Son cadavre a été retrouvé dans le Parc naturel de Lorraine. À quelques kilomètres de la ferme des époux Schneider où Adèle Bouchard a été assassinée… »

Nico freina. Elle voulut respirer. Le monde chavirait.

Elle était un robot, son sang s'était évaporé, elle n'était plus humaine.

Les morsures des coups de klaxons derrière elle. Après un temps infini, elle tourna la tête vers le visage colérique d'un automobiliste qui la doublait en l'insultant. Sa bouche, un puits de colère.

Papa.

*
* *

Son téléphone sonna. Il se raidit. Et si c'était l'hôpital ? Voulait-on lui annoncer que Séverine avait abandonné la lutte ? Un numéro masqué. Il éteignit l'autoradio et prit l'appel.

– Qu'est-ce que tu branles, Schrö ?

Meyer ! Schrödinger l'avait complètement oublié. Il entendit une sirène en arrière-fond. Une ambulance. Et un mugissement. Le vent dans les feuillages ?

– Je t'entends à peine. T'es où ? Bouge un peu.

– C'est le vent, c'est rien. Je viens d'entendre les infos. Karmia. On a retrouvé son corps dans une foutue forêt. T'étais sur place ?

Il fallait peser le pour et le contre. Après tout, Meyer était celui qui maintenait le lien avec Nico. Un fil, plutôt. Mais peut-être en savait-il plus à son sujet qu'il le prétendait.

– Oui, mais je n'ai pas vu le corps.

Mentir pour jouer la prudence. À Besançon, Meyer l'avait menacé de dévoiler son enquête personnelle à la BRI s'il tentait de le doubler.

– Où sont les bitcoins ?

Schrödinger entendit des voix d'enfants. Et, de nouveau, la mauvaise humeur du vent.

– Karmia n'avait ni ordinateur ni papiers sur lui quand on l'a trouvé.

– T'en es certain ?

– J'ai eu ces infos via la gendarmerie.

– Écoute-moi bien, mec.

– Je ne fais que ça.

– Si j'apprends que tu t'es barré avec le fric, tu ne l'emporteras pas au paradis.

– Je n'en ai rien à faire de ces bitcoins, Meyer. Parole d'honneur.

Cette fois, il ne mentait pas. Quand il avait fouillé la cabane à la recherche de l'ordinateur après la mort de Karmia, c'était pour tenter de trouver la piste de Nico. Rien d'autre.

– Bon. Qui a tué Karmia ?

– Un braconnier à moitié fou. Avec son fusil.

– Ah ! Il a peut-être les bitcoins, ce mec.

Le père Ferdinand n'avait ni sac ni besace. Schrödinger accéléra un peu le temps.

– Non, il n'avait rien sur lui. Et les gendarmes ont fouillé sa cabane.

– Quelle cabane ?

– C'est là qu'il a essayé de soigner Karmia, blessé au ventre. Mais la septicémie a gagné la bataille.

– Qu'est-ce que Karmia foutait là ?

– Personne ne le sait. Et toi, tu es où ?

– Chez moi, à Besançon, pourquoi ?

Meyer avait répondu trop vite. Il mentait. Il n'y avait pas de logements et donc pas d'enfants dans le coin pourri où il végétait. Et la chance de voir y circuler une ambulance était infime.

– Tu n'es pas à Besançon.

– Bon, d'accord, je suis à Asnières. Rufus et moi, on pionce dans le parc en face de la maison de retraite.

– Pour quoi faire ?

– Depuis qu'on s'est vus, j'ai visité la vieille tous les jours, OK ? Et je l'ai questionnée en me disant que, s'il restait quelque chose dans sa mémoire en miettes, je le récolterai. La Bougresse, c'était le seul lien qui nous reliait à Karmia. Et on ne peut pas dire que tu m'aies fait crouler sous les infos. Bon, qu'est-ce qu'on fait ?

Schrödinger réfléchit. Le vent continuait de mugir.

– C'est peut-être Nico qui a embarqué les bitcoins. Creusons-nous pour la retrouver.

– Quoi, elle était sur place ? Avec son père ?

Schrödinger lui parla de la dernière vidéo de Nico, alias Miss Saka Moto, tournée dans la forêt domaniale où était mort Karmia.

– Au cas où tu ne connaîtrais pas l'origine de son pseudo, sache qu'il s'inspire du nom du créateur du bitcoin.

– Ah, ça, c'est intéressant, mec.

– Je ne te le fais pas dire, Meyer.

– Au fait, maintenant que le père est mort, pourquoi est-ce que la fille t'intéresse ?

– Parce qu'il se peut que Karmia lui ait ordonné de tuer le commandant Varmeau. Partout où j'ai mis les pieds, j'ai senti sa présence comme une ombre…

– Une ombre dangereuse.

– C'est ça.

24

Solitudes

Nico était garée près d'un parc étroit, tout en longueur, non loin de l'immeuble où l'avait menée le traqueur. Les têtes noires des arbres formaient une mer de colère. Elle avait pleuré comme une fontaine. Impossible de s'arrêter, impossible d'être forte. Mais il n'y avait plus de larmes à présent. Juste un chagrin compact, deux pierres de lave qui lui comprimaient les tempes.

Elle observait le boulevard Pereire à travers le pare-brise. Ce serait un monde sans lui, il fallait l'accepter. La Mort l'avait toujours cajolée. Elle était la maîtresse avec qui il avait rêvé de finir ses jours. Il était allé à sa rencontre. Il n'avait sans doute jamais souhaité monter à bord d'un voilier pour aller au Brésil. C'était Laurence qu'il voulait, et c'était elle dont la Mort avait pris l'apparence.

Laurence Schneider. C'était elle qui détenait l'ordinateur aux bitcoins. Elle qui se trouvait dans un appartement de cet immeuble. Il n'y avait pas d'autre explication.

Elle semblait pourtant une eau calme. Il n'aurait jamais fallu s'y fier. Papa s'était noyé dans ses yeux.

Nico ne savait pas quoi faire. Ce n'était pas la première fois que cela lui arrivait. C'était même fréquent quand son père n'était pas dans les parages. Mais elle avait toujours trouvé la voie. Elle la trouverait cette fois encore.

Laurence avait-elle rendez-vous avec quelqu'un pour échanger les bitcoins contre des billets ? Improbable. Elle était une audio-naturaliste installée à la campagne, pas une spécialiste de la monnaie numérique. Rencontrer des acheteurs ne s'improvisait pas. Il y avait forcément une autre solution.

Laurence avait dû se réfugier chez quelqu'un de confiance.

Elle surfa sur le Net à la recherche de son nom de jeune fille. Galin.

Elle sortit de voiture, remonta le boulevard et attendit qu'un résident de l'immeuble en sorte. Après un certain temps, le hall s'illumina. Un jeune homme lui retint le portail avec un sourire.

Sur les boîtes aux lettres, elle trouva ce qu'elle cherchait : *A. Galin*. Troisième étage gauche.

C'était bien Laurence qui avait les bitcoins.

Et c'est sans doute toi qui as tué papa.

Si cette femme avait eu la conscience tranquille, elle serait allée chez les gendarmes d'Erickstroff. Pour leur dire qu'elle avait été séquestrée dans sa ferme par Charles Karmia et sa fille. Et leur signaler la présence de l'otage. Or elle ne l'avait pas fait. Elle avait pris la fuite avec les bitcoins. Ce n'était pas le comportement d'une victime. Plutôt celui de quelqu'un qui a son propre agenda.

Les bitcoins ne fondraient pas dans la nuit. Le traqueur veillait. Nico partit attendre dans la voiture. Elle serait à pied d'œuvre pour le réveil de Laurence Galin-Schneider.

*

* *

Laurence s'observait dans le miroir. Coupés et teints par ses soins, ses cheveux apparaissaient blond scandinave et ébouriffés. Elle avait à peu près l'allure qu'elle avait sept ans auparavant. Quand elle était chef op, vivait avec Karmia et n'avait pas encore rencontré Yannick.

Elle était redevenue la copie conforme de la photo de son passeport, valable encore un an. Une chance inouïe. Le patronyme était son nom de jeune fille. L'adresse, celle du studio du 9e arrondissement où elle avait vécu plusieurs années.

Elle venait d'acheter un billet en ligne avec la Carte Bleue de sa mère, après lui avoir annoncé son intention de rejoindre Yannick aux États-Unis. Elle avait une chance de quitter le pays sans se faire remarquer. Il y avait un parfum de non-retour, sa mère le savait, qui avait écouté les infos en boucle en s'angoissant au fil des heures. C'était triste de devoir lui imposer ça. Comme avec son mari, elle avait évité de révéler que Karmia l'avait violée.

– Laurence !

Elle alla retrouver sa mère. Le téléviseur était allumé. Des gendarmes, des chiens, la forêt. En médaillon, le visage de Charles.

– On l'a retrouvé mort.

C'était confirmé. Elle se sentit soulagée tandis qu'une partie d'elle encaissait de plein fouet cette mort annoncée. Un pan de sa vie était définitivement derrière elle.

– Contacte la police, voyons ! C'est la seule chose à faire. Sois raisonnable, conjura sa mère, abîmée par l'inquiétude.

Laurence serra ses mains dans les siennes. À peine l'avait-elle rassurée en débarquant chez elle que déjà elle l'abandonnait. Elle choisirait toujours Yannick. Quoi qu'il arrive.

– Tu m'écoutes ? insista sa mère. Tu n'as rien à te reprocher. Hein, c'est bien ça ? Tu n'as rien fait de mal, la mort de ce type…

– Rassure-toi, ce n'est pas moi, maman. Je te le jure. Sur la tête de Yannick.

La télé ressassait encore la vie du « boss du gang des Chirurgiens », du « caïd qui s'était brûlé les ailes ». Elle n'en pouvait plus de voir ça. Ce visage qu'il avait quand la vie lui souriait. Tout ce gâchis, cette douleur qu'il semait autour de lui. Elle agrippa la télécommande et éteignit.

– Mais, cet argent, tu le voles… On ne t'a pas élevée comme ça.

– C'est trop tard, maman. Cet argent, je l'ai pris. Alors il faut que je m'en aille au plus vite. Sinon ils me retrouveront. Et rien ne prouve qu'ils se contenteront de récupérer la fortune de leur chef et de s'en aller gentiment.

Sa mère fit ses grands yeux de hibou. Autour d'elle, il n'y avait plus que le bruit du réveil, le ronronnement du réfrigérateur et la vie chuintante des conduites de l'immeuble.

*

* *

Mardi 20 mars

Nico s'était réveillée à l'aube. Son père lui manquait. Impossible de téléphoner au Daron pour qu'il la console. Les portables, il trouvait ça trop dangereux.

Adèle n'était pas partie. Elle squattait son esprit avec son petit sourire, sa tête pâle. Sa terrifiante gentillesse. Elle jouait des coudes pour rappeler que ce qui lui était arrivé était injuste.

Et il y avait maman. Ce que Nico éprouvait pour elle. Ça, c'était toujours là. Et c'était rouge comme le piment.

Et il y avait Laurence. Qui faisait ce qu'elle n'aurait pas dû faire et révélait une force qu'elle n'aurait pas dû avoir.

Elle pensa que son cerveau était un immeuble très habité.

Son père était mort dans les bois.

Personne n'avait été là pour lui dire au revoir comme il aurait fallu. La famille gitane dirait que ce n'était vraiment pas bien. Qu'il fallait montrer notre amour et notre fidélité aux morts. Qui son père aurait-il voulu avoir près de lui avant de mourir ? Nico. *Oui, seulement moi.*

Elle pensa soudain à quelqu'un qu'elle avait souvent tenté d'imaginer. Quelqu'un qui avait fait de papa ce qu'il avait été. Un homme perdu d'avance.

Grand-mère.

Il la détestait tant qu'il interdisait tout rapprochement. Quand il en parlait, c'était comme des coups de tonnerre dans les égouts. Ça éclairait des mochetés et des animaux puants. Il l'appelait la Bougresse.

Mais même si c'était une bougresse, elle avait le droit de savoir. *Papa était son seul fils. Et je suis sa seule petite-fille.*

Oui, le Daron dirait que c'était son droit de savoir. Et que c'était du devoir de Nico de le lui apprendre. La famille, les liens du sang, c'était sacré.

Elle abaissa sa vitre, tendit le bras pour tester la fraîcheur de l'air et resta tranquille dans le soleil pâle qui caressait le siège conducteur. Personne n'émergeait des immeubles. La ville dormait encore.

Nico savait où la trouver. À Asnières, dans une luxueuse maison de retraite médicalisée. « Où elle s'emmerde comme un rat mort », disait-il en rigolant.

Elle surfa sur le Net. Asnières se trouvait de l'autre côté du long parc étroit et au-delà du boulevard périphérique. À cette heure, le trafic était fluide. Elle serait à destination en quelques minutes. Quand le hasard faisait si bien les choses, il aurait été indécent d'hésiter.

Elle redémarra.

*

* *

Son père n'avait pas mégoté. Nico pianota sur son smartphone et trouva les commentaires postés par des personnes dont les parents séjournaient dans la maison de retraite. Un certain G. Zalestro évoquait « un très bon ressenti humain lors de contacts avec un personnel dévoué ». Il ajoutait que « père était en d'excellentes mains ». Elle alla chercher son sac dans le coffre et remonta en voiture pour se changer. Quand elle en redescendit, elle avait l'air d'une future maman. Une vision qui serait rassurante. Cheveux en queue-de-cheval, chemisier de grossesse très convenable, sobre tailleur-pantalon beige. Elle tapota son faux ventre en caoutchouc et traversa la rue.

Des aboiements sourds la firent se retourner. Un beau berger allemand était attaché à un panneau de signalisation, non loin d'un side-car, et n'avait pas l'air d'apprécier. Elle lui fit un petit signe de la main et poursuivit son chemin.

À l'accueil elle demanda à voir M. Zalestro en précisant qu'elle était une amie de la famille. La standardiste avait forcément entendu parler des derniers événements. La France entière parlait de son père et de son évasion qui avait mal tourné. Ici, tout le monde devait savoir que la mère de Charles Karmia faisait partie des pensionnaires et certains journalistes avaient dû tenter leur chance pour interviewer la mère de l'ennemi public numéro un, mais la vision d'une jeune femme enceinte et souriante la détendit. Elle sourit en retour.

On la mena à la chambre du vieux pensionnaire.

– Je laisse la porte entrouverte. Les malades Alzheimer peuvent être violents. Appelez si vous avez un souci.

Nico entra, s'avança vers le vieil homme occupé à scruter le parc. Il se tourna vers elle, déplia un sourire confus et entama une conversation sans queue ni tête. Elle l'écouta sans l'interrompre, puis se pencha vers lui et déposa un baiser sur sa joue. Le vieil homme lui sourit. Elle lui fit un petit signe de la main et sortit de la chambre.

Sur son smartphone, le traqueur indiquait toujours la position de Laurence boulevard Pereire.

Dans le couloir, une femme en blouse beige et un petit homme maigre dans un costume noir trop grand pour lui échangeaient des amabilités. En voyant Nico, l'homme marqua un temps d'arrêt, puis reprit sa conversation. Elle alla patienter dans les toilettes. Quand elle ressortit, le couloir était désert.

La fille de Karmia trouva vite la chambre, elle eut un choc en la voyant. Cette limace ratatinée dans un fauteuil roulant avec de gros chaussons à carreaux ridicules aux pieds, c'était sa grand-mère. Le monstre dont son père parlait avec la bouche tordue par le ressentiment.

Une télé à écran plat fixée au mur ronronnait. On y voyait des gendarmes. Et la tête de papa. Mais Mamy Karmia regardait l'écran sans le voir, bouche entrouverte, hébétée.

Elle referma doucement la porte derrière elle, tira une chaise à elle et s'entreposa entre la télé et la Bougresse.

– C'est moi, Nico. Ta petite-fille.

Aucune réaction. Sa petite-fille tendit la main vers les siennes. De vieilles pattes aux grosses veines violacées et aux doigts tordus comme des pieds de vigne.

J'aurai peut-être les mêmes plus tard.

Quand leurs doigts s'effleurèrent, elle eut un geste brusque comme si un frelon asiatique venait de l'attaquer. Ses yeux s'écarquillèrent.

– Saleté ! Me touche pas, t'es qui ?!

– Nico. La fille de ton fils. Tu veux me voir depuis toujours. Eh bien, je suis là.

Mamy Karmia plaqua ses mains de sorcière sur sa face et se frotta la peau avec une force étrange. Pendant une seconde, elle crut qu'elle allait se réduire le visage en charpie. Mais non, la vieille dame écarta les doigts devant ses yeux. Et pencha la tête sur le côté.

– Je veux te voir ? Tu t'appelles comment ?

– Je te l'ai déjà dit. Creuse-toi un peu !

Ses mains retombèrent sur ses cuisses. Elle tenait d'elle ses méplats bien dessinés et l'arête de son nez.

– Nico, c'est toi ?

Il y avait quelque chose qui ressemblait à de l'affection dans sa voix. Ou c'était le cri de la solitude. On pouvait dire d'elle qu'elle était aussi esseulée qu'une abeille survivante au glyphosate. Papa avait ce qu'il voulait.

Nico entendit la voix du Daron. *La famille, c'est tout ce qu'on a, Nico, tu sais.* Elle avança de nouveau sa main. Cette fois, sa grand-mère se laissa faire.

25

L'Élue

Nage-t-elle depuis longtemps ? En tout cas, la côte est lointaine, ce n'est plus qu'une barre colorée. Elle tourne sur elle-même, repère un voilier.

Sur le pont, une femme est tournée vers le large, main au front pour se protéger des rayons du soleil. Elle s'approche du bord, et plonge. Un homme apparaît. Celui qui a refusé de ressusciter afin de rester avec cette femme. C'est un élu.

Comme moi.

Elle nage jusqu'à l'échelle et se hisse à bord. L'homme se retourne, surpris.

– Je m'appelle Doris. Et vous ?

– Que faites-vous là ?

Ils peuvent se comprendre. Elle en avait eu l'intuition.

– Je cherche la sortie, figurez-vous.

Il la regarde, interloqué.

– Rex me dit que si je découvre qui je suis je pourrai partir d'ici. Ce choix, il vous l'a donné et vous avez refusé. J'ai pensé que grâce à votre expérience vous pourriez m'aider.

– Et pourquoi le ferais-je ?

– Et pourquoi pas ?

– Je ne vois pas comment vous être utile. Désolé.

– Ne me prenez pas pour une idiote. Vous comprenez tout ce que je vous raconte. Or, à part Rex, sur cette île de cinglés, personne ne le peut. J'ai l'intuition que vous savez quelque chose sur moi qui peut me permettre de me découvrir et de foutre le camp enfin.

Un mouvement dans son dos.

La femme est là. Très belle dans son bikini ruisselant. Ses cheveux mouillés forment une bande noire qui lui descend jusqu'à la taille. Effrayée, puis mécontente, elle s'adresse à son compagnon. Doris ne comprend rien de ce qu'elle raconte. Et l'homme lui répond dans la langue de Rezurexia.

– On vous ramène, dit-il en prenant le gouvernail.

Le moteur ronronne. La femme descend dans la cabine. Sa gestuelle témoigne de son énervement. Doris s'approche de l'homme.

– Elle n'a pas bon caractère, dites-moi.

Il ne répond pas et se contente de fixer la côte. La jetée se rapproche.

– Je ne vais pas vous supplier, tout de même. Si ? C'est ça que vous voulez ?

Ils sont déjà arrivés. La femme remonte sur le pont et, sans un regard pour Doris, saute gracieusement sur la jetée. Elle commence à amarrer le voilier à une bitte en fer. Ses gestes sont sûrs.

Doris saute à son tour sur la jetée et marche vers la plage.

Ses habits forment un tas jaune. Le manche du couteau y crée une diagonale bien nette.

Une méduse s'est échouée à proximité. Elle pourrait s'en emparer et la frotter sur le visage de la femme, jusqu'à ce que l'homme cède à sa demande. Elle se penche, applique un bout de tentacule sur son avant-bras. Rien ne se passe. Aucune pustule n'apparaît. Elle la rejette à la mer.

Elle se rhabille.

Le bateau est toujours amarré, mais le pont est vide. Parfait. Elle attend. Bientôt, elle voit le couple émerger de la cabine, lui en costume de lin blanc, elle en grand chapeau à large bord et robe jaune sans manches.

Ils se dirigent vers la terrasse. L'orchestre joue une valse. Ils s'attablent et un serveur arrive immédiatement.

Doris se lève, glisse son couteau dans sa poche et marche vers le café.

26

Une question d'honneur

Laurence descendit du taxi et entra dans le hall des départs. Elle n'avait qu'un sac léger contenant quelques vieux vêtements récupérés dans l'appartement familial. L'ordinateur aux précieux bitcoins était dans un sac à dos avec ses papiers et son argent. Une fois aux États-Unis, il faudrait trouver un hacker prêt à monnayer ses services pour craquer le code d'accès.

Elle alla changer les cinq cents euros que lui avait donnés sa mère. Pas question d'utiliser sa Carte Bleue. Son avion devait décoller pour San Francisco dans deux heures. Elle alla à la borne et glissa son passeport sous le lecteur. Sa carte d'embarquement fut rapidement imprimée.

Elle allait s'acheter un parfum. Pour plaire à Yannick. Elle était si impatiente de le retrouver que c'en était douloureux. Elle chercha la boutique des cosmétiques.

*

* *

- Qu'est-ce que tu fous là ?

Schrödinger lâcha la main de Séverine. Son mari venait d'entrer dans la chambre et fonçait sur lui, le visage déformé par la colère. Il n'aurait pas dû être là. Il était censé ne plus venir, puisqu'il avait cessé de croire qu'elle s'en sortirait. Ce sagouin n'avait même pas pris le temps d'enfiler la combinaison en polypropylène.

Il agrippa Schrödinger par le col, le plaqua contre le mur. Son adversaire le dominait d'une tête, et aurait pu aisément le maîtriser, mais se laissa faire. Il n'avait pas envie de se battre dans cette chambre. Et n'avait rien à prouver à ce type.

– Je te l'ai déjà dit. Tu n'as rien à foutre ici, Schrödinger. Barre-toi !

– On se tutoie maintenant ?

– Ne me cherche pas. Barre-toi, c'est tout !

– Qu'est-ce que ça peut vous faire que je sois là ou pas ? Vous, vous l'avez abandonnée.

– Ça te va bien de donner des leçons de morale.

– Qu'est-ce qui se passe ?

Le brigadier qui gardait Séverine venait d'intervenir. Il stationnait dans l'embrasure.

– Il se passe que ce con n'a rien à faire dans la chambre de ma femme. C'est tout.

– Bon, calmez-vous. Il va s'en aller. Il ne pensait pas à mal.

Il va s'en aller. Schrödinger sentit ses nerfs le trahir.

– Je n'irai nulle part. Je suis le seul à lui parler, à m'occuper d'elle. Vous êtes peut-être administrativement son mari, mais ça s'arrête là.

L'autre le relâcha, recula, et prit quelques secondes pour retrouver son souffle.

– T'as toujours rien compris, hein ? Elle ne t'entend plus. C'est fini. Elle respire toujours, mais elle est partie. Tu comprends ça ? Partie, envolée. Mort cérébrale.

Le sagouin tremblait de rage. Le brigadier avait pâli, son regard ne s'arrêtait nulle part. Schrödinger sentit son sang fondre jusque dans ses pieds. Un vertige. Le monstre était revenu, il voulait l'engloutir.

Il se tourna vers Séverine. *Ton beau visage. Ton beau visage, mon amour.*

Ce type mentait. Ils mentaient tous.

Les murs tanguaient, il se propulsa vers la sortie.

*

* *

Laurence entendit le murmure d'un spray dans son dos et se retourna dans un nuage capiteux. Une jeune femme un peu plus grande qu'elle, très mince dans un tailleur-pantalon noir, lui faisait face, un flacon en main. D'énormes lunettes de soleil carrées barraient son regard, ses cheveux étaient dissimulés sous un foulard. Une vendeuse qui essayait de faire monter son chiffre d'affaires ?

– Celui-là vous irait très bien, dit-elle. Il embaume comme la forêt.

Laurence reconnut sa voix aux intonations enfantines. Nico. Droite comme la justice, pas plus d'expression qu'une mante religieuse. Son attitude n'était plus celle d'une gamine innocente, victime de son père.

La peur lui mordit la nuque. À l'endroit précis où Nico venait de la parfumer.

Comment avait-elle pu la retrouver ?

La fille de Karmia commença à la filmer avec un smartphone. Laurence recula contre les rangées de flacons.

– Vous allez me rendre ce que vous me devez. Sinon vous vous retrouverez sur YouTube. Et à l'aéroport où vous comptez atterrir la police sera votre comité d'accueil. Je vous ai déjà filmée en train de récupérer votre carte d'embarquement. Où allez-vous, au fait ? Racontez ça à mes followers !

Rempochant son téléphone, elle attendit.

Elles se dévisagèrent. Laurence finit par lui tendre son sac à dos. Nico le fouilla, en sortit l'ordinateur et le posa sur un présentoir avant de l'ouvrir. Elle commença à pianoter. Évidemment, elle connaissait le code. Son père avait eu beau lui parler comme à une demeurée, il lui faisait confiance. Elle avait été sa comptable. Et sans doute plus que ça.

Laurence avala sa salive. Elle venait de comprendre : la femme qui faisait partie du commando ayant libéré Karmia ne pouvait être que Nico.

Elle hésita. Pouvait-elle alerter la police ? Elle se retrouverait sous le feu des questions. Difficile d'expliquer sa présence à Charles-de-Gaulle avec un billet pour Denver avec une escale à San Francisco.

Nico referma l'ordinateur et le fourra dans son propre sac à dos noir. Elle poursuivit l'inspection des affaires de Laurence, étudia son passeport et sa carte d'embarquement. Les documents rejoignirent l'ordinateur. Ses gestes étaient fluides et précis. Laurence pensa qu'elle avait peut-être ses chances. Et si Nico, mettant la mort de son père dans la rubrique pertes et profits, n'en avait qu'après l'argent ? Elle n'aurait alors aucun intérêt à ameuter les médias et par extension la police. D'autant que Karmia avait réussi à cacher son existence. Nico, la clandestine.

Avec une vivacité surprenante, elle agrippa Laurence et se serra contre elle. Laurence sentit le souffle chaud de son haleine contre son oreille.

– Maman, je suis tellement contente qu'on voyage ensemble ! lâcha-t-elle d'un ton joyeux. (Puis, à voix basse :) C'est vous qui avez tué mon père ?

Un calme arctique. Elle n'en avait pas seulement après les bitcoins.

– Non. Et ce n'était pas ma carabine.

– Vrai, puisque c'est moi qui avais réquisitionné la seule arme de la ferme. Bon, continuez. Qui a tiré, si ce n'est pas vous ?

– Le père Ferdinand, un braconnier.

– Et pourquoi donc ?

– Il a voulu me défendre, je suppose. Votre père me menaçait avec son arme.

Nico se tut un instant. Elle ne semblait pas en rage. Seulement intriguée. C'était trop beau pour être vrai.

– Alors comme ça, ce vieux fou qui a avalé sa langue serait arrivé à votre secours ?

– Vous le connaissez ? osa Laurence.

– Je l'ai croisé en forêt. (Elle eut un sourire angélique.) Je l'ai filmé. Et présenté à mes followers. Ce type a l'air…

Sa phrase demeura en suspens. Ses yeux, d'une lueur inquiétante, parlèrent à sa place. Laurence sentit son cœur rapetisser. Elle n'aurait jamais dû prendre ces foutus bitcoins. Elle aurait dû se mettre sous la protection de la gendarmerie et attendre le retour de Yannick. *Ce type a l'air de quoi ? Finis ta phrase par pitié !*

– … d'un vieux inoffensif. Donc, j'ai du mal à vous croire.

Laurence se ressaisit. Cette paumée ne devait pas l'inquiéter. Elle pouvait balancer n'importe quelle vidéo sur le Net, aucune importance. *Il suffirait que je m'explique avec les enquêteurs.* L'invasion de domicile, l'incendie, le viol, tout cela était bel et bien arrivé. Ça justifiait certains égarements. Et des bitcoins dans un ordinateur n'avaient rien à voir avec des billets dans une valise. Rien ne prouvait qu'elle était au courant de leur existence.

– Ça suffit, je vais à la police, dit-elle. Les médias ne parlent pas de vous, ça va changer. Et ici, vous ne pouvez rien contre moi. Il y a des caméras partout.

Elle avait haussé le ton. Deux vendeuses les observaient. Nico reprit sa voix joyeuse.

– Vous l'ignorez sûrement malgré votre passé commun, mais mon père aimait régler lui-même ses différends. (Les vendeuses se désintéressèrent de leur duo.) Il y a quelques jours, papa a abattu l'indicateur qui l'avait donné. Sous mes yeux. Moi, je suis d'une génération différente. Je peux déléguer sans que ça me pose problème. Pour dix mille dollars, je mets un contrat sur votre mari. Yannick Schneider est bien dans le Montana, n'est-ce pas ? Pour un reportage photographique, c'est bien ça ?

Comment savait-elle ?

– Votre billet indique que vous allez le rejoindre. En quelques coups de fil, et pour un seul bitcoin, je lance les chiens de l'Enfer sur lui. Ils feront ça vite et bien, on ne retrouvera pas son corps. Tout s'ubérise de nos jours. Même la mort.

– C'est mon mari ou moi, c'est ça ? réussit à articuler Laurence.

– On va d'abord s'expliquer vous et moi. J'aime comprendre, vous voyez ?

La fille de Karmia ne plaisantait pas. Elle avait l'information, les moyens… et la méthode. Quand elle lui fit signe d'avancer vers la sortie, Laurence obéit.

*

* *

Schrödinger avait vomi dans les toilettes et failli se trouver mal. Encore de longues minutes pour remonter le labyrinthe des couloirs de l'hôpital sous le regard effrayé des inconnus sans visage qu'il croisait, et il fut dehors. Le bruit du trafic, les odeurs de la ville, les passants devenus des ombres furtives.

Ton beau visage, mon amour. Son cœur voulait lui défoncer la poitrine. Sa gorge et son œsophage étaient douloureux. S'affalant sur un banc public, il enfouit sa tête entre ses mains.

Son portable frémit dans sa poche. Il portait encore cette stupide combinaison anti-germes. Il s'en débarrassa.

Deux appels en absence et un message sur sa boîte vocale. Meyer.

« Putain, mais t'es court-circuité, mec ! Tu réponds même plus au téléphone. J'étais à Asnières pour la mère Karmia quand Nico a débarqué. Je l'ai suivie. Elle est à Charles-de-Gaulle. Elle s'en est prise à une blonde, entre trente-cinq et quarante ans. Cette femme flippait gravement. Je ne veux pas avoir sa mort sur la conscience. À toi d'appeler les keufs. Ou pas. Tu choisis. Elles sont dans une Mercedes noire. Au niveau -1 du parking… »

Et il communiquait le numéro d'immatriculation.

Le message était arrivé deux minutes auparavant. La blonde terrorisée ne pouvait être que Laurence Schneider dont on était sans nouvelles. Les Karmia avaient déjà fait une victime en la personne d'Adèle Bouchard. Pas question que ça recommence. Vite, il fallait joindre le poste de police de l'aéroport.

*

* *

À travers les vitres teintées de la Mercedes, elle surveillait aisément les allées et venues dans le parking. En revanche, personne ne pouvait les voir.

Laurence s'était assise derrière le volant ; elle la braquait avec le Sig Sauer équipé d'un silencieux. Celui avec lequel elle avait mis en joue le pilote de l'hélico. Aujourd'hui, elle n'avait pas de PCP dans les veines, pourtant elle tenait bon, sa main restait ferme. C'était le moment de vérité et le Daron, en esprit, était lui aussi présent dans la voiture. *La famille, ça se défend, Nico. Ne laisse jamais les autres s'en prendre aux tiens.* La voix de l'expérience.

– Mon père est mort sur le coup ?

– Je ne sais pas.

– Aucune chance que je me contente de ça.

Alors Laurence expliqua qu'il avait voulu la terroriser en prétendant qu'il allait l'abattre. Sa balle était passée à quelques centimètres de sa tête. Ferdinand avait déboulé de nulle part et tiré sans sommation. Dans sa frayeur, elle avait chuté et heurté un rocher avant de s'évanouir. À son réveil, Charles était mort. Et le braconnier veillait, fusil en mains.

– Vous étiez en cheville avec le braconnier ?

– Je vous jure que non. Je n'ai même jamais entendu le son de sa voix.

– Ah, ça veut donc dire que vous le connaissiez. De vue.

– Oui, admit Laurence. Il m'avait déjà tirée d'affaire dans le temps. Quand un chasseur m'avait menacée.

– Menacée ? Pourquoi ?

– Parce que j'empiétais sur son territoire avec mes micros. Je faisais fuir le gibier, d'après lui.

Trois personnes dont deux équipées de valises montaient dans une berline. Des pneus crissaient à un autre niveau du parking, des ronronnements de moteur à différentes distances. Rien à signaler.

– Je veux le nom de ce braconnier.

L'autre prit l'expression d'un petit animal capturé dans les phares d'un camion. Nico lui colla le canon de son arme contre la tempe. Le Daron se manifesta. *Eh oui, tu es une Karmia, Nico. La même rage que ton père dort dans ton ADN. N'aie pas peur, c'est beau les liens du sang.*

– On l'appelle le père Ferdinand, bredouilla Laurence. Il a perdu la tête à la mort de sa femme et de son enfant. C'est peut-être pour ça qu'il est venu à mon aide.

Fallait-il retourner là-bas pour éliminer ce vieux fou ? Car c'était clairement ce qu'il était. Dans la forêt, sa solitude et son inaptitude, elle les avait flairées. En fait, si l'on réfléchissait bien, c'était Laurence qui avait été fatale à papa. Il avait survécu à la Bougresse, et n'avait pas assez aimé maman pour que son départ le blesse vraiment. S'il était mort, c'était à cause de Laurence. Une femme dont il avait cru avoir besoin parce qu'il la jugeait différente des autres. Maman aimait beaucoup l'argent, et la Bougresse beaucoup l'alcool et son nombril. Et papa pensait que Laurence était comme la forêt. Fraîche et pure.

Il n'aurait jamais imaginé qu'elle s'enfuirait avec ses bitcoins après l'avoir abandonné comme une charogne dans les bois.

Qu'en pensait le Daron ? *Il y a des dettes qu'il faut faire payer. Une question d'honneur.* Sa main commençait à s'ankyloser. Elle imagina la trajectoire de la balle traversant le front de Laurence. Là, entre ses beaux yeux clairs.

Adèle était morte pour rien. Laurence, c'était une autre affaire.

Laurence qui se savait coupable et qui puait la peur. Une odeur acide. La même que celle qui suintait du corps de l'indicateur dans la grange. Avant que papa l'abatte.

– Il m'a violée, Nico.

Quoi ? Elle avait mal entendu. Son ouïe abîmée par les tirs de kalach lui jouait un sale tour. Ou bien Laurence mentait. Sans vergogne. Son père était dur, un peu cinglé, mais il n'était pas un salaud.

La colère lui embrasait le haut du crâne. Elle resserra sa main sur la crosse du Sig Sauer.

– Vous mentez. Pour sauver votre peau. C'est ça votre nature. Vous mentez à tout le monde…

– Je te jure que non.

– Je ne vous permets pas de me tutoyer !

Est-ce que papa n'avait pas raison, finalement ? Les gens lui avaient manqué de respect. Toute sa vie. Et ça continuait. Une balle dans la tête de cette femme et tout serait nettoyé. Blotti dans l'ombre, le Daron articula : *Ce sera ton rite de passage*. Un ruisseau de transpiration agaçait son épine dorsale, sa paume était moite sur la crosse, son rythme cardiaque s'était accéléré. *Vas-y, Nico, abats cette connasse qui ment comme elle respire.* Papa et son cousin gitan parlaient d'une même voix…

Un mouvement dans le rétroviseur. Infime, mais qui déclencha l'alerte dans son cerveau.

Vite, foutre le camp d'ici.

– Démarre ! hurla-t-elle en collant son arme contre le flanc de Laurence. Fonce vers la sortie !

Laurence bifurqua sur l'allée, accéléra. Trois flics dans le rétroviseur. Armés.

La rampe de sortie à une dizaine de mètres. Un flic déboula sur la droite. Arme au bout de ses bras tendus. Il hurlait un ordre, visait les pneus. Laurence écrasa la pédale de frein. Nico fit coulisser sa vitre, visa et tira. Le flic fit un bond et se mit à l'abri. Nico braqua Laurence.

– Roule !

La voiture s'engouffra dans la rampe. La carrosserie couina contre la muraille.

Le poste de sortie. Une machine automatique, une barrière.

– Ne ralentis pas !

La barrière céda. Mais Laurence pila immédiatement. Une colonne de voitures bouchait la circulation. Nico se propulsa hors de la Mercedes et remonta le haut de la file en courant. Un feu au rouge. Avec son arme, elle cogna la vitre de la première voiture. Un trentenaire à barbiche la regarda, stupéfait. « Descends ou je te bute ! » hurla-t-elle. Il obéit, partit à reculons et mains en l'air. Elle monta à bord, le feu passa au vert, elle s'engouffra dans le trafic.

Elle avait un peu de temps devant elle. Avant que quelqu'un donne l'alerte, elle pouvait atteindre la station de RER et se noyer dans la foule.

27

L'Élue

Ils ont siroté leurs cocktails, puis ils se lèvent et se mettent à danser. Elle s'approche. Son corps est décontracté. Sa main serre son couteau.

Les musiciens jouent en souriant. Ce sont toujours les mêmes. Ils tiennent la scène depuis des heures et des heures. Et peut-être même depuis l'éternité. L'Inuit est seul au fond de la salle et fixe le vide.

Rex n'est pas dans les parages. La fille aux grosses nattes le remplace.

Rien ne change. Même le soleil a la même place au milieu du ciel.

Elle s'avance sur la piste.

Le couple danse les yeux dans les yeux et ne lui prêtent aucune attention.

Doris d'un seul mouvement coulé plaque la pointe de son couteau entre les reins de la femme qui se raidit et pousse un petit cri. L'homme écarquille les yeux. Ils s'immobilisent.

Personne ne réagit. Les musiciens jouent. Les admirateurs admirent. Les écrivains pérorent. Les autres danseurs continuent dans la joie. Rex lui a donné son autorisation. Permis de tuer. D'ailleurs, il a été explicite.

Utiliser ce couteau sur moi n'est pas envisageable. Parce que je ne suis pas la cible. Mais l'idée est bonne. Vous êtes sur la voie.

– Je vous en supplie, ne lui faites pas de mal, dit l'homme.

– Si vous ne m'aidez pas, je la tue.

– Non, par pitié. Vous ne pouvez pas faire ça. Laissez-nous !

– On se connaît, n'est-ce pas ? (Il la regarde, interloqué.) Dans la vraie vie. Vous et moi ? (Il hoche la tête.)

– Dites-moi simplement qui je suis. Pour que je puisse partir d'ici.

– Vous êtes quelqu'un que j'aurais pu aimer.

– Oui, c'est pas mal, mais encore ?

– Je ne peux pas vous révéler qui vous êtes. Sinon…

– Sinon quoi ?

– Sinon vous prendrez la place de mon épouse. Et elle disparaîtra pour toujours.

– C'est elle ou moi, c'est ça ?

– En quelque sorte. Disons que, si je vous fais des révélations, je serai chassé d'ici.

– Non, attendez, ne soyez pas aussi confus que Rex. Cela commence à bien faire toutes ces mignardises. Je veux des précisions.

– Je ne veux pas la perdre. Ce n'est pas plus compliqué.

Son visage exprime un parfait désespoir. Plus elle le regarde, plus ses traits lui semblent familiers.

– Si je comprends bien, dit-elle, vous pouvez me dire qui je suis. C'est mon passeport pour le retour à la vie. Mais du coup, vous perdez votre épouse. Parce que vous êtes obligé de repartir avec moi. Dans la vraie vie.

– Oui, je suis banni de Rezurexia. C'est ça. Et vous imaginez bien que ce n'est pas possible.

Doris regarde autour d'elle. Il n'y a pas de justice à Rezurexia, pas de flic, personne pour vous empêcher de faire ce que vous voulez. Sauf Rex. C'est lui qui autorise ou interdit. Or il lui a fait comprendre qu'elle pouvait se servir de son couteau. Il l'a menée jusqu'à ce couple. Et rien dans ce monde ne semble s'opposer à ce qu'elle prenne la vie de cette femme pour recouvrer sa liberté. Rien.

Sauf les yeux de ce type qui sont le désespoir même. Il souffre. Il l'implore.

Qui est-il pour elle ?

Elle veut vivre, elle n'en a rien à faire de lui.

Elle appuie un peu sur son couteau. La pointe s'enfonce d'un demi-millimètre. La femme gémit. Une trace de sang s'est formée sur sa robe jaune. Elle s'étale.

L'homme a gardé sa position de danseur. Sa main dans celle de sa partenaire. Et l'autre sur sa taille. Juste à côté de la fleur de sang qui s'épanouit sur le jaune du vêtement.

Doris comprend que la loi de Rex l'oblige à ne pas intervenir.

Elle doit tuer cette femme pour que l'homme lui révèle son identité. C'est cela, la règle du jeu.

28

La ville merveilleuse

Mercredi 21 mars

Le skipper, yeux vifs, visage tanné par le vent et les souvenirs, la quarantaine bien avancée, était un grand ami du Daron. Il naviguait depuis des années avec sa compagne, une Espagnole tranquille, qui souriait facilement. La première fois que Nico les avait rencontrés, ils lui avaient d'emblée inspiré confiance. De toute façon, aucune personne saine d'esprit n'aurait voulu doubler le Daron. Et papa avait accepté de rémunérer le skipper avec générosité. Mais c'était plus qu'une question d'argent. Le skipper voulait vivre toute son existence sur la mer et avait choisi ses fidélités. La trahison ne faisait pas partie de son mode de vie.

La traversée avait été préparée de longue date. Nico et lui étaient partis naviguer et s'étaient vite apprivoisés. Elle avait aimé d'instinct la navigation et compris qu'il n'y avait qu'un maître à bord, le skipper, et que ses instructions étaient sacrées. Prendre son quart sans discuter, exécuter les manœuvres basiques vite et bien, participer à la préparation des repas, au nettoyage du bateau, rien de cela ne lui avait posé problème.

Le *Roi des alizés* ressemblait à un bel animal attendant son maître. C'était un trente-deux pieds de conception allemande. Un croiseur rapide, blanc, élégant et à deux cabines, sur lequel on était à l'étroit, mais Nico avait eu largement le temps de s'y préparer mentalement.

*
* *

Schrödinger venait de quitter les locaux de la BRI et marchait sans but le long de la Seine. Il avait passé un temps infini chez ses ex-collègues. Le successeur de Séverine avait exigé qu'il lui dise ce qu'il savait. C'était de bonne guerre, alors il l'avait fait. De toute façon, sans Séverine, plongée dans un coma dont elle ne reviendrait pas, plus rien n'avait d'importance. Schrödinger avait montré au commandant de la BRI les vidéos que la fille de Karmia balançait sur le Net, expliqué qu'elle était sans doute impliquée dans son évasion et dans la séquestration d'Adèle Bouchard. Un mandat d'arrêt avait été lancé sur tout le territoire.

Laurence Schneider était interrogée dans les locaux du quai des Orfèvres. Quand le commandant lui avait demandé pourquoi elle comptait quitter le territoire, elle lui avait servi une histoire qui ne tenait que vaguement la route. En gros, Karmia l'avait brutalisée. Ferdinand l'avait sauvée en abattant Karmia. Effrayée, traumatisée par l'incendie ayant ravagé sa ferme, elle était partie se réfugier chez sa mère, puis, craignant d'être poursuivie par Nico, elle avait décidé de rejoindre son mari aux États-Unis. Et Nico, persuadée qu'elle était responsable de la mort de son père, l'avait rattrapée à l'aéroport.

Il était clair que le commandant ne comprenait pas les motivations de cette fuite. Schrödinger non plus, elles ne l'intéressaient pas vraiment. Et, pour couper court aux questionnements sans fin, il avait évité de révéler qu'il avait assisté aux derniers moments de Karmia.

Nico n'était plus une menace pour Séverine. Si tant était qu'elle ne le fût jamais. Schrödinger comprenait qu'il avait rêvé tout éveillé. Il s'était agité en tous sens pour ne pas voir la réalité en face. Il s'était inventé un ennemi, Karmia. Puis une ennemie, Nico. Ils les avaient imaginés avides de s'en prendre à la vie de Séverine. En réalité, la seule et ultime ennemie était la balle de 9 mm qui avait transpercé son crâne il y avait un peu plus d'un an de cela et emporté sa conscience avec elle.

Les vibrations de son smartphone dispersèrent ses pensées.

– Allô ? T'as des nouvelles des bitcoins, mec ?

La voix reconnaissable entre mille. Schrödinger se retint de soupirer dans le micro.

– Non.

– Comment ça, non ? Ils sont forcément quelque part. C'était qui la blonde que menaçait Nico ?

Patiemment, Schrödinger lui fit un résumé des derniers événements ainsi que du rôle de Laurence Schneider.

– Cette femme était à l'aéroport, mec. Pourquoi, à ton avis ?

– Pour prendre un avion, répliqua Schrödinger en se massant la naissance du nez entre deux doigts.

– Un témoin dans une affaire d'homicide qui veut se barrer, ça veut dire quoi, à ton avis ?

– Je n'en sais rien.

– J'ai pensé qu'elle avait les bitcoins. Et que Nico lui collait au train pour la rattraper. C'est pour ça qu'elle s'était enfermée dans la bagnole avec elle. Pour lui faire cracher le morceau.

Ça ne manquait pas de logique. Mais ça n'intéressait pas Schrödinger.

– Oh, tu m'écoutes, mec ?

– Oui.

– Nico s'est tirée parce que les flics débarquaient. C'est allé vite. Du coup, les bitcoins, elle les a peut-être pas récupérés. Tes ex-collègues, ils l'interrogent, la blonde ?

– Bien sûr.

– Alors voilà ce que tu vas faire. Tu retournes les voir et tu essaies de savoir où est l'ordinateur. En douce. D'accord ?

– C'est fini, Meyer. Je ne veux plus me mêler de ça. Oublie. Et oublie-moi aussi.

– Ah, ne compte pas là-dessus. Tu crois pouvoir me doubler ? Tu rêves.

Schrödinger imagina le futur. Meyer l'appelant chaque jour. Comment se débarrasser de lui ? Eh bien, en lui disant la vérité. Il lui parla de Séverine. Et de la mort de ses espoirs. Et de son désintérêt complet pour les bitcoins et même pour son propre sort. Pour une fois, Meyer l'écouta sans l'interrompre.

– Écoute, je ne savais pas… Je suis désolé, mec. Vraiment.

À son ton, il était sincère.

– J'imagine qu'il ne me reste qu'une seule possibilité, reprit-il. Questionner cette audio-naturaliste quand les flics l'auront relâchée.

– C'est ton choix. Bon vent, Meyer.

*
* *

Quand Nico posa le pied sur le pont, une douleur acide lui brûla la base du plexus. Papa aurait dû être là avec elle, enivré par la puissance de la liberté.

Les haubans du *Roi des alizés* cliquetaient dans le vent du soir. Des conversations tranquilles dansaient au-dessus des autres bateaux et depuis les terrasses du petit port.

Elle avait réussi à se gommer. Ses cheveux cachés sous cette casquette délavée d'une équipe de baseball américaine, ses formes noyées dans un polo et un short trop larges, elle n'intéressait personne. Elle pouvait passer pour un matelot ou pour la fille du couple de navigateurs.

Il y avait de l'eau et des vivres pour deux mois. C'était ce qu'il fallait pour une traversée express en comptant large. Les conditions météo décideraient.

Elle alla déposer son sac dans la cabine qu'elle aurait dû partager avec son père. Elle s'assit sur la couchette et pensa que ce visage abîmé qu'elle aimait tant l'accompagnerait jusqu'à ce qu'elle devienne aussi gaga que la Bougresse. *Papa, d'où tu te trouves, souhaite-moi bonne chance, car il se peut que les choses ne tournent pas à mon avantage.*

Elle rangea ses affaires. Ce fut vite fait, elle voyageait léger. Quelques vêtements, une méthode pour réveiller son portugais et l'ordinateur abritant ses bitcoins. Elle alla saluer la femme du skipper qui rangeait des vivres dans la cambuse en fredonnant une chanson inconnue, puis remonta sur le pont. Elle s'avança vers la proue. Le ciel avalait le soleil. Ça y était. Le point de non-retour.

On partait pour la *Cidade maravilhosa*, la ville merveilleuse.

Elle agrippa son smartphone, caressa une dernière fois son petit écran noir et le jeta à l'eau. Miss Saka Moto venait de plonger dans les profondeurs et n'avait pas l'intention de refaire surface.

29

L'ombre versatile

Mercredi 30 mai

Schrödinger était au bar. La nuit avait été longue et il regardait Barbara siroter son déca. Il n'avait envie de rien. Même pas de rentrer se coucher. Il se faisait l'effet d'être un automate. Les nuits avec les people et les jours sans personne.

Il souriait à Adam, il souriait à Barbara, il faisait son job, mais il n'existait plus vraiment. Une part de lui était restée à l'hôpital, entre les draps blancs de Séverine. La scène avec le mari remontait à près de deux mois, mais elle ne quittait plus sa mémoire.

Mais ce n'était plus un cauchemar. C'était le souvenir d'une réalité qu'il avait enfin acceptée. Séverine ne reviendrait plus. Mort cérébrale. Oui, ça tenait à deux mots et rien de plus.

– Un déca, Schrö ?

– Non, merci, je vais me rentrer.

Barbara lui tapota l'avant-bras et lui sourit.

– Ça va avec tes ex-collègues ? Ils commencent à te lâcher un peu la grappe ?

– Oui, je leur ai raconté mon histoire en long, en large et en travers. Je crois qu'ils ont enfin compris que je n'avais plus rien en magasin.

– Une bonne nouvelle. Ce soir, c'est la soirée Hermès. Tu n'oublies pas ?

– Je n'oublie pas. Surtout que tu me l'as déjà rappelée trois fois, cette soirée.

Elle sourit. Ça lui faisait deux fossettes. C'était agréable à regarder.

– À ce soir, Schrö.

– À ce soir, patronne.

Il quitta le palace et alluma une cigarette avec son Zippo. L'air était doux. Ce serait bientôt l'été. Marchant vers le métro, il sentit un regard sur lui et releva la tête. Une femme mince et blonde, aux lunettes de soleil mangeant ses traits, passait sur l'avenue. Mais elle ne le regardait même pas. Ce n'était pas Nico. Et, d'ailleurs, elle semblait bien plus âgée.

La BRI ne réussissait pas à mettre la main sur la fille de Karmia. Elle était comme une anguille. Et elle pouvait se métamorphoser à volonté. Femme fatale, garçon manqué, future maman, spécialiste de l'évasion, adepte du maniement des armes, écologiste militante et peut-être bien millionnaire en bitcoins. Et, dans le fond, existait-elle vraiment ? Parfois, il avait l'impression qu'elle n'était qu'un personnage de songe, une ombre versatile. À d'autres occasions, tiré du sommeil par une suée froide, il envisageait son retour. Comme le bras armé de son père. Parce qu'il lui aurait transmis sa rage et sa folie meurtrière.

Peu importait. Il n'avait pas peur d'elle. Il était même prêt à accepter sa vengeance éventuelle. La Mort pouvait prendre les traits de la fille de Karmia. Jamais elle n'aurait un aussi beau visage.

*

* *

L'été ne serait pas là avant un mois, pourtant la chaleur était montée vite, le soleil lui caressait l'épiderme et le moral. Laurence marchait dans sa forêt en espérant que cette promenade la soulagerait. Elle était épuisée comme si elle avait couru un marathon métaphysique. Les discussions avec Yannick avaient été longues et douloureuses. Ils étaient passés par une série d'états émotionnels bigarrés. Son mari avait eu beaucoup de mal à encaisser l'histoire de son passé caché avec Karmia. Et il avait été à la fois furieux, meurtri et compatissant quand elle lui avait révélé le viol. Mais c'était son initiative de confisquer les bitcoins qui avait été la plus dure à digérer. Sur le coup, il lui avait dit qu'il n'imaginait pas qu'elle avait ça en elle. De son point de vue, avoir eu le projet de fuir avec cet argent sale, le fruit de braquages sanglants, était inqualifiable. D'autant que l'histoire avait coûté la vie à une jeune enseignante. Entre-temps, il avait accepté un publi-reportage sur des plateformes pétrolières offshore dans l'archipel indonésien. Ils n'avaient plus les moyens de refuser un job alimentaire. Et, d'une certaine façon, elle avait été soulagée de son départ. Son absence momentanée lui permettrait de faire le point, de reprendre son souffle.

En attendant d'y voir clair et que les assurances compensent une partie de leurs pertes, ils louaient un petit appartement au bourg. La ferme lui manquait. Elle avait perdu ses enregistrements et lui ses photos, il fallait redémarrer de zéro. Elle espérait que c'était possible. Elle revit la silhouette de Karmia au cœur de la forêt. Certaines fois, elle se disait qu'il n'était pas vraiment mort. Charles était un cancer. Il survivait sous forme de cellules tueuses. Qui menaçaient de dévorer le couple qu'elle formait avec Yannick. Mais elle ne le laisserait pas faire, elle se battrait.

Ses pas la menèrent à l'ancien emplacement de la cabane de Ferdinand. Elle avait témoigné pour lui et espérait que la justice le libérerait bientôt. Pour le moment, il était incarcéré dans un établissement proposant des soins psychiatriques. Elle était allée le voir pour le remercier. Il s'était contenté de la regarder. Son visage gardait la même expression. Celle d'une peine figée.

Elle resta un instant au bord de la ravine. La bâche bleue et quelques planches étaient tout ce qui restait de l'abri du vieux braconnier. Non loin d'ici, quelques semaines auparavant, elle avait récupéré les seuls enregistrements qui avaient survécu à ce drame. Avant le débarquement de Karmia à la ferme, elle avait installé un dispositif pour capturer le chant des hulottes. En l'écoutant, elle avait eu la surprise de découvrir une voix humaine. Un homme qui appelait le père Ferdinand. À plusieurs reprises, et d'une voix angoissée. Ce n'était pas un gendarme, lequel ne se serait pas déplacé seul dans la forêt. Il y avait eu ces appels de cet inconnu, puis le fracas de la pluie.

Elle n'avait pas parlé de lui aux enquêteurs. Et pas plus à Yannick. C'était déjà trop compliqué, il y avait trop de questions. Et elle n'avait eu qu'une hâte. Que tout cela finisse et qu'elle puisse retrouver une certaine paix. Cet homme resterait un mystère.

Elle revint sur ses pas, monta à bord du 4 × 4 et rentra au bourg. Elle se gara devant son immeuble. Elle remarqua un homme debout à côté d'un side-car. Quand il la vit, il se mit à marcher dans sa direction.

Maigre, l'air fatigué, il tenait un beau chien en laisse. Un berger allemand qui semblait nettement mieux nourri que son propriétaire.

30

Nicola de Carvalho

Rio de Janeiro, dimanche 22 juillet

Le taxi progressait dans les hauteurs. Nico regardait le paysage défiler par la vitre en constatant qu'il lui était déjà devenu familier. Tout ce temps depuis qu'elle était arrivée à Rio, elle l'avait mis à profit pour retrouver au mieux sa langue, celle qu'elle avait parlée jusqu'à l'âge de cinq ans. Avec sa mère. Pas question de débarquer chez elle sans savoir s'exprimer correctement. Il ne fallait pas décevoir.

Jusqu'à présent, elle n'avait pas entendu le son de sa voix. Ce n'était pas maman qu'elle avait eue directement au téléphone, mais son domestique ou son secrétaire particulier. Malgré ses inflexions dansantes et souriantes, il avait fallu se bagarrer pour qu'il accepte de lui donner ce rendez-vous.

Elle avait beaucoup de questions à poser. Toutes celles auxquelles ni papa ni le Daron n'avaient su répondre. La première était de savoir pourquoi elle l'avait laissée derrière elle.

Le taxi la déposa rue Vitória Régia. Elle fit quelques pas pour observer le quartier. Les villas et leurs habitants étaient dissimulés dans un écrin épais de verdure aux odeurs envoûtantes. Maman vivait dans un autre monde que celui de la plupart des Cariocas.

Elle s'observa dans son petit miroir. Chevelure éclaircie, peau dorée par le soleil, et le trait de khôl bordant ses yeux n'avait pas coulé. Elle s'était arrangée comme elle imaginait que sa mère voudrait la voir. Un chignon sage et serré sur la nuque, une robe sans manches et à fleurs, des sandales plates.

Elle s'avança vers le portail en bois, remarqua une caméra, s'annonça à l'interphone. On lui fit répéter son prénom et son nom plusieurs fois. *Nicola de Carvalho.* Énervantes, ces tergiversations, puisque son patronyme était aussi celui de maman et que rendez-vous avait été pris.

Enfin, un bruit de moteur électrique se fit entendre et le portail coulissa sur un jeune vigile en uniforme. À sa ceinture, un pistolet lançait des reflets mats et voisinait avec une matraque. Maman était bien gardée.

Poliment, il demanda à voir ses papiers et vérifia le contenu de son sac à dos. L'inspection fut brève. Il entama alors une fouille au corps rapide en s'excusant. Ses yeux racontaient qu'il la trouvait désirable, mais le Brésil était devenu une quasi-dictature qui ne faisait de cadeaux qu'aux plus riches. Pas question de risquer de perdre son job.

Il lui fit signe de grimper dans un cart de golf et ils filèrent sur l'allée. Dans le parc luxuriant et odorant, quelques jardiniers s'activaient sous des chapeaux de paille. Aller vers maman, c'était comme un rêve.

Devant une villa blanche aux larges baies, une piscine dessinait un rectangle turquoise dans lequel se reflétaient les nuages. Deux garçonnets y jouaient en s'aspergeant avec de gros pistolets à eau fluo. Maman avait donc refait sa vie. Avec un homme qui nageait dans le fric et lui avait fait une paire de jumeaux pleins d'énergie.

Une employée débarrassait les vestiges d'un petit déjeuner princier. Nico descendit de la voiturette. Les gamins s'étaient interrompus et la dévisageaient. Elle leur fit un petit signe de la main, leur sourit. Ils l'imitèrent, puis reprirent leur jeu.

Elle suivit l'employée dans une vaste demeure décorée avec beaucoup de moyens. On était à des années-lumière de la caravane du Daron.

Bordé par une longue mezzanine, flanqué d'un escalier de marbre blanc, le salon de réception aurait pu contenir le *Roi des alizés*. L'employée demanda à Nico de patienter quelques instants et s'éclipsa.

Bientôt, des pas lui firent lever la tête. Une femme fit son apparition sur la mezzanine. Opulente chevelure blonde, visage sculpté, grands yeux clairs et une bouche généreuse qui découvrait une rangée de dents parfaites ; elle paraissait avoir à peine dépassé la trentaine. Une quinzaine d'années avait donc été engloutie dans un mystérieux trou noir. Elle portait une robe d'intérieur d'un tissu évanescent et soyeux serrée à la taille par une ceinture dorée. Elle était mince, mais avait le buste et les fessiers généreux. Son chirurgien esthétique était un professionnel franchement talentueux.

– Nicola, ma chérie ! Je suis si contente !

Cette voix limpide. C'était comme si un rocher s'était fendu dans la mémoire de Nico pour libérer une source fraîche.

Pendant quelques secondes, elle eut le sentiment d'être propulsée dans un univers aux contours flottants. Elle n'était plus certaine de son identité. Et puis maman descendit l'escalier blanc en prenant soin de ne pas se tordre la cheville dans ses mules à talons, et la réalité revint.

*
* *

Vendredi 27 juillet

Elle avait été installée dans une chambre qui donnait sur l'arrière du parc et la générosité des cacatoès. Mille senteurs ondulaient dans l'air et se modifiaient au fil de la journée. La nuit, elles viraient aux parfums enivrants. Dans la place depuis un peu moins d'une semaine, Nico avait pris la mesure de l'opulence des lieux et de la qualité de vie de ses occupants. Elle nageait chaque jour dans l'impressionnante piscine quand ses demi-frères étaient à l'école, et s'entretenait régulièrement avec maman. Celle-ci avait une explication très simple au fait d'avoir laissé sa fillette derrière elle. « J'étais trop jeune, et je n'avais pas d'argent. Avec ton père, je savais que tu ne manquerais de rien. » C'était un peu juste, mais il n'y avait rien d'autre à tirer d'elle.

Au fil de ses longues journées, maman avait voulu tout savoir des circonstances de la mort de papa. Nico ne lui avait rien caché. Maman avait alors été horrifiée en découvrant que papa avait entraîné leur fille unique dans sa cavale. Nico aurait pu finir en prison. Nico aurait pu être abattue par les gendarmes ou les policiers. Nico aurait pu mourir dans l'incendie de la ferme des Schneider.

Mais maman ne s'horrifiait jamais longtemps.

Cette nuit-là, à la grande table familiale, lors du dîner qui réunissait son mari, Glaubeson, un grand type maigre au profil de corbeau, les jumeaux, la jeune fille au pair canadienne et un couple d'amis vêtus comme des hippies de luxe (mais désassortis car la femme était bien plus âgée que son joli mari, un quadra américain aux yeux améthyste), maman était en grande forme. Elle relançait la conversation, faisait fuser de bonnes petites plaisanteries, surveillait les manières de ses fils et faisait des allers et retours réguliers en cuisine pour activer le service qu'elle jugeait trop « ramolli ». Elle mangeait à peine, mais ne se privait pas de champagne, répétant à qui voulait l'entendre que « les bulles lui rappelaient la France ». Nico avait d'ailleurs pu constater que la cave à vins n'en était pas dépourvue.

Ces gens ne parlaient pas de la situation politique du Brésil et n'interrogeaient plus Nico sur la vie en Europe – le sujet avait été évoqué et classé en quelques minutes. Ils parlaient immobilier, business, soirées mondaines et sport. Glaubeson et M. Hippie étaient des amis de golf. Quant à Mme Hippie, elle était patronne d'une entreprise d'accessoires de luxe et actionnaire de celle de Glaubeson. Après une vague carrière sur les podiums et un rôle dans un soap brésilien, l'Américain ne semblait pas faire autre chose que de profiter de la vie sous les tropiques.

Maman et Glaubeson avaient accueilli Nico parmi eux sans lui demander combien de temps elle comptait rester. Pour autant, elle avait le sentiment qu'ils l'oublieraient dès qu'elle aurait franchi le portail de leur jolie villa.

L'intérieur était interdit de tabac. Au moment du dessert, Glaubeson et Mme Hippie allèrent fumer au bord de la piscine. Et Nico captura un regard entre maman et M. Hippie.

*
* *

Lundi 30 juillet

Glaubeson prit un avion de bonne heure pour se rendre sur un chantier dans la région de São Paulo. Maman avait une vie mondaine soutenue. Elle reçut des amies et leur présenta Nico avec une ferveur outrée. Ces femmes toutes habillées comme des obsédées de la mode firent mine de s'extasier. « Ravissante. » « Un air vraiment français et coquin. » « On dirait ta petite sœur. » Elles passèrent ensuite rapidement à d'autres sujets. Dont les meilleures universités pour leur progéniture et leurs petits tracas avec la domesticité.

Nico les regardait tour à tour. Chacune avait quelque chose à dire. Elles discutaient mais s'écoutaient à peine. Maman avait mis sa conversation sur pilotage automatique et l'entrecoupait de quelques coupes de Krug. Elle était la plus belle et paraissait la plus jeune, ses ongles longs, laqués orange et décorés de fleurs minuscules, étaient du plus bel effet sur sa coupe en cristal. Quant à Nico, elle faisait déjà partie du décor. Et surtout des meubles. Elle s'était attendue à être rejetée. Dans le fond, cet accueil d'une splendide indifférence était peut-être pire.

Ce soir-là, maman passa en coup de vent dans sa chambre et annonça qu'elle se rendait à un cocktail en ville. Nico ne pouvait pas l'accompagner, cela s'annonçait d'un « ennui torride ». Une obligation professionnelle. Maman avait sans doute oublié qu'elle n'exerçait aucune profession.

Elle s'immobilisa un instant. Sa silhouette parfaite encadrée dans l'embrasure de la porte lui donna l'air d'une statue antique dont le marbre aurait été repeint en technicolor. « Au fait, tu pourrais aller à l'université à Rio. Glaubeson te paiera ça, j'en suis sûre. Tu logerais sur le campus et tu te ferais plein d'amis de ton âge. »

Ça y était. Il ne lui avait fallu que quelques jours pour en avoir déjà assez de sa fille prodigue.

*

* *

Mercredi 1er août

L'avion de Glaubeson devait atterrir le lendemain matin. Maman était revenue mécontente d'un nouveau cocktail professionnel, mais sa mauvaise humeur s'était vite évaporée. Nico et elle arboraient des bikinis jaunes presque identiques et se tenaient compagnie au bord de la piscine. Les jardiniers étaient repartis, le personnel prenait un repos bien mérité dans ses quartiers, le garde veillait dans sa guérite. Avant de s'éclipser pour passer la nuit chez son petit ami, la Canadienne au pair s'était bravement occupée des jumeaux, lesquels dormaient enfin à poings fermés. La brise était douce et parfumée, et la nuit tombante d'une puissante tranquillité. L'ambiance idéale pour une bonne conversation.

Maman en était à sa troisième coupe de Krug. Elle les accompagnait de crackers au soja.

– Tu as aimé papa ? Dis-moi la vérité.

– Bien sûr, Nicola. Mais comme il ne s'aimait pas lui-même, au bout d'un moment, ça a été impossible.

– Et ?

– Et quoi ? Rien. C'était il y a longtemps. Je suis quelqu'un d'autre.

– Tu es encore ma mère.

– Oui, bien sûr. Je serai toujours ta mère.

Nico voulut relancer le sujet qui lui nouait les tripes. *Pourquoi m'as-tu abandonnée ?* Elle avait essayé plusieurs fois. Angela de Carvalho semblait… imperméable. La question glissait sur sa peau sans rides comme une goutte sur une toile de parapluie.

– Ma chérie, reprit-elle vivement, tu as décidé pour tes études ?

– Pas encore.

– Dommage. Il faut battre le Glaubeson quand il est chaud, tu sais.

Elle riait de sa propre plaisanterie. Pour Nico, cette situation était tout sauf drôle. Maman vivait aux crochets de son homme. Un mari pompe à fric. Il était brésilien, mais évoquait plutôt une piñata mexicaine. Un bon coup de bâton sur le ventre et les cadeaux tombaient à flots. Pour maman, non seulement l'argent donnait des couleurs chatoyantes au quotidien, mais il avait aussi la capacité de la libérer d'à peu près tous ses problèmes. Et notamment de sa fille trop collante.

La bonne arriva pour annoncer un visiteur. Maman se renfrogna, puis ordonna qu'on lui ouvre. Bientôt M. Hippie fit son apparition sur le cart piloté par le gardien. Il en descendit d'un pas un peu trop énergique, détailla Nico en ayant l'air d'apprécier ce qu'il voyait, puis se mit à parler anglais avec maman. Il avait des reproches à lui faire. Pourquoi l'avait-elle laissé en plan ? À quel jeu jouait-elle avec lui depuis des mois ? Elle lui demanda de se calmer et d'éviter de se donner en spectacle devant les « invités ». Nico, qui depuis le début avait flairé une histoire chaude entre maman et ce gringo, s'était bien gardée de révéler qu'elle comprenait l'anglais. Un choix judicieux. Maman lui proposa d'aller gentiment dans sa chambre, pendant qu'elle s'entretenait d'une question de business « un peu compliquée » avec leur ami.

Nico s'allongea sur son lit et dans le chant des cacatoès. Que faisait-elle ici ? Elle était venue explorer ses racines, elle n'avait trouvé que du vent. Pourtant, une envie, informe, indicible, la retenait dans cette villa.

Quand elle s'était trouvée face à Laurence, elle avait bien cru que le moment fatidique était arrivé. Elle avait été à deux doigts de tirer. Seule l'irruption de la police avait arrêté son geste. Depuis, une pensée la taraudait. Portait-elle en elle la violence terrifiante de son père ? Elle avait pensé trouver quelques éléments de réponse auprès de sa mère.

Une demi-seconde, elle eut la sensation de commencer à se dissoudre. Elle serra les dents, se ressaisit.

Dans le fond, elle n'avait pas plus envie de tenir de papa que de maman.

Il fallait qu'elle trouve seule sa voie.

Le silence était gênant cette nuit. Elle enfila un sweat-shirt sur son bikini, alluma la télévision, retourna s'allonger et se laissa hypnotiser par les images. Une farandole qui n'avait aucun intérêt, mais témoignait du simple fait que le monde continuait de tourner.

*
* *

Quelqu'un hurla. Nico se réveilla, écarquilla les yeux, se redressa sur les coudes. Il ne se passait rien de grave. Une actrice avait crié, c'était tout. Elle agrippa la télécommande, éteignit le téléviseur, resta un instant les yeux rivés sur le ventilateur du plafond chuchotant au ralenti. Il faisait encore nuit. Elle pensa qu'elle attendrait le réveil de sa mère et lui annoncerait qu'elle n'avait nul besoin d'études financées par Glaubeson.

Ayant un peu faim et soif, sachant qu'elle ne trouverait plus le sommeil, elle descendit à la cuisine. Elle était allumée, mais déserte. Elle saisit la poignée du réfrigérateur, captura une ombre mouvante sur sa gauche, se retourna. L'Américain était toujours là, installé dans un transat au bord de la piscine, seul. Elle franchit la baie et le rejoignit. Il s'occupait à vider méthodiquement une bouteille de champagne en buvant à même le goulot. Il s'était aussi fait une ligne de coke, voire plusieurs. Un billet de banque roulé et une carte de crédit à la tranche blanchie en témoignaient.

– Ah, Nico… Tu es encore plus belle que ta mère. Nettement. Mais tu le sais bien, hein ? Elle m'a abandonné comme un con. En te voyant, je me dis que je gagne au change. (Il lui tendit la bouteille.) Je n'aime pas ton sweat-shirt. Tu devrais l'enlever.

– Je pense que vous avez envie de rentrer chez vous.

Il faillit répliquer, mais sa phrase resta en suspension dans l'air moite. Traits durcis, il haussa le ton :

– Tu ne serais pas un peu une salope comme elle ?

Il reposa la bouteille sur la table et la carte de crédit, se leva d'un bond, s'approcha, la saisit par l'avant-bras. Sa poigne faisait mal, il puait l'alcool.

– Lâchez-moi !

– Tu es sûre ? Je trouve que tu me regardes avec un certain intérêt.

– Votre petite fête est terminée. Je vais appeler le garde. Ça va être très simple.

– Mais pas du tout. Moi, j'attends le retour de Glaubeson. C'est décidé. La vérité, c'est magnifique.

Je vais dire à ton beau-père que je baise sa femme. Et depuis longtemps. Ça va mettre une putain d'ambiance.

– Vous vous ferez larguer par la vôtre. Terminée, votre rente de gigolo. Une stratégie complètement naze.

Il la dévisagea un moment, puis recula pour agripper la bouteille de champagne. Ils se dévisagèrent. Comptait-il la lui fracasser sur le crâne ? Il ne serait pas déçu, elle saurait esquiver et riposter.

– Barrez-vous ! Vous êtes dans une propriété privée et votre numéro de minable ne m'impressionne pas.

Il cligna des yeux comme un clébard emprisonné dans les feux d'un camion, cracha une insulte entre ses dents et jeta la bouteille par-dessus son épaule, direct dans la piscine, sans se retourner. Après quoi, il fonça vers le sentier et la sortie. Elle écouta ses pas mourir sur le gravier.

Débarrassée de ce crétin. Quand il aurait dessaoulé, il retiendrait ses grands chevaux et ses aveux ridicules. Et même si ce n'était pas le cas, cette vie sans honneur ni principes qu'ils menaient tous ne la concernait pas. Sa décision était prise, elle ficherait le camp d'ici dès le lendemain.

Dans la piscine, les spots étaient restés allumés. Des vaguelettes tantôt violettes, tantôt argentées ondulaient à sa surface. La bouteille de champagne avait atteint le fond et ressemblait à un gros piranha. La brise était d'une douceur veloutée et les parfums du parc irrésistibles. *En attendant, il n'y aura pas d'autre nuit comme celle-là.* Oui, c'était ce que le Daron aurait pu dire. Elle avait juste envie de vivre le présent, d'accepter la réalité. Maman n'était que ce qu'elle était. Une femme du monde. Un monde vide. Papa et elle, ça n'avait pas marché. Ça n'aurait pas *pu* marcher. Il fallait l'admettre.

Elle enleva son sweat-shirt et s'approcha du bord du bassin. Elle s'imagina ce qu'elle dirait à sa mère, avant le petit déjeuner et le retour de Glaubeson.

– *Et si on faisait la course à la nage, maman ?*

– *Sûrement pas, chérie. J'ai à peine dormi, cette nuit, j'étais contrariée. À ce propos, j'ai une faveur à te demander. Évite de dire à Glaubeson que nous avons eu un visiteur, la veille.*

– *Compte sur moi. Allez, on fait la course. Tu nages si bien. Je voudrais te voir faire le dauphin. Une dernière fois.*

– *Pourquoi une dernière fois ?*

– *Parce que je m'en vais, ma petite maman.*

Oui, elles auraient une conversation sans conséquence. Et tout se finirait ainsi, sur quelques phrases légères.

Elle sauta dans la piscine jambes jointes contre son ventre pour se faire la plus compacte possible. L'eau lui gifla les fesses. Elle déplia ses membres et se maintint sous l'eau. Elle imagina qu'une boule de bulles apparaissait dans son champ de vision. Maman, suivant le mouvement, acceptait ce dernier échange mère-fille.

Elle retint sa respiration, flotta sur le dos au ras du carrelage et imagina que sa mère entamait une traversée du bassin. Son corps de liane glissait vite au rythme d'un crawl élégant. Elle n'avait pas failli nager aux Olympiades pour rien. Vue du fond de la piscine, sa peau serait d'une pâleur fantomatique.

Comme celle d'Adèle.

Il faut savoir laisser ses sales souvenirs derrière soi, dit sobrement le Daron.

Nico commençait à manquer d'air. Elle nagea vers la surface. Elle ferma les yeux et savoura par anticipation le moment où elle émergerait. Mais elle fut bloquée.

Son crâne… ne passait pas. La surface de l'eau était devenue rigide…

Un poids lui comprimait la tête. Elle se débattit. Et agrippa un bras. Elle comprit qu'on tentait de la noyer. Une silhouette sombre tanguait devant elle. Soudain, la pression se relâcha. Elle émergea bouche ouverte, goba l'air. Et vit l'Américain. Dans la piscine, tout habillé. Une gueule de dingue.

Il tendit le bras. Lui écrasa une nouvelle fois la tête sous l'eau. Elle lutta, pensa aux leçons du Daron, la boxe, la survie. Mais ce connard était fort. Et hargneux. Elle n'aurait pas dû le provoquer. L'humilier. Il était défoncé jusqu'aux yeux.

Il la relâcha. Elle remonta comme une fusée. Une nouvelle goulée d'air. Trop maigre. Trop peu. Et le chlore lui brûlait les sinus, les yeux. De nouveau, le salaud la força à s'immerger.

Elle se débattit de toutes ses forces, rua des jambes pour le frapper, n'atteignit que le vide. L'eau était devenue une glu. L'eau avait faim.

La panique s'empara d'elle tandis que ses poumons devenaient lourds et douloureux. Une douleur ignoble. Il ne fallait pas chercher l'air. Il ne fallait pas. Nico ouvrit la bouche pour hurler. L'eau s'engouffra dans ses poumons. Et une immense toile noire se déplia…

31

Debout là-dedans !

Schrödinger avait pris son service au palace deux heures auparavant et s'accordait un moment de relâche avec Barbara et Adam lorsque son smartphone se plaignit dans sa poche. Il répondit, écouta.

C'était la sœur de Séverine. Sa voix était au bord de la rupture. Il envisagea le pire. Séverine morte subitement. Ses jambes se dérobèrent sous lui. Il s'agrippa au zinc.

– Elle s'est réveillée.

– C'est… vrai ?

– Les médecins disent qu'elle est tirée d'affaire. C'est fantastique, je…

Et elle fondit en larmes. Schrödinger poussa un grognement. Le soulagement avait l'allure d'une pluie dorée. Téléphone toujours plaqué à l'oreille, il se tourna vers Adam. Celui-ci avait compris. Il le regardait d'un air rayonnant.

– Merci, vous êtes… Mais…

– Oui ?

– Comment avez-vous su que votre sœur et moi… ?

– On se confiait l'une à l'autre. Je savais que vous étiez collègues et qu'elle comptait divorcer pour vous.

Je n'avais que votre nom. Je vous ai pisté en appelant l'Antigang.

Et soudain tout s'effondra. Schrödinger avala un parpaing. Ce n'était pas possible. Cette fille se foutait de lui. Coup monté. Connivence. Jeu cruel du connard de mari.

– Vous me montez un bateau.

– Pardon ?

– Son mari m'a dit qu'elle était…

– Quoi donc ?

Sa voix débordait de sincérité. Ou alors, c'était une immense comédienne. Il n'avait rien à perdre. Et voulait savoir.

Il raconta. L'affreuse scène à l'hôpital. Le mari qui affirmait qu'elle était en mort cérébrale. L'extermination de l'espoir.

– Il vous a raconté n'importe quoi ! Si j'avais su qu'il vous avait menti, je vous aurais appelé pour vous détromper. Quel salaud ! C'est vraiment une manière ignoble de se venger. Non, rassurez-vous, Séverine est hors de danger. Elle gardera peut-être quelques séquelles. Du moins, au début, parce que c'est une battante. Mais son cerveau est intact. J'ai vu le médecin. Je sais.

Le médecin. Un bloc de granit qui n'avait jamais voulu répondre à ses questions. Et qui avait passé le mot à ses équipes. Le sacro-saint secret médical. *Voyez la famille, monsieur. Je ne suis pas autorisé à vous communiquer des informations sur l'état de santé de mes patients.*

Il remercia la douce messagère et mit fin à l'appel. Il flottait sur un nuage.

– Séverine…

– Oui, on a compris, dit Barbara. Vas-y, file la retrouver.

– J'ai l'air de quoi ?

– D'un type un rien illuminé, mais magnifique. Ne change rien.

– Bon, à demain, les gars.

*

* *

Barbara avait levé la main et agité doucement les doigts. Elle l'avait regardé s'éloigner, puis passer la porte du bar. Elle était heureuse pour lui. Sincèrement. Et pour Séverine, alors même qu'elle ne la connaissait qu'à travers les récits de Schrödinger.

Il n'avait jamais été écrit nulle part qu'il serait à elle. C'était comme un rêve qu'elle avait caressé. Pendant plusieurs années. Un très long rêve, en fait. Décision, il s'arrêtait cette nuit. Debout là-dedans !

Elle entendit un petit choc métallique. Adam venait de déposer un shot de vodka devant elle. Une première, il n'ignorait pas qu'elle ne buvait jamais durant les heures de travail. Il lui sourit d'un air discrètement compatissant.

– À Oscar Wilde et à l'amour, dit-elle avant de le boire cul sec.

32

L'Élue

Doris comprend pourquoi le couple a eu cette réaction agressive sur le bateau. Ils savaient l'un et l'autre à quel point elle était dangereuse pour leur amour.

Elle se redresse. Elle ne va pas tuer cette femme en lui plantant son couteau dans les reins. En revanche, elle peut l'égorger par-derrière. Le sang coulera de la gorge de la femme. Et les mots de la bouche de l'homme.

Il est son sésame, il faut simplement qu'elle aille jusqu'au bout.

Elle lève son couteau et le plaque contre la gorge de la femme. Qui frémit. Elle bredouille dans la langue de Rezurexia. Les mots sont incompréhensibles, mais la peur et les supplications évidentes.

Allez, juste un mouvement et ce sera fait. Il suffit d'éviter le regard de l'homme.

Mais elle ne peut pas. Elle lève les yeux vers lui. Son regard est si désemparé.

Doris a mal pour lui. Et c'est même plus que de la douleur. Elle ne peut pas lui faire cela. Pas à lui. Et à personne d'ailleurs.

Je ne suis pas une meurtrière.

Elle lâche le couteau. Il tombe sur le parquet de la piste de danse. L'homme étreint son épouse avec passion.

– Merci, bredouille-t-il. Merci.

Doris hausse les épaules, leur tourne le dos et se dirige vers une table. Tout ce qui lui reste à faire, c'est de boire des mojitos. Pour l'éternité. Chouette programme. Un rien répétitif cependant.

– Vous pouvez retourner d'où vous venez. C'est possible, mais pas donné à tout le monde. Moi, je crois que vous avez la force nécessaire.

Il a un geste surprenant. Il lui caresse la joue du bout des doigts en lui souriant. Elle aime son sourire. Et elle le connaît. Mais impossible d'en savoir plus. Elle a peut-être été avec lui… dans la vie.

Elle ne le saura jamais. Il faut s'en aller. Elle jette un dernier regard au groupe littéraire. Les écrivains tiennent leur public et ne semblent pas à court d'anecdotes.

Rien à foutre de la littérature.

Doris quitte le café et cherche la grande avenue. Aucun numéro sur les immeubles, bien entendu. Elle arrive au carrefour où elle a vu la grande affiche avec Rex. Elle est toujours là. Un court instant, elle a l'impression que ce grand Rex de papier la suit des yeux. Elle s'en fiche. Elle marche longtemps. Il lui faut retrouver l'immeuble à l'allure de banque opulente. Cela prendra le temps qu'il faudra.

Elle marche pendant des heures. Ou peut-être est-ce des minutes allongées avec un rouleau à pâtisserie. Le rouleau magique de cet enquiquineur de Rex.

Enfin, elle voit l'immeuble. Le rideau de fer est levé. Elle tend la main vers la baie, qui coulisse automatiquement.

Le hall est vide. Elle le traverse, trouve la porte menant à la piscine et la pousse. Elle sent immédiatement la fraîcheur de la végétation la caresser.

La piscine est toujours là.

Comme la fois précédente, le lieu est désert. L'eau scintille sous le dôme. Doris se déshabille. Une fois nue, elle se plante au bord du bassin. Elle va plonger, mais jusqu'où et comment émerger quelque part ? *Moi, je crois que vous avez la force nécessaire.*

Elle entend un sifflotement. C'est le même air que celui de la dernière danse du couple transi d'amour. Elle se retourne. Rex est au bar. Coupe de champagne à la main. Veste blanche à col noir. Bonne humeur de pacotille.

– Un dernier pour la route ?

Elle pense qu'il ne va pas lui manquer. Ses vestes cintrées et ses sourires en coin lui sortent par les yeux. En fait, elle hait ce bonhomme. Mais est-ce bien un homme ?

– Vous avez tout à fait raison, je ne suis pas de la même race que vous. (Il a un petit rire.) Heureusement pour moi d'ailleurs.

Le voilà qui lit une fois de plus ses pensées. Il n'y a plus, il n'y a *jamais* eu un espace de liberté dans ce monde factice.

– Pourquoi, vous pensez que votre monde vaut mieux ? demande-t-il avec un brin d'agacement. Vous croyez vraiment que vous êtes libres, vous et vos congénères ?

Elle n'a pas envie de lui faire la conversation. À quoi bon puisqu'il lit en elle comme dans un livre ouvert.

Il est temps.

Elle se tourne vers le bassin. L'eau miroite doucement. C'est comme une infinité d'anguilles translucides et ondulantes. Pour se donner du courage, elle pense à l'homme. *Moi, je crois que vous avez la force nécessaire*. Elle a confiance en lui, sait qu'il ne lui veut aucun mal. Il la connaît et il l'a reconnue, c'est clair. Saura-t-elle un jour qui il est ? Un sentiment monte en elle. C'est douloureux. Est-ce qu'il va lui manquer ? A-t-il été important pour elle ?

Elle observe l'eau. Rien ne se dessine à sa surface. Il n'y a que ces anguilles si lisses, si fluides. Fractales.

Ses orteils agrippent le bord du bassin. Elle bande ses muscles, allonge ses bras, courbe la tête. Beau profilage. Elle est prête pour le grand saut.

Quelqu'un toussote dans son dos.

– Pas moyen de se concentrer, ici, grogne-t-elle entre ses dents.

Elle se redresse et tourne la tête. Rex est à deux pas. Il boit une gorgée de champagne et émet un petit claquement de langue satisfait.

– Si je puis me permettre, ma chère. J'ai quelques petits conseils afin que votre voyage de retour se passe au mieux.

– *Voyage de retour*. Cela signifie donc que le retour est garanti.

– Vous avez cette tendance à prendre tout au pied de la lettre. Non, cela n'est pas garanti. Votre ami S vous l'a d'ailleurs suggéré.

– Quel ami ?

– L'homme dont vous avez failli tuer la femme avant de vous rendre compte que vous n'aviez pas cela en vous.

– S comme ?

– S comme S. Un point c'est tout. Cessez d'être si conventionnelle. C'est intellectuellement épuisant. Bon, taisez-vous, écoutez-moi, je ne me répéterai pas.

Il part s'installer dans un transat, finit sa coupe et s'en sert une autre. Elle se demande si elle ne va pas plonger sans attendre ses conseils, consignes, suggestions ou quel que soit le terme. Et puis, elle a la sensation que c'est ce que S voudrait qu'elle fasse. Alors, elle attend.

– Des couleurs s'inventent en permanence, ma chère. De nouveaux pigments sont élaborés par des chimistes chaque année. Mais il y a une exception. Il s'agit de Vantablack. C'est un noir si noir qu'il écrase la réalité. Une petite merveille des nanotechnologies. Il est créé à partir d'une forêt de nanotubes en carbone, qui se renvoient les photons de lumière dans une sorte de match permanent. Résultat, ces tubes absorbent 99,96 % de la lumière. Les subtiles différences dans la dispersion de la lumière sont éliminées. Et ainsi toute perception de la profondeur disparaît.

Il quitte son transat, part laver son verre et ranger la bouteille dans un réfrigérateur. Il donne un petit coup de torchon sur le zinc, se dirige vers la sortie. Il repousse quelques feuilles de palmier pour trouver la porte. Main sur la poignée, il s'immobilise.

– Je ne vous dirai pas que j'ai été ravi de vous connaître, ma chère, ce serait mentir, mais je dois quand même avouer que j'ai été impressionné par votre force mentale. Vous allez en avoir besoin. Bonne *nuit*. C'est le cas de le dire.

Cela l'amuse follement. Son rire s'arrête net. La porte s'est refermée sur lui.

Elle pense qu'elle pourrait se rhabiller et faire demi-tour. Elle retrouverait S, les deux écrivains, l'Inuit… Elle ferait du bateau en étant ivre du matin au soir. Elle errerait sans but, mais poussée par un désir qui ne serait jamais assouvi et donc éternel. Pour S. Parce qu'il ne l'aimerait jamais. Mais qu'il l'accepterait toujours à ses côtés. Ce ne serait pas une vie si désagréable.

Il faut se décider.

Elle prend une grande inspiration, se positionne au mieux et plonge.

Le contact de l'eau est fantastique. C'est comme si elle ressentait ce qu'elle cherchait depuis des années. La fraîche caresse de l'eau.

Le fond du bassin n'est pas visible. Elle progresse.

Petit à petit, le bassin s'assombrit. De combien de mètres s'est-elle enfoncée ? Le bleu vire au gris. Et le gris se renforce. Jusqu'à présent, elle retient sa respiration sans difficulté.

Le gris devient noir. Elle continue.

Soudain, toute lumière disparaît. Un noir de cette densité, elle n'en a jamais vu.

Vantablack. C'est donc cela.

C'est tout bonnement inimaginable.

Mais elle a été prévenue et n'a pas encore besoin de respirer. Ses poumons ne sont que très légèrement douloureux. Encore quelques mètres dans ce vide abyssal et elle sait qu'elle va franchir un point de non-retour. Là, maintenant, elle pourrait encore revenir en arrière. Mais très bientôt ce sera terminé. Elle ne pourra aller que de l'avant et espérer déboucher quelque part.

Voilà, la limite est franchie.

Elle s'enfonce, brasse cette noirceur. Ses muscles luttent un peu plus. Ses poumons et son cerveau sont comprimés.

Elle pense qu'elle va mourir dans le Vantablack.

Elle s'enfonce, s'enfonce, s'enfonce…

Elle ne peut plus se retenir. Elle a besoin de respirer. Elle n'a pas la force de résister.

Continuer de nager. Il le faut. Ses lèvres se desserrent… Elle ouvre la bouche.

Le Vantablack va la dévorer. La douleur… est intenable…

33

Les lionnes

Elle ouvrit les yeux. Quelqu'un était penché sur elle. Mais l'image était floue. Où était-elle ? Et qui était-elle ? Le monde semblait avoir cessé d'exister, il était remplacé par une étrange irréalité. Et elle, qu'était-elle devenue ? Un souvenir ?

L'image se rétablit. Elle reconnut cette peau lisse, ce visage de madone botoxée. Il dégoulinait. Il était bordé par une chevelure trempée, plaquée comme un kilo d'algues.

– Nico ! *Deus seja louvado !*

– Maman ?

– Comment te sens-tu ? Ça va ? Je t'ai sortie de l'eau. Quelques secondes de plus et tu…

Sa voix se brisa. Et ce ne furent pas seulement des gouttes d'eau qui roulèrent sur son beau visage inquiet. Elle pleurait. De peur, de joie.

Sur la droite, des voix et des lumières, intermittentes, rouges et bleues. Elle parvint à tourner la tête vers ce désordre. Une estafette de police était garée sur le sentier. Des hommes en uniforme interrogeaient l'Américain à qui ils avaient passé les menottes. Nico se souvint. Ce salopard avait voulu la noyer.

Et il l'avait envoyée vers les confins. Elle avait vu se déployer un monde étrange. Peuplé de gens qui passaient leur temps à boire comme maman. Et à se raconter des histoires incompréhensibles. Cette ville-monde était dirigée par une sorte de dictateur aux gros sourcils de hérisson et aux joues molles de basset. Nommé Rex, il était le roi de la devinette métaphysique.

Et il l'avait rebaptisée Doris.

Les détails étaient si précis. Elle avait rencontré un couple de danseurs. Étaient-ce maman et papa, artificiellement réunis le temps d'un songe qui avait duré à la fois quelques secondes et un milliard d'années ?

– L'ambulance arrive, Nicola. Ne t'inquiète pas.

On l'avait recouverte d'une couverture. Maman, probablement. Elle avait bien trop chaud.

*

* *

Vendredi 3 août

Nico avait encore la gorge douloureuse, mais pour le reste tout allait bien. Sauf pour ce crétin de gringo qui avait été arrêté et devrait répondre de ses actes auprès de la justice. *Qu'il aille au diable. Et si les Enfers n'existent pas qu'on les invente pour lui*. Elle sourit, le Daron était toujours aussi bavard.

Petit claquement de mules sur le marbre. Maman entre dans sa chambre.

– Je suis horrifiée de ce qui est arrivé, ma chérie. Je n'aurais jamais cru que ce taré s'en prendrait à toi. Comment est-ce que j'ai pu m'intéresser deux secondes à ce crétin ! Il prétend qu'il a voulu nous donner une leçon. Et juste te faire peur. Il était défoncé. Complètement *chapado*…

– Si tu n'avais pas été là, je serais morte. C'est clair.

Sa mère la prit dans ses bras, la serra fort et lui caressa la tête en lui murmurant des mots doux. Quand elle releva la tête, ce fut pour scruter ses traits comme si elle les découvrait pour la première fois et qu'ils lui faisaient l'effet du trésor de l'Atlantide.

– Ma petite chérie, je ne laisserai personne te faire du mal. Tu vas rester vivre ici avec nous. Pour le moment, Glaubeson me met la pression et exige des explications détaillées, mais ça se tassera. Je saurai l'amadouer. On sera tous ensemble. Une famille enfin réunie.

– Tu as toute ma gratitude pour m'avoir sauvée. Et je te remercie aussi de ta proposition de *m'adopter*, mais ça ne va pas être possible.

– Mais, Nicola, je n'ai pas besoin de t'adopter, tu es *ma* fille !

Nico lui prit la main, la serra un instant dans la sienne, puis lâcha prise. Elle mit son sac en bandoulière et quitta la chambre. Maman fut vite sur ses talons avec mille questions lancées à la mitraillette. Nico les laissa rebondir sur les murs.

Quand elle arriva au portail, le garde l'observa quelques secondes d'un air étonné, puis déclencha l'ouverture. Elle lui fit un petit signe auquel il répondit avec une esquisse de sourire. Maman avait renoncé à suivre. Les oiseaux et le vent chantaient pour lui dire adieu. Elle monta à bord du taxi sans se retourner.

Lorsqu'il partit en direction du centre-ville, elle pensa que maman avait fait mieux que la sauver de la noyade. Elle lui avait fait découvrir qui elle était. Une jeune femme qui avait envie de se trouver une bonne raison de se lever chaque matin. Une adulte qui voulait du concret, et avoir un impact sur la société. Pour le reste, elle pardonnait. Cet abandon de maman qui avait eu pour conséquence une enfance passée avec papa, c'était du passé. Et ces années avec son *maluco* de père, même si elles avaient été dures, n'étaient pas aussi ratées que cela. Parce que, en dépit de tout, et autant qu'il en avait été capable, il l'avait aimée et lui avait appris à être forte. Oui, une enfance à la fois catastrophique et formidable. *Du gâchis peut naître un arbrisseau à belles feuilles.* Qui avait dit ça ? Le Daron ou papa ? Ni l'un ni l'autre, c'était Nico qui pensait ainsi. La fille d'un braqueur et d'une championne de natation. Une métisse franco-brésilienne qui, sans doute parce qu'elle avait croisé la mort au fond d'une piscine, s'acceptait enfin comme elle était.

Demain, elle vendrait ses bitcoins et créerait son entreprise. C'était décidé, il y avait beaucoup à faire contre le réchauffement climatique. Il fallait s'atteler à sauver la planète, laquelle avait trop d'ennemis. Elle revit son père, heureux d'avoir recouvré la liberté, et qui venait de prendre son bain dans la rivière non loin du campement du Daron. Il lui souriait.

Tu es ma super-héroïne, Nico.

*
* *

Vendredi 7 septembre, 10 h 30

Dès son entrée dans le bar, elle l'aperçut. Accoudé au zinc, il buvait une eau minérale en badinant avec Adam. Son cœur fit un petit bond. Elle avait pensé trouver la solution en changeant ses horaires. Ils ne travaillaient plus ensemble depuis plusieurs semaines et c'était très relaxant. Une stratégie bancale puisqu'il était tout de même là. À son attitude, manifestement, il l'attendait.

Elle s'approcha, le regarda mieux. Il était transfiguré, et ce n'était pas seulement parce qu'il avait repris quelques kilos aux bons endroits. Ses yeux irradiaient. Il était redevenu l'homme qu'elle avait connu lors de leurs années dans la police.

– Qu'est-ce que tu fais là, Schrö ? C'est une heure inhabituelle pour toi.

– Oui, j'ai attendu que tu prennes ton service, Barbara. J'ai une faveur à te demander. Comme tu as intégré l'équipe de jour, je me demandais si tu accepterais que je vous rejoigne.

Elle avait envie de lui dire que c'était hors de question. Parce que cela mettrait gravement en péril sa cure de désintoxication. Il lui expliqua qu'il avait envie de retrouver une vie normale et que Séverine aurait besoin de lui à des heures décentes.

– Comment va-t-elle ?

– Elle sort bientôt de l'hôpital. Les séquelles sont supportables. Elle est paralysée du bras droit, a perdu une partie de son champ visuel et va devoir réapprendre à parler.

Elle fit de son mieux pour garder un visage serein. Leur vie ne serait pas facile. Loin de là. Il leur faudrait se battre au quotidien et plus rien ne serait jamais comme avant.

Mais le grand amour de Schrö était revenu du royaume des morts et c'était tout ce qui comptait. Et bien sûr, elle ne pouvait rien lui refuser.

– Pour l'instant, les places sont chères. Peu de gens ont envie de travailler la nuit. Mais je ferai de mon mieux.

– Je sais, Barbara. Je t'adore.

Il se pencha vers elle et déposa un baiser sur sa joue.

*
* *

Rio de Janeiro, 8 heures

Lorsque Nico arriva dans les locaux de sa start-up, son associée était déjà plongée dans son travail. Elle la salua et s'installa derrière son propre bureau en se disant qu'elle ne regrettait pas une seconde d'avoir créé *Rainforest Action* avec cette brillante ingénieure. Cette jeune femme avait eu l'idée la plus simple et la plus intelligente de la planète. Modifier et utiliser de vieux téléphones portables pour sauver les forêts. L'idée était de transformer ces smartphones en oreilles. Capables de faire le tri dans la riche cacophonie de la forêt. Et de capturer le son, même lointain, des tronçonneuses en action afin de donner rapidement l'alerte aux autorités concernées. Concernant les forêts tropicales, environ 90 % des abattages étaient illégaux. La mission à accomplir était donc considérable.

Les téléphones mobiles transformés ainsi en micros étaient fixés directement sur les arbres et alimentés au solaire. Malgré la mauvaise volonté évidente du nouveau gouvernement brésilien, Nico et son associée avaient démarré leur activité dans la forêt amazonienne. Mais les projets d'extension ne manquaient pas. Elles avaient déjà établi de sérieux contacts au Pérou, en Équateur et à Sumatra. À elles deux, elles étaient déterminées à se battre comme des lionnes contre la déforestation.

Son assistante lui apporta un café. Elle la remercia et s'installa derrière son bureau. Elle consulta les nouvelles sur son nouveau smartphone. En France, plus personne ne parlait de l'affaire Charles Karmia.

Elle s'avança vers la baie et sortit dans le petit jardin où s'épanouissaient les bougainvilliers. Violemment. Leurs lianes solides faisaient penser à des tentacules têtus et joyeux ; d'un rose intense, elles avaient colonisé les trois étages de l'immeuble et couraient jusque sur le toit. Papa les aurait adorés.

Épilogue

L'orchestre joue avec la conviction des grands soirs. La table du couple est proche de la piste, laquelle est malaxée, caressée, bombardée, hachée par mille rais lumineux. L'homme porte une sobre chemise noire sur un éclatant pantalon blanc. Sa compagne, au beau visage caramel bordé de boucles noires, irradie dans une robe rouge aux reflets chatoyants. Ils s'observent par-dessus leurs caïpirinhas tandis que leurs doigts jouent à s'entremêler comme des serpents affamés et langoureux.

Ils ne parlent pas, c'est encore trop dur pour elle d'articuler une phrase entière. De toute façon, les paroles sont inutiles. Elles ont été licenciées par leurs regards, qui en disent aussi long que maintes déclarations.

Comme si elle leur lançait une invitation, la lumière des projecteurs déborde sur leurs silhouettes, et les fractionne et les reconstitue au fil de ses phases stroboscopiques. Ils pourraient s'aventurer sur cette piste, ils en auraient toute liberté n'ayant plus aucune crainte du regard des autres, mais ils refusent de danser séparément, et la session de funk carioca se prolonge pour les solistes motivés qui confrontent avec énergie leurs petits shows individuels.

L'animateur décide enfin de s'emparer du micro, et annonce le « moment très attendu de la samba de Gafieira ». Une clameur le remercie.

L'homme se lève et tend la main à sa compagne. Elle lui décoche un sourire hésitant, puis répond à son invitation en le suivant sur la piste. Tout doucement, ils se glissent parmi les couples qui se sont formés à une vitesse prodigieuse. Déjà, la petite foule glisse et tourne et ploie. Les pas de chacun suivent à la perfection les accords veloutés de la samba. Bien que la vie de ces danseurs se déroule à Paris, tous s'imaginent plongés dans la nuit brésilienne.

Avec une infinie délicatesse, l'homme enlace sa partenaire. Ils entament leur danse. Témoignage d'un passé qu'ils comptent lentement mais sûrement piétiner, seul le bras droit de la jolie femme en robe écarlate reste inerte. Le rythme est bien trop rapide pour eux, mais cela ne les décourage nullement. Ils évoluent sur un autre tempo que celui des autres danseurs.

Le regard de l'homme est plongé dans celui de sa compagne. Il la serre contre lui, il n'a pas besoin qu'elle virevolte ou se lance dans d'impétueuses figures comme jadis.

Il sait que leur temps est désormais différent de celui du monde extérieur, mais que l'essentiel est qu'ils partagent le même.

DU MÊME AUTEUR

Baka !
Viviane Hamy, 1995 et 2007
et « Points Policier », n° P2158

Sœurs de sang
Viviane Hamy, 1997 et 2012
et « Points Policier », n° P2408

Travestis
Viviane Hamy, 1998

Techno Bobo
Viviane Hamy, 1999
et « Points Policier », n° P3315

Vox
prix Sang d'encre 2000
Viviane Hamy, 2000
et « Points Thriller », n° P2943

Strad
prix Michel-Lebrun 2001
Viviane Hamy, 2001
et « Points Policier », n° P4006

Cobra
Viviane Hamy, 2002
et « Points Thriller », n° P2944

Passage du Désir
Grand Prix des lectrices de « Elle » 2005
Viviane Hamy, 2004
et « Points Policier », n° P2057

Les Passeurs de l'étoile d'or
(photographies de Stéphanie Léonard)
Autrement, 2004

La Fille du Samouraï
Viviane Hamy, 2005
et « Points Policier », n° P2292

Mon Brooklyn de quatre sous
Après la Lune, 2006

Manta Corridor
Viviane Hamy, 2006
et « Points Policier », n° P2526

L'Absence de l'ogre
Viviane Hamy, 2007
et « Points Policier », n° P2058

Régals du Japon et d'ailleurs
Nil, 2008

La Nuit de Geronimo
Viviane Hamy, 2009
et « Points Policier », n° P2811

Guerre sale
Viviane Hamy, 2011
et « Points Policier », n° P3219

Le Roi lézard
Viviane Hamy, 2012
et « Points Policier », n° P3149

Disparitions
Éditions In8, 2013

Ombres et Soleil
Viviane Hamy, 2014
et « Points Policier », n° P4363

L'Archange du chaos
Viviane Hamy, 2015
et « Points Policier », n° P4528

Kabukicho
Viviane Hamy, 2016
et « Points Policier », n° P4758

Les Infidèles
Viviane Hamy, 2018
et « Points Policier », n° P5169

Mousson froide
Robert Laffont, 2021

RÉALISATION : NORD COMPO À VILLENEUVE-D'ASCQ
IMPRESSION : CPI FRANCE
DÉPÔT LÉGAL : MARS 2021. N° 146208 (3041766)
IMPRIMÉ EN FRANCE

Éditions Points

Collection Points Policier

P4978. Qaanaaq, *Mo Malø*
P4982. Meurtres à Pooklyn, *Mod Dunn*
P4983. Iboga, *Christian Blanchard*
P4995. Moi, serial killer. Les terrifiantes confessions de 12 tueurs en série, *Stéphane Bourgoin*
P5023. Passage des ombres, *Arnaldur Indridason*
P5024. Les Saisons inversées, *Renaud S. Lyautey*
P5025. Dernier Été pour Lisa, *Valentin Musso*
P5026. Le Jeu de la défense, *André Buffard*
P5027. Esclaves de la haute couture, *Thomas H. Cook*
P5028. Crimes de sang-froid, *Collectif*
P5029. Missing : Germany, *Don Winslow*
P5030. Killeuse, *Jonathan Kellerman*
P5031. #HELP, *Sinéad Crowley*
P5054. Sótt, *Ragnar Jónasson*
P5055. Sadorski et l'ange du péché, *Romain Slocombe*
P5067. Dégradation, *Benjamin Myers*
P5068. Les Disparus de la lagune, *Donna Leon*
P5093. Les Fils de la poussière, *Arnaldur Indridason*
P5094. Treize Jours, *Arni Thorarinsson*
P5095. Tuer Jupiter, *François Médéline*
P5096. Pension complète, *Jacky Schwartzmann*
P5097. Jacqui, *Peter Loughran*
P5098. Jours de crimes, *Stéphane Durand-Souffland et Pascale Robert-Diard*
P5099. Esclaves de la haute couture, *Thomas H. Cook*
P5100. Chine, retiens ton souffle, *Qiu Xiaolong*
P5101. Exhumation, *Jesse et Jonathan Kellerman*
P5102. Lola, *Melissa Scrivner Love*
P5123. Tout autre nom, *Craig Johnson*
P5124. Requiem, *Tony Cavanaugh*
P5125. Ce que savait la nuit, *Arnaldur Indridason*
P5126. Scalp, *Cyril Herry*
P5127. Haine pour haine, *Eva Dolan*
P5128. Trois Jours, *Petros Markaris*
P5167. Diskø, *Mo Malø*
P5168. Sombre avec moi, *Chris Brookmyre*
P5169. Les Infidèles, *Dominique Sylvain*
P5170. L'Agent du chaos, *Giancarlo De Cataldo*
P5171. Le Goût de la viande, *Gildas Guyot*
P5172. Les Effarés, *Hervé Le Corre*

P5173. J'ai vendu mon âme en bitcoins
Jake Adelstein
P5174. La Dame de Reykjavik, *Ragnar Jónasson*
P5175. La Mort du Khazar rouge, *Shlomo Sand*
P5176. Le Blues du chat, *Sophie Chabanel*
P5177. Les Mains vides, *Valerio Varesi*
P5213. Le Cœur et la Chair, *Ambrose Parry*
P5214. Dernier tacle, *Emmanuel Petit, Gilles Del Pappas*
P5215. Crime et Délice, *Jonathan Kellerman*
P5216. Le Sang noir des hommes, *Julien Suaudeau*
P5217. À l'ombre de l'eau, *Maïko Kato*
P5218. Vik, *Ragnar Jónasson*
P5219. Koba, *Robert Littell*
P5248. Il était une fois dans l'Est, *Arpád Soltész*
P5249. La Tentation du pardon, *Donna Leon*
P5250. Ah, les braves gens !, *Franz Bartelt*
P5251. Crois-le !, *Patrice Guirao*
P5252. Lyao-Ly, *Patrice Guirao*
P5253. À sang perdu, *Rae Delbianco*
P5282. L'Artiste, *Antonin Varenne*
P5283. Les Roses de la nuit, *Arnaldur Indridason*
P5284. Le Diable et Sherlock Holmes, *David Grann*
P5285. Coups de vieux, *Dominique Forma*
P5286. L'Offrande grecque, *Philip Kerr*
P5310. Hammett Détective, *Stéphanie Benson, Benjamin et Julien Guérif, Jérôme Leroy, Marcus Malte, Jean-Hugues Oppel, Benoît Séverac, Marc Villard, Tim Willocks*
P5311. L'Arbre aux fées, *B. Michael Radburn*
P5312. Le Coffre, *Jacky Schwartzmann, Lucian-Dragos Bogdan*
P5313. Le Manteau de neige, *Nicolas Leclerc*
P5314. L'Île au secret, *Ragnar Jónasson*
P5335. L'Homme aux murmures, *Alex North*
P5336. Jeux de dames, *André Buffard*
P5337. Les Fantômes de Reykjavik
Arnaldur Indridason
P5338. La Défaite des idoles, *Benjamin Dierstein*
P5339. Les Ombres de la toile, *Christopher Brookmyre*
P5340. Dry Bones, *Craig Johnson*
P5341. Une femme de rêve, *Dominique Sylvain*
P5342. Les Oubliés de Londres, *Eva Dolan*
P5343. Chinatown Beat, *Henry Chang*
P5344. Sang chaud, *Kim Un-Su*
P5345. Si tu nous regardes, *Patrice Guirao*
P5346. Tu vois !, *Patrice Guirao*
P5347. Du sang sur l'asphalte, *Sara Gran*
P5348. Cool Killer, *Sébastien Dourver*